Aus dem Englischen
von Stefanie Kersten

CLARE LYDON

Bevor du sagst "Ich will"

Kapitel 1

Jordan Cohen bewegte ihre Schulter ein winziges Stück nach hinten. Dann noch ein bisschen. Mehr konnte sie nicht riskieren. Verdammt, es gab wirklich keinen ungünstigeren Zeitpunkt für ein Jucken zwischen den Schulterblättern. Nicht, wenn man als professionelle Brautjungfer neben Emily, der Braut und Auftraggeberin, vor dem Altar stand und den wachsamen Blicken von 120 Gästen ausgeliefert war.

»Willst du Max zu deinem rechtmäßig angetrauten Ehemann nehmen?« Das Geschwafel des Pastors neigte sich endlich dem Ende entgegen.

Jordan umfasste ihr kleines Blumenbouquet, das sie als Trauzeugin in den Händen hielt, ein wenig fester, während sie darauf wartete, dass Emily antwortete. Das Jucken zwischen den Schultern war plötzlich wie weggeblasen. Sie ließ den Blick kurz über Emilys perfekte Frisur und die runden Diamantohrringe gleiten, die selbst im gedämpften Licht der Kirche funkelten. Nicht einmal Emily konnte das hier noch versauen, oder?

Die Sekunden verstrichen.

Dann noch ein paar weitere.

Aus Richtung der Sitzbänke ertönte ein Husten.

Bitte, Emily. Jordan blickte zu Max, dem Bräutigam. Sie wusste, dass er gerade genau das Gleiche dachte.

Hitze kroch erst Jordans Rücken und dann ihren Nacken hinauf. Sachte und unauffällig strich sie mit den Fingerspitzen über Emilys Arm.

»Ich will«, murmelte Jordan gerade laut genug, um von Emily gehört zu werden, aber nicht so laut, dass Max am Ende noch dachte, Jordan wolle ihn heiraten. Nichts läge ihr ferner. Emily und Max waren das perfekte Paar. Es mochte nicht die große Liebe sein, aber bei beiden tickte wohl die biologische Uhr.

Emily zuckte zusammen und drehte den Kopf in Jordans Richtung.

Jordan nickte in Max' Richtung. Hoffentlich verstand Emily, dass jetzt der Zeitpunkt gekommen war »Ich will« zu sagen. Das gehörte dazu, wenn man heiraten wollte, und Jordan war davon ausgegangen, dass Emily das auch klar war. Sie hatten zusammen geübt, wie man im Hochzeitskleid ging, Posen einnahm, lächelte und sogar, wie man richtig atmete. Den Teil mit dem »Ich will« hatten sie bei den Proben allerdings ausgelassen. Rückblickend war das möglicherweise ein Fehler gewesen.

Stirnrunzelnd schaute Emily ihr einen Moment lang in die Augen, bevor sie sich wieder Max und dem Pastor zuwandte. Letzterer lächelte Emily mittlerweile unsicher an und nickte ihr auffordernd zu.

Jordan unterdrückte den Impuls Emily zu schütteln, um sie aus ihrer Trance zu reißen. Mit verzweifeltem Blick formte Max an Emilys Seite mit den Lippen die alles entscheidenden Worte.

Endlich, nachdem weitere wertvolle Sekunden verstrichen waren, öffnete sie den Mund. »Ich will.« Ihre Stimme klang laut und fest. Fast so, als würde sie es ernst meinen.

Max wirkte sichtlich erleichtert und auch durch die Reihen der Hochzeitsgäste ging ein hörbares Aufatmen.

Für einen Moment wurde Jordan vor Erleichterung schwindelig.

Es war geschafft. Sie hatte Emily im Vorfeld beruhigt, als diese kalte Füße bekommen hatte, dann dafür gesorgt, dass sie beim Schminken nicht allzu viel Champagner trank, und sie nun erfolgreich vor den Altar gebracht. Genau das war der Auftrag gewesen, den Jordan vor vier Wochen von Emilys Familie erhalten hatte. Ihr Honorar als professionelle Brautjungfer war zwar nicht davon abhängig, ob die Braut schlussendlich vor dem Altar landete, es erleichterte aber das Ausstellen der Abschlussrechnung enorm.

»Hiermit erkläre ich euch zu Mann und Frau. Sie dürfen die Braut nun küssen!«, verkündete der Pastor und riss Jordan damit aus ihren Gedanken.

Rasch setzte sie ihr strahlendstes Lächeln für die Kamera auf. Ein Lächeln, das auf den Bildern später beweisen würde, wie großartig diese Hochzeit gewesen war. Dann schob sie ihre schulterlangen, blonden Haare nach hinten, stellte sich noch aufrechter hin und glättete den Stoff ihres hellgrünen Brautjungfern-Kleids mit den Händen. Es war auch hier wie bei jeder anderen Hochzeit wichtig, den Eindruck zu erwecken, dass sie noch nie etwas Schöneres getragen hatte.

Was nicht stimmte. Das Ding war ein formloser Sack, in dem sie aussah wie ein Stangensellerie.

Jordan konnte es kaum erwarten, sich umzuziehen und sich später mit Freundinnen auf ein Glas Sauvignon in ihrem Stamm-Pub zu treffen.

Doch das musste noch acht Stunden warten. Zuerst musste sie das Hochzeitsessen hinter sich bringen, die Reden über sich ergehen lassen und das Tanzen überstehen. Immerhin war das Ende ihres Arbeitstages jedoch schon in Sicht.

Als Max sich vorbeugte und zärtlich Emilys Gesicht mit den Händen umfasste, erlaubte Jordan sich ein ehrliches Lächeln. Ja, sie war unglaublich zynisch, wenn es um Liebe und Beziehungen ging, aber dieser Teil des Prozederes gab ihr immer auch ein wenig Hoffnung. Eine Hochzeit war der Beginn von etwas Neuem, ein frischer Wind in der Beziehung. Selbst für Emily und Max.

Das glückliche Paar küsste sich und die Gäste applaudierten begeistert. Jordan warf einen Blick hinüber zu dem anderen Trauzeugen, einem Mann namens Rob, der ihr sein charmantestes Lächeln schenkte. Ihn hatte sie heute erst kennengelernt, was nicht allzu unüblich war. Vielleicht war er ebenfalls engagiert. Max hatte sie wissen lassen, dass Rob sich darauf freute, mit ihr zum Altar zu schreiten und später, ganz der Tradition entsprechend, mit ihr zu tanzen. Jordan lächelte tapfer weiter, als Rob ihr vielsagend zuzwinkerte, doch innerlich verdrehte sie genervt die Augen.

Wieder ein Punkt mehr auf ihrer To-do-Liste.

Erstens: Dafür sorgen, dass Emily sich nicht so sehr betrank, dass sie über ihre eigenen Füße stolperte.

Zweitens: Honig um das Maul des Brautvaters schmieren, weil der ihre Rechnung bezahlte. Vielleicht sprang sogar ein Trinkgeld dabei heraus, wenn sie sich ordentlich ins Zeug legte.

Drittens: Dem Trauzeugen erklären, dass er bei ihr definitiv an der falschen Adresse war.

~ ~ ~

Jordan lenkte ihren uralten Ford Capri auf einen freien Parkplatz vor ihrer Wohnung in Brighton und schaltete den Motor aus. Einen Moment lang blieb sie einfach sitzen und lauschte dem Grölen einer kleinen Gruppe von Menschen, die gerade Jordans Stamm-Pub *The Rusty Bucket* verlassen hatte und nun die Straße hinunterging. Als sie ihre Handtasche öffnete, sah sie den Umschlag, den der Brautvater ihr zum Abschied in die Hand gedrückt hatte, in dem sich die tausend Pfund Trinkgeld befanden. Von der Braut hatte es eine Umarmung gegeben, die einen Rotzfleck auf Jordans Kleid hinterlassen hatte. Und vom Trauzeugen des Bräutigams ein enttäuschtes Seufzen, als ihm bewusst geworden war, dass sein sonst so überzeugendes Lächeln heute nicht den gewünschten Effekt erzielte.

Jordan zuckte erschrocken zusammen, als ein lautes Geräusch auf ihrem Autodach ertönte. Sie drehte den Kopf so schnell in Richtung Fenster, dass es in ihrem Nacken ungesund knackte. Der Schmerz schoss ihr bis hinter die Augen. Karen grinste sie durch das Fenster auf der Beifahrerseite an. Jordan erwiderte das

Lächeln ihrer besten Freundin und Mitbewohnerin reichlich gequält. Karen machte eine kurbelnde Handbewegung, als würde das Auto keine elektrischen Fensterheber besitzen. Was stimmte.

Jordan beugte sich zur Beifahrerseite rüber und verzog das Gesicht, weil sich bei dieser Bewegung ihre Nackenmuskeln noch mehr verkrampften. Dann griff sie nach der Fensterkurbel und drehte diese ein paarmal. Das mechanische Geräusch, das dabei erklang, war wirklich nicht angenehm.

Karen schmunzelte. »Hallo, liebste Mitbewohnerin, die ich seit einer Woche nicht mehr gesehen habe. Eine Frage: Warum sitzt du hier im Auto wie eine Spannerin?«

»Wohl eher Spinnerin als Spannerin.«

Karen lachte. »Klar, Spinnerin, wir reden hier von dir.« Sie legte die beiden Hände auf der halb heruntergelassenen Scheibe ab.

Jordan konnte nur hoffen, dass Karen sich nicht mit ihrem gesamten Gewicht darauf abstützte. Der Capri war ein Stück rollende Autogeschichte und musste dementsprechend pfleglich behandelt werden.

»Warum reibst du dir den Nacken?«

»Weil es da gerade ziemlich geknackst hat.«

Karen neigte den Kopf zur Seite. »Du arbeitest zu viel und bist garantiert total verspannt. Du musst dich entspaaaaaaannen.« Beim letzten Wort ließ Karen genüsslich den Kopf kreisen, als wäre sie noch nie verspannt gewesen. »Hast du heute wieder mal eine reiche Tussi verheiratet?«

»Mission ohne Komplikationen abgeschlossen.« Jordan drehte den Kopf vorsichtig von einer Seite auf die andere, glücklich darüber, dass sie keinen Schmerz mehr verspürte. Unwillkürlich musste sie an Emilys Beinahe-Nervenzusammenbruch vor der Trauung denken. Wie sie die Frau getröstet und ihr versichert hatte, dass ihre Ehe halten würde.

Jordan machte diesen Job eindeutig schon zu lange.

Plattitüden und Lügen kamen ihr mittlerweile so leicht über die Lippen, dass sie nicht einmal mehr darüber nachdenken musste.

»Wenn's hilft: Du siehst wunderschön in dem Kleid aus.« Ein amüsiertes Lächeln erschien auf Karens Gesicht. »Und mit wunderschön meine ich, dass du einem seltsamen Grünstreifen ähnelst. Was ist das überhaupt für eine Farbe? Flotter Sellerie? Die Blume in deinen Haaren gefällt mir aber echt gut.«

Jordan rupfte sich die Blume vom Kopf. Sie hatte es so eilig gehabt, nach Hause zu fahren, dass sie vergessen hatte, sie herauszunehmen.

»Zieh dich um und komm rüber zum *Bucket*. Ich geb dir einen aus. Und hey, vielleicht wartet ja heute deine Traumfrau auf dich.«

Ihr letzter Kommentar brachte Jordan zum Lächeln. »Wo doch im *Bucket* immer so viele hübsche Lesben rumhängen.« Sie warf einen Blick auf die Zeit. Neun Uhr. Sie war heute Morgen um sieben zur Arbeit angetreten. Kein Wunder, dass sie so müde war.

»Du brauchst gar nicht auf die Uhr zu schauen und dir Ausreden einfallen zu lassen. Ich hab dich in den letzten Wochen kaum gesehen, weil du dich um die Hochzeit von Emily und Max gekümmert hast. Jetzt ist der Job vorbei und du musst ein bisschen runterfahren.« Karen richtete sich auf und klopfte zweimal auf das Autodach.

»Hey!«, protestierte Jordan. Sie hatte ihr schon oft genug gesagt, dass sie das lassen sollte.

Karen bückte sich erneut herunter, und stützte sich dabei wieder mit den Händen auf der Scheibe ab.

Jordan gab ihr einen Klaps auf die Finger. »Ein bisschen mehr Respekt für Carrie Capri.«

Karen wich gespielt erschrocken einen Schritt zurück, sah Jordan aber weiterhin an. »Wenn du mich doch nur so lieben könntest wie dein Auto. Tu mir einen Gefallen und hör auf mich. Komm rüber und trink einen mit mir. Du brauchst mal wieder eine Dosis echtes Leben und echte Freunde. Nicht dieses Fake-Getue, das du den Reichen als Brautjungfer immer vorspielst.«

Jordan atmete tief durch. Karen hatte ja recht. »Okay, gib mir 15 Minuten. Geh schon mal vor und bestell mir ein Glas Wein. Das größte, das sie haben.«

Karen lachte. »Geht doch.« Sie klopfte erneut aufs Autodach, bevor sie in Richtung Pub losmarschierte. Nach wenigen Schritten drehte sie sich noch einmal um und zwinkerte ihr zu.

Nachdem Jordan ihr Handy aus der Handtasche geholt hatte, drückte sie auf den seitlichen Knopf, der das Display aufleuchten ließ. Sie hatte eine neue E-Mail. Es wäre vernünftiger, sie erst am nächsten Tag zu lesen. Stattdessen sollte sie lieber in die Wohnung gehen und anschließend in den Pub. Leider schaffte sie es nie, einfach mal abzuschalten. Selbstständig zu sein bedeutete nicht umsonst, selbst und ständig zu arbeiten. Jordan öffnete die E-Mail.

Und starrte wie gebannt auf das Foto, das ihr ganz oben angezeigt wurde. Wer auch immer das war, sie war unglaublich schön.

Jordan überflog die E-Mail, weil sie unbedingt wissen wollte, wer ihr auf dem Bild entgegen lächelte. Abby Porter. 36 Jahre alt. Verlobt mit Marcus Montgomery.

Jordan schaltete die Innenbeleuchtung ein und betrachtete das Foto erneut.

Abby Porter hatte langes, glänzendes, dunkles Haar und haselnussfarbene Augen. Ihre Wangenknochen und die Art, wie sie ihren Kopf zur Kamera neigte, faszinierten Jordan. Sie vermittelte den Eindruck, dass es nicht viel gab, was sie aus dem Konzept bringen konnte. Allerdings sah Abby Porter nicht so aus, als wäre sie überglücklich darüber, Marcus zu heiraten. Jordan wunderte sich, dass er ihr keine private Aufnahme von Abby geschickt hatte – oder eine, die die beiden als Paar zeigte. Das Bild sah eher aus wie ein Bewerbungsfoto für eine Leitungsposition im Marketing. Vielleicht war Abby eine Brand-Managerin oder Abteilungsleiterin. Sie schien eine Frau zu sein, die wusste, was sie wollte und die daran gewöhnt war, ihren Willen für gewöhnlich auch durchzusetzen.

Jordan fragte sich ernsthaft, warum eine Frau wie Abby Porter ihre Unterstützung benötigte.

Was auch immer der Grund war, es war Jordans Aufgabe dafür zu sorgen, dass die Hochzeit für jede ihrer Kundinnen so reibungslos und angenehm wie möglich über die Bühne ging. In der E-Mail stand, dass Abby sich ihre Unterstützung wünschte und die Details gerne besprechen wollte. Sie bat darum, dass Jordan sich zeitnah bei ihr meldete.

Jordan warf noch einen Blick auf Abbys Bild, das sie auf seltsame Weise faszinierte, und stopfte ihr Handy dann zurück in die Handtasche. Sie würde sich morgen bei ihr melden.

Heute Abend warteten ein Glas Traubensaft für Erwachsene und ihre beste Freundin auf sie, mit der sie viel zu lange keine Zeit mehr verbracht hatte.

Morgen früh würde sie sich Abby Porters Wünschen widmen.

Kapitel 2

Abby Porter umfasste ihr 5er Eisen fester und ließ den Blick über das grelle Grün des Übungsbereichs gleiten. Der Bildschirm zeigte ihr an, dass ihr Golfball weiter geflogen war als jemals zuvor. Das war keine große Überraschung. Heute hatte sich bei ihr mehr als genug Frust angestaut, den es abzuschlagen galt. War das der Fachbegriff dafür? Ab jetzt schon.

Sie brachte sich erneut in Position, holte mit dem Schläger aus und schwang ihn dann mit einer kräftigen Bewegung und einer Drehung ihres Körpers nach vorne, was den Ball in die Luft und die Übungsanlage hinunter beförderte. Vielleicht schoss er sogar über die Begrenzung hinaus. Es würde auf jeden Fall zu der Laune passen, die sie seit dem Abendessen mit Marcus' Eltern hatte.

Abby ahnte, dass er sie von der kleinen, schwarzen Couch im hinteren Teil der Übungslounge aus beobachtete und versuchen würde, ihre Stimmung abzuschätzen. Und tatsächlich. Als sie sich umdrehte, sah sie ihren Verlobten, der die Beine bequem übereinandergeschlagen hatte und sie vielsagend angrinste.

Sie hatte eine gute Wahl getroffen, das wusste sie. Marcus war groß, dunkelhaarig und attraktiv. Abby war mit ihren 1,73 Meter selbst nicht gerade klein und ihre gemeinsamen Kinder würden sicherlich hübsch werden.

»Willst du darüber reden, Abs?«

»Nein.« Sie lehnte den Golfschläger gegen die Seitenwand der Bahn, ließ sich dann neben Marcus fallen und rutschte näher an ihn heran.

Er legte einen Arm um Abbys Schultern und drückte einen Kuss auf ihre Schläfe. »Gut. Ich möchte nicht in der Haut dieses Golfballs stecken. Dem hast du mal so richtig gezeigt, wer von euch beiden Chef ist.«

»Wer ist denn bei uns beiden der Chef?«, fragte sie und zog eine Augenbraue neugierig nach oben.

Er schmunzelte. »Du natürlich.« Nach einem sachten Kuss auf ihren Mund erhob er sich, um selbst ein paar Bälle zu schlagen. Zu seiner schwarzen Anzughose trug er ein hellblaues Hemd, das natürlich ordentlich im Bund steckte. Genau so stellte Abby ihn sich als Student vor. Ordentlich und organisiert. Dieses Schicksal erwartete sie, sobald sie nach der Hochzeit zusammenzogen. Abby hatte die Hoffnung noch nicht aufgegeben, dass sie sich damit anfreunden konnte. Ordentlichkeit gehörte nicht gerade zu ihren Stärken und vielleicht war die Frage eher, ob Marcus sich mit ihr arrangieren konnte. In ein paar Wochen würden sie heiraten und direkt im Anschluss daran zusammenziehen. Spätestens dann würde sie es wohl herausfinden.

Marcus wandte sich zu ihr um und stützte sich auf seinem Schläger ab. »War der Golfball meine Mutter?« Er wartete jedoch nicht auf eine Antwort, sondern holte erneut aus, verfehlte aber. Beim zweiten Anlauf traf er den Ball, der in hohem Bogen durch die Luft segelte. Dann drehte er sich wieder zu Abby um, da er noch keine Antwort erhalten hatte.

Sie schüttelte heftig den Kopf. Nein, so war das nicht – sie würde nie mit einem Golfschläger auf seine Mutter einprügeln. »Ich brauchte nur ein Ventil. Ist das ein Verbrechen?«

»Natürlich nicht.« Marcus schnappte sich einen Ball aus der Schachtel zu seiner Rechten und bückte sich, um ihn auf das recht mitgenommen aussehende Tee zu legen. »Aber sie hat es vorhin ein bisschen übertrieben. Das war ein wenig … anstrengend. Wir können das so machen, wie du willst. Wie *wir* wollen. Wir brauchen den ganzen Kram mit den Reden und so nicht.«

Abby knetete ihre Finger und versuchte, die erneut aufkeimende Wut zu unterdrücken. Marcus konnte nichts dafür. Er war ganz anders als seine Mutter. Wie aus dieser verklemmten, bigotten Frau ein so ausgeglichener, angenehmer Mann hatte hervorgehen können, war ihr noch immer ein Rätsel. Von Marcus' Vater konnte das auch nicht kommen. Wenn es stimmte, was man sich erzählte, hatte der gerade drei Geliebte gleichzeitig.

Marcus war trotz seines Elternhauses ein anständiger Mann geworden. Gerade deswegen stieß es ihr so sauer auf, dass seine Familie sich bei den Hochzeitsplänen dermaßen einmischte.

»Ganz so einfach ist das nicht, oder? Laut deiner Mutter gibt es ja im Ablauf genug zu beachten. *Das hat Tradition bei den Montgomerys*, hat sie schließlich oft genug betont.« Als sie das zum fünften Mal angeführt hatte, hätte Abby ihr am liebsten deutlich zu verstehen gegeben, dass sie es inzwischen verstanden hatte. Aber das wäre wohl kein angemessenes Verhalten gegenüber ihrer Schwiegermutter in spe gewesen. Vor allem nicht, da sie sich erst zum vierten Mal überhaupt getroffen hatten. War Abby in Marjories Augen die passende Frau für ihren Sohn? Wahrscheinlich nicht.

Aber was bedeutete das schon? Den meisten Müttern waren die Frauen, die ihre Söhne heiraten wollten, nicht gut genug – Marjorie hatte diese Abneigung heute zum wiederholten Mal deutlich gezeigt. Die nächsten Wochen würden unglaublich anstrengend werden. Vor allem die Erwartungshaltung der Montgomerys in Bezug auf Abbys Aufgaben als zukünftige Braut entspannte die Situation keineswegs.

Dabei hatte sie sich ja noch nicht einmal entschieden, ob sie bei der Heirat ihren Nachnamen aufgeben wollte. Ihre feministische Grundhaltung sprach sich ganz klar dagegen aus. Doch dieses Thema auch noch anzusprechen, hätte bei Marjorie sicherlich das Fass zum Überlaufen gebracht, also hatte Abby den Mund gehalten. Diese Schlacht konnte auch an einem anderen Tag geschlagen werden. Marjorie hatte schon genug Schwierigkeiten damit, Abbys schottischen Akzent zu verstehen.

Marcus schlenderte wieder zu ihr, ließ aber den Golfschläger auf der Übungsmatte zurück. Er setzte sich neben Abby und griff nach ihrer Hand.

Abby schloss die Augen. Bei Marcus hatte sie sich immer sicher gefühlt. Das war einer der Gründe, warum sie seinen Antrag angenommen hatte. Das und die Tatsache, dass sie vor vier Wochen 36 geworden war und ihre biologische Uhr tickte, wenn sie in diesem Leben noch eine Familie gründen wollte. Was sie, wenn sie ihrem Umfeld Glauben schenkte, dringend wollte. Marcus war so viel reifer als die Männer, mit denen sie vor ihm zusammen gewesen war, dass sich sein Antrag wie ein Sechser im Lotto angefühlt hatte.

Das war jetzt ihr Leben. Golfbälle schlagen mit ihrem zukünftigen Ehemann. Marcus Montgomery. Sie hatte das große Los gezogen. Ab jetzt würde sie glücklich sein.

Ordentlich und organisiert.

Aber glücklich.

Als sie die Augen wieder öffnete, sah sie, dass Marcus sie aufmerksam beobachtete. Er drückte ihre Hand sanft und seufzte.

»Das ist eigentlich genau das, was ich nicht will. Das ist unsere Hochzeit, die wir hier planen, und du bist an diesem Tag die wichtigste Person.« Er deutete mit dem Zeigefinger auf sich. »Nicht ich. Ich bin einfach nur froh, dass ich derjenige bin, der dich heiraten darf.« Er war aufrichtig, das war ihm deutlich anzusehen. »Und ja, ich weiß, dass meine Mutter sich da ein bisschen zu sehr reingesteigert hat, aber in einem Punkt hatte sie schon recht: Du brauchst Unterstützung bei der Planung der Hochzeit. Jemand, der sich auf dich konzentriert.« Er zögerte kurz. »Das habe ich schon seit dem letzten Treffen im Hinterkopf und die heutige

Auseinandersetzung hat mich nur darin bestätigt. Du bist jetzt schon so genervt und gestresst.« Er richtete sich etwas auf und sein Gesichtsausdruck wurde sehr ernst. »Ich habe mich ein bisschen umgeschaut und ich hab da was gefunden. Klingt vielleicht im ersten Moment ein bisschen unorthodox, aber es könnte die Lösung unserer Probleme sein.«

Abby hatte Mühe ihm zu folgen. »Was heißt *unorthodox*?«

»Ich habe eine Frau gefunden, die einen Service als professionelle Brautjungfer anbietet. Ihre Firma heißt sogar *Professional Bridesmaid*. Sie ist so was wie die persönliche Assistentin für Bräute und genau das brauchen wir. Also habe ich mir dir Freiheit genommen, sie zu kontaktieren.«

»Du hast *was*?« Sie waren noch nicht verheiratet und Marcus entschied schon über ihr Leben? Sofort schrillten Abbys Alarmglocken.

»Wenn es dir ums Geld geht, keine Sorge. Ich übernehme das.«

»Mich stört eher die Tatsache, dass die Montgomerys über mein Leben bestimmen wollen«, entgegnete Abby angefressen. »Du kannst so was nicht einfach hinter meinem Rücken machen. Das passiert gerade am laufenden Band, wenn es um die Hochzeit geht. Manchmal hab ich das Gefühl, als wäre ich eine unbeteiligte Zuschauerin bei der ganzen Sache.«

Doch Marcus schüttelte den Kopf und legte ihr eine Hand aufs Bein. »Das soll dir die Situation nur erleichtern. Ich weiß, dass du unter Zeitdruck stehst. Du arbeitest auf deine Beförderung hin. Du hast viel zu tun. Diese Frau hat gute Referenzen. Sie kann sogar eine deiner Brautjungfern werden, wenn du das willst. Was vielleicht gar nicht so schlecht ist, wenn man bedenkt, wie sehr Delta neben der Spur ist, seit Nora mit ihr Schluss gemacht hat. Hauptsächlich soll sie aber für dich da sein und dich unterstützen. Auch am Hochzeitstag.«

Abby runzelte die Stirn. Sie konnte es immer noch nicht fassen. »Eine meiner Brautjungfern? Hast du sie noch alle?«

Marcus zuckte unschuldig lächelnd mit den Schultern. »Sie ist deine persönliche Assistentin und Brautjungfer. Nur für dich da. Rund um die Uhr erreichbar.«

Abby schüttelte erneut den Kopf. »Ich habe Brautjungfern, Marcus. Ich brauche keine engagierte. Delta ist meine Trauzeugin, das weißt du. Und zwar genau deswegen. Weil ihre nutzlose Freundin sie gerade verlassen hat und sie Ablenkung braucht. Meine Trauzeugin zu sein ist genau das. Das kann ich ihr nicht wegnehmen, dann bricht sie komplett zusammen.«

Nun bildeten sich auf Marcus' Stirn Falten. »Ich sag ja gar nicht, dass du Delta die Aufgabe wegnehmen sollst. Nur die Verantwortung, die sie damit hat. Du musst doch zugeben, dass du mit ihr gerade noch mehr Arbeit hast, weil sie dir ständig Fragen zum Junggesellinnenabschied stellt. Und der sollte eigentlich schon längst organisiert sein. Diese Frau könnte genau die Richtige sein, um Delta und meine Mutter in Schach zu halten.«

Da hatte er nicht ganz unrecht. Abby hatte Delta mit der Organisation des Wochenendausflugs für den Junggesellinnenabschied beauftragt, letztendlich aber einen Großteil der Planung selbst übernehmen müssen. Delta hatte versprochen, sich um die Einzelheiten zu kümmern, doch dann war die Trennung dazwischengekommen. Seitdem verkroch sie sich, als würde die Welt untergehen, und schien darüber zu vergessen, dass ihre beste Freundin in ein paar Wochen heiraten würde. Ganz abgesehen von dem Junggesellinnenabschied, der vor der Tür stand.

»Ich weiß nicht so recht«, sagte Abby noch immer skeptisch, aber weniger abgeneigt.

»Doch, eigentlich schon, oder? Wird Delta dir wirklich helfen? Oder deine Cousine Taran? Denk mal darüber nach. Eine Person, der du vertrauen kannst, und die dir alles abnimmt, was dir zu viel wird. Man heiratet nur einmal, Abs. Ich will, dass du deine Hochzeit stressfrei genießen kannst. Und wenn das bedeutet, dass ich jemanden dafür bezahle, dass sie dir die nächsten Wochen das Händchen hält, ist das auch okay.«

»Ich bin eine erwachsene Frau, Marcus. Dafür brauche ich niemanden.« Sie konnte sich bildlich vorstellen, was ihre schottische Mutter zur Beauftragung einer professionellen Brautjungfer sagen würde.

Marcus warf ihr einen bedeutungsvollen Blick zu. »Die Frau kann sich während der nächsten Wochen um meine Mutter kümmern. Damit wärst du der Kritik nicht mehr so ausgesetzt.«

Das ließ Abby aufhorchen. »Kann sie deine Mutter komplett übernehmen? Und sich um den Junggesellinnenabschied kümmern?«

»Das und noch mehr.« Er schaute ein wenig schuldbewusst drein. »Wie schon gesagt: Ich habe ihr eine E-Mail geschrieben, um herauszufinden, ob sie freie Kapazitäten hat. Hat sie.« Beschwichtigend hob er die Hände. »Denk einfach darüber nach, okay? Für mich? Triff dich doch wenigstens mit ihr und hör dir an, was sie dir vorschlägt. Ihre Referenzen sind exzellent. Wenn du sie nicht magst, kein Problem, dann lassen wir es sein. Aber wenn sie dir das Leben leichter machen kann, warum nicht?«

Noch immer fiel es Abby schwer, ihre Wut gänzlich abzuschütteln. Was fiel ihm eigentlich ein? Doch das war Marcus, wie sie sich in Erinnerung rief. Er tat das aus Liebe, nicht, weil er sie kontrollieren wollte. Anders als seine Mutter.

Außerdem: Wenn diese Frau ihr Marjorie vom Leib halten konnte, war der Vorschlag vielleicht gar nicht so verrückt.

»Ich bin immer noch sauer, dass du das hinter meinem Rücken angeleiert hast.«

»Du hättest doch sonst nie zugestimmt.« Er schenkte Abby dieses Lächeln, das nur für sie bestimmt war.

»Sie weiß schon Bescheid?«, fragte sie schließlich mit einem lang gezogenen Seufzen.

Er nickte. »Ich habe ihr gestern geschrieben, also wird sie dich wohl anrufen. Sie heißt Jordan.«

»Jordan.« Was war das denn für ein Name?

Kapitel 3

»Warum machen wir das noch mal?« Jordan war so außer Atem, dass sie kaum ein Wort herausbrachte, doch sie blieb tapfer in Bewegung. Sie wusste aus Erfahrung, dass sie wahrscheinlich nicht weiterlaufen würde, wenn sie jetzt aufhörte. Karen wirkte neben ihr, als würde sie auf Rollschuhen dahingleiten. Offenbar zahlte sich Joggen mehr aus, wenn man es nicht nur einmal im Monat machte.

»Weil schon wieder eine reiche Tussi von dir erwartet, dass du allen die lang verschollene beste Freundin und perfekte Brautjungfer vorspielst. Ganz oben auf der Wunschliste deiner Kundin steht deine gute Figur. Und du musst heiß aussehen. Niemand will eine fette Brautjungfer, oder?«

Sie waren seit 20 Minuten ohne Pause am Laufen, wie konnte Karen da noch so locker plaudern? »Das ist jetzt aber schon ein bisschen diskriminierend«, keuchte Jordan. Zu ihrer Linken wogte das Meer und sah dabei aus, als sei es das größte Wasserbett der Welt. Über ihnen wurde das Grau des Himmels nur von weißen Wolken durchzogen. Der Anblick erinnerte sie an das graue Sweatshirt, auf dem sie einmal versehentlich Bleiche anstatt Fleckentferner verteilt hatte und das sie jetzt nur noch beim Renovieren tragen konnte. Was unterm Strich also nie der Fall war.

»Ich bin nur realistisch. Aber zu schlank und heiß solltest du auch nicht werden, weil jede Braut an ihrem Hochzeitstag im Mittelpunkt stehen will. Da muss man ganz schön aufpassen, oder?«

Darauf antwortete Jordan nicht. Vor allem, weil ihr die Luft dazu fehlte.

Karen warf ihr einen Seitenblick zu. »Jetzt grade bist du nicht besonders verführerisch, so wie du hechelst. Sonst aber schon.« Sie grinste. »Du könntest die Inspiration für viele Bräute sein, wenn du Kate Moss' Spruch beherzigst: *Nichts schmeckt so gut wie dünn zu sein.*«

»Vielleicht sollte ich dann einfach mal ein bisschen koksen.«

»Machen deine Kundinnen bestimmt auch.«

Eine scharfe Böe schlug ihnen entgegen und raubte Jordan noch mehr Atem. Laut Kalender war es schon Mai, aber hier an der Südküste bekam man von den verschiedenen Jahreszeiten nicht viel mit. Am Meer schmeckte jeder Tag nach Gischt. Vor ihnen tauchte *Walton's* auf, das Café auf halber Strecke ihrer Joggingroute.

Hier kehrten sie für gewöhnlich um und liefen wieder nach Hause. Doch heute brauchte Jordan eine Pause. Außerdem lugte die Sonne gerade verlockend durch die nach Regen aussehenden Wolken. Als sie die etwas heruntergekommene, weiß getünchte Holzfassade des Cafés erreichten, schenkte Jordan Karen ihren schönsten Augenaufschlag.

»Können wir uns einen Kaffee holen?« Jordan hielt sich die Seite. »Ich hab Seitenstechen und gestern Nacht echt nicht viel geschlafen. War nach dem Stress im letzten Monat zu aufgekratzt. Was meinst du? Darf ich es langsam angehen lassen?«

Karen warf ihr einen vielsagenden Blick zu, nickte aber. »Solange wir nachher zurückjoggen.«

»Ich schwör's bei meinem Leben«, antwortete Jordan, kreuzte jedoch die Finger dabei.

Im Café machte Karen einen Abstecher zur Toilette, während Jordan ihnen zwei Cappuccinos holte und sich dann einen Platz am Fenster suchte, damit sie einen Blick auf das Meer hatten. Der Duft nach gebratenem Speck und Würstchen ließ ihren Magen knurren. Aber sie durfte ihren Gelüsten nicht nachgeben. Karen hatte schon recht: Sie musste ein Image aufrechterhalten, das zur Geschichte passte. Als professionelle Brautjungfer fühlte sie sich oft wie eine Schauspielerin, die jeweils für ein paar Wochen für Bühnen- und Veranstaltungsauftritte gebucht wurde. Ihr Wissen über die Aufgaben einer Brautjungfer war demnach unerschöpflich.

Karen ließ sich auf den ihr gegenüberliegenden Stuhl fallen. Mit ihren kurzen, dunklen Haaren, den strahlend blauen Augen und ihrer Frohnatur war sie immer angenehme Gesellschaft.

Sie trank einen Schluck Kaffee. »Wie war eigentlich der Abschluss des letzten Jobs? Wollte ich gestern Abend schon fragen. Ist was Lustiges passiert, während ich damit beschäftigt war, das Land mit Schlüpfern zu versorgen?« Karen arbeitete im Einkauf der Wäscheabteilung von *Marks & Spencer*. Mit diesem Job gingen ihr nie die Gesprächsthemen aus.

Jordan ließ die letzte Woche noch einmal vor ihrem inneren Auge Revue passieren. Alles in allem war es ziemlich glatt gelaufen. Und sie hatte schon deutlich schlimmere Kundinnen als Emily gehabt.

»War schon okay.«

»Niemand hat dich wiedererkannt?«

Jordan schüttelte den Kopf. Sie war selbst überrascht, dass das noch nicht passiert war. Immerhin hatten die Leute, die sich ihren Service leisten konnten, viel Geld und verkehrten in ähnlichen Kreisen. Sie war sich sicher, dass sie einige der Gäste schon auf verschiedenen Hochzeiten gesehen hatte. Allerdings hatte Jordan auch über die Jahre hart daran gearbeitet, sich möglichst gut ins Gesamtbild einzufügen. Und wer rechnete schon mit der gleichen Brautjungfer auf verschiedenen Hochzeiten?

»Im Gegenteil. Ich wurde zu zwei anderen Hochzeiten eingeladen.« Sie zuckte mit den Schultern. »Die Braut hat kalte Füße bekommen, während ich sie geschminkt habe, aber ich hab sie letztendlich vor den Altar gebracht. War schon ein kleines Wunder.«

»Und da sagen die Leute immer, dass es keine Romantik mehr gibt.«

Jordan lachte. »Bei Hochzeiten geht es selten um echte Romantik.«

Karen lehnte sich auf ihrem Stuhl zurück und betrachtete das Meer durch das große Fenster. »Aber du hast jetzt ein bisschen Luft, oder? Weil der nächste Auftrag storniert wurde?«

Kopfschüttelnd nippte Jordan an ihrem Kaffee. »Weiß ich noch nicht. Ich hab schon eine neue potenzielle Kundin, die ich zurückrufen soll, also fällt meine Auszeit vielleicht ins Wasser. Ist halt Hochzeitssaison. Zumindest bis Mitte September sollte ich durcharbeiten.«

Karen zog eine Schnute. »Muss ich mir jetzt schon einen Termin holen, um Zeit mit dir zu verbringen? Ich vermisse dich.«

»Du kennst das doch schon. Und außerdem hast du doch Dave.«

»Dave? Der ist nur mein Partner. Du bist meine beste Freundin.«

Jordan grinste. »Und ich bin im September immer noch deine beste Freundin. Deine schlankere, heißere, reichere beste Freundin, wenn alles gut geht. Ich werde dieses Jahr rausholen, was noch geht. So viele Aufträge hab ich mit 35 nicht mehr. Die Leute wollen vielleicht keine fette Brautjungfer, eine alte aber auch nicht.«

»Die Welt ist ganz schön deprimierend.«

»Nicht, wenn man noch jung und knackig ist. Emily war eine Nervensäge, aber immerhin eine lukrative. Ich hoffe diesen Sommer noch auf ein paar mehr von der Sorte.«

»Menschen mit mehr Geld als Verstand?«

»Wir reden hier von Hochzeiten. Die Leute geben gerne Geld dafür aus, dass andere ihre Probleme lösen. Ich bin eine professionelle Problemlöserin. Wer hätte das gedacht, als wir noch studiert haben?«

Karen lachte leise und lehnte sich etwas nach vorne. »Ich nicht. Wie viel hat dir der letzte Job eingebracht?«

»Genug, um dich nachher zum Essen einzuladen.«

»Großartig.«

»Und was gibt's Neues im Wäschebusiness? Irgendwelche Fortschritte diese Woche? Hast du das Land schon davon überzeugt, dass alle Frauen neonblaue BHs mit passenden Höschen tragen sollten?«

»Noch nicht, aber das gehört alles zu meinem Masterplan. Sie werden schon auf den Geschmack kommen. Es ist nur noch eine Frage der Zeit.«

Kapitel 4

Nach der intensiven Trainingseinheit spürte Abby ihre Arme deutlich, als sie das Fitnessstudio verließ. Doch es war ein guter Schmerz. Die Art von Muskelkater, die irgendwann zu Muskelkraft wurde und ihr Selbstbewusstsein schenken würde, wenn sie zum Traualtar schritt. Und für die Flitterwochen auf den Malediven. Marcus hatte bereits gebucht. Ohne sie zu fragen.

Eigentlich hatte er sie damit überraschen wollen, aber sie hatte es schließlich doch aus ihm herausbekommen. Die meisten Bräute freuten sich mit Sicherheit auf endlose Sandstrände, einsame Höhlen und Fünf-Sterne-Luxus. Abby dagegen sah nur den langen Flug vor sich.

Fliegen gehörte nicht gerade zu ihren Lieblingsbeschäftigungen.

Okay, sie *hasste* es zu fliegen, insbesondere Langstrecke. Außerdem konnte sie sich noch nicht wirklich auf die Flitterwochen freuen, dazu lauerte die düstere Wolke der Hochzeit viel zu bedrohlich über ihr.

Auch das war ein Grund für ihren morgendlichen Besuch im Fitnessstudio gewesen: Sie hatte ein bisschen Anspannung loswerden müssen. Zwar war es nicht gerade ihr Lieblingssport, aber sie hatte nur noch einen Monat, um sich auf den Tag der Tage vorzubereiten.

Sollte sie aufgeregter sein bei dem Gedanken an zwei Wochen im Paradies? Ausschlafen und morgens lange im Bett liegen bleiben, Brunch auf der Terrasse, Nachmittage in der Sonne? Vielleicht.

Abby konzentrierte sich auf dieses Bild, fokussierte es vor ihrem inneren Auge, während sie die Straße hinunterging.

Ihre Stimmung änderte sich trotzdem nicht.

Ihr Handy vibrierte in ihrer Jackentasche. Sie schüttelte den Kopf, fischte es heraus und warf einen Blick aufs Display. Eine unbekannte Nummer. Wieder eine dieser Nervensägen? In letzter Zeit riefen sie ständig Firmen an und wollten wissen, ob sie einen Arbeitsunfall gehabt hatte.

Schließlich nahm Abby den Anruf entgegen und drehte das Gesicht zur Sonne, die gerade durch die Wolken lugte.

»Hallo? Spreche ich mit Abby?« Die Stimme klang ruhig und selbstsicher.

»Ja. Wenn Sie mir eine Versicherung oder sonst was verkaufen wollen: kein Interesse.«

»Das habe ich nicht vor. Ich bin Jordan. Marcus hat mir eine E-Mail geschrieben, dass Sie vielleicht Unterstützung gebrauchen könnten. Ich bin die Inhaberin von *Professional Bridesmaid*.«

Abby blieb stehen und blinzelte ein paarmal. Vor ihr balancierte ein Fensterputzer auf einer wackeligen Leiter an der Fassade eines hohen Reihenhauses. Sollte sie unter der Leiter durchgehen, da dort mehr Platz war? Oder lieber außenherum, wo sie möglicherweise von einem Fahrradkurier über den Haufen gefahren werden konnte? Sie war nicht abergläubisch – nur eine intelligente Frau, die davon überzeugt war, dass alles aus einem bestimmten Grund passierte. Also ging sie unter der Leiter durch, atmete danach jedoch erleichtert auf. Ihr war kein Wassereimer auf den Kopf gefallen. So weit, so gut. Nun musste sie nur noch herausfinden, was das Gespräch mit Jordan für sie bereithielt.

»Ja. Hallo. Er hat es mir gesagt, aber ich will ganz ehrlich sein: Ich bin mir nicht sicher, ob ich Sie wirklich brauche. Marcus will mir die Sache möglichst leicht machen, aber ich habe schon eine Hochzeitsplanerin und eine Trauzeugin. Ich weiß nicht, was es für Sie da noch zu tun gibt.«

Eine kleine Pause entstand, bevor Jordan antwortete: »Diese Antwort höre ich oft, Abby, und ich verstehe vollkommen, dass Sie Vorbehalte haben. Aber Sie werden überrascht sein, wie ich Ihnen helfen kann, damit Sie ihre Hochzeit vollkommen entspannt genießen können. Das funktioniert aber nur, wenn Sie mich dabeihaben wollen.«

»Das weiß ich, ich bin Geschäftsfrau. Ein Geschäft ohne Beziehungen funktioniert nicht.« Sie seufzte. Die Frau klang vernünftig und schien zu wissen, wovon sie sprach. »Aber Marcus hat Sie angeschrieben, ohne mich vorher zu fragen. Ich habe ihm versprochen, dass ich mich mit Ihnen treffe und mir Ihr Angebot anhöre und daran halte ich mich auch. Mehr kann ich Ihnen noch nicht versprechen.«

»So beginnen die meisten meiner Aufträge.«

»Von wo kommen Sie?«

»Ich lebe in Brighton, aber ich kann gerne zu Ihnen fahren. Soweit ich weiß, sind Sie in Balham, das ist nur eine gute Stunde von mir entfernt. Wir können uns gerne dieses Wochenende treffen, wenn Ihnen das passt?«

Abby ging im Kopf ihre Wochenendpläne durch. Am Sonntag war sie bei Freunden zum Grillen eingeladen, ansonsten hatte sie Zeit. »Wie wäre es mit Samstagvormittag?«

Jordan musste offenbar nicht in ihren Kalender schauen, denn sofort antwortete sie: »Sehr gerne. Ich schreibe Ihnen eine WhatsApp-Nachricht mit dem Angebot meines Services, damit wir schon einmal eine Gesprächsgrundlage haben.«

Das klang beinahe professionell und gar nicht mal so sehr nach einer Luftnummer. »Klingt gut.« Abby zögerte kurz. »Für wie viele Bräute haben Sie denn schon die Brautjungfer gespielt?«

»27 bis jetzt. Für die zweite Jahreshälfte bin ich noch bei fünf weiteren gebucht. Sie hatten Glück, dass ich durch eine Absage ein freies Zeitfenster bekommen habe. Aber wie gesagt, es kommt nur darauf an, ob Sie das auch wollen.«

Diese Zahl verblüffte Abby dann doch. »27? Wow. Das ist eine Menge Hilfe für Bräute. Ich wusste gar nicht, dass das so gefragt ist.«

»Sie wären überrascht«, sagte Jordan amüsiert. »Passt Ihnen zehn Uhr? Ich plane immer mindestens zwei Stunden für das Erstgespräch ein, damit wir genug Zeit haben. Stellen Sie sich einfach ein nettes Kaffee-Date mit einer Freundin vor. Wir reden ein bisschen und lernen uns kennen. Danach werden Sie wissen, ob wir miteinander arbeiten können oder nicht. Ist das für Sie in Ordnung?«

»Das klingt ja fast normal.«

Jordan lachte. Ein tiefes, herzliches Lachen, das Abby unwillkürlich lächeln ließ.

»Dann sehen wir uns am Samstag«, sagte Jordan. »Und ich verspreche Ihnen, dass es fast normal sein wird.«

Kapitel 5

Jordan hatte sich mit Abby im *Pinkies Up* verabredet, einem Café, das erst vor Kurzem auf der Balham High Street eröffnet hatte. Die Empfehlung hatte Sean ausgesprochen, ein Freund aus der Gegend, der das Szenecafé für einen guten Treffpunkt hielt – und es war wirklich keine schlechte Wahl. Die weißen Holztische fügten sich mit ihren passenden Stühlen gut vor den leicht schimmernden, rosafarbenen Wänden ein, an denen Grünpflanzen für eine angenehme Atmosphäre sorgten. Das gefiel Jordan besonders gut, da Pflanzen schon immer eine beruhigende Wirkung auf sie gehabt hatten.

Wie immer war sie zu früh dran. Also suchte sich Jordan einen Platz und ließ den Blick durch den Raum schweifen, während sie an ihrem Milchkaffee nippte. Das Café war gut besucht, hier und da sah sie Eltern mit ihren Kindern, aber auch einige Leute, die an ihren Laptops arbeiteten. Früher hatte Jordan nicht verstanden, warum jemand zum Arbeiten in ein Café ging. Inzwischen war ihr das jedoch klar. Hier hatte man die Gelegenheit, außerhalb der eigenen vier Wände zu arbeiten und dabei ein bisschen menschlichen Kontakt zu bekommen. Meistens war ihr nach Abschluss eines längeren Auftrags erst einmal nach ein paar Tagen Einsamkeit. Bei ihrem Job stand sie schließlich immer in der Öffentlichkeit, was ziemlich anstrengend sein konnte.

Um Punkt zehn Uhr betrat eine Frau den Gastraum und sah sich etwas nervös um. Die Frau aus der E-Mail. Abby.

Jordan setzte sich aufrecht hin. Selbst wenn sie vorher kein Foto von ihr gesehen hätte, hätte sie sie sofort erkannt. Diese Treffen waren für Jordan Alltag. Allerdings waren die Bräute normalerweise weniger zögerlich als Abby, da sie für gewöhnlich gar nicht genug Aufmerksamkeit bekommen konnten. Also würde die Arbeit mit Abby vielleicht sogar eine überdurchschnittliche Herausforderung darstellen.

Jordan hatte Abby im Vorfeld mitgeteilt, dass sie ein gelbes Oberteil tragen würde. Die Farbe harmonierte gut mit ihrer gebräunten Haut; sie bekam immer Komplimente, wenn sie es anhatte. Eine schwarze Hose und weiße Grenson-Sneaker rundeten ihr legeres und trotzdem ordentliches Outfit ab. Businesskleidung machte diese Erstgespräche sehr viel steifer.

Jordan erhob sich und winkte Abby kurz zu, und reichte ihr die Hand, als sie zu ihr gestoßen war. »Danke für Ihr Kommen, Abby. Es ist schön, Sie kennenzulernen.«

Abby hatte einen festen Händedruck und nickte ihr knapp zu, bevor sie sich auf dem gegenüberliegenden Stuhl niederließ. Sie trug dunkelblaue Jeans und ein schwarzes Top. Ihre manikürten Nägel waren rot lackiert, was Jordan sagte, dass sie auf solche Dinge achtete. Abbys dunkle Haare reichten ihr in lockeren Wellen bis knapp auf die Schultern. Hinzu kamen ihre hohen Wangenknochen. Kein Zweifel, Abby war auch in Realität umwerfend attraktiv. Sie klammerte sich an ihre Coach-Handtasche und musterte Jordan von oben bis unten.

Bestanden Jordans blonde Haare, blaue Augen und ihr gewinnendes Lächeln die Prüfung? Offensichtlich schon, denn Abby entspannte sich sichtlich.

»Ich wäre fast nicht gekommen.« Der weiche, schottische Akzent in ihrer Stimme war unüberhörbar. Sie lehnte sich etwas in ihrem Stuhl zurück. »Aber hier bin ich. Wie lang ich bleibe … Nun, das kommt drauf an.«

»Auf was? Wie gut der Kaffee schmeckt? Bis jetzt ziemlich gut.« Jordan winkte eine Kellnerin heran.

Nachdem Abby ihre Bestellung aufgegeben hatte, hängte sie ihre Handtasche an die Stuhllehne. Sie blieb also. Runde eins ging an Jordan.

»Sie sind ehrlich gesagt ganz anders, als ich Sie mir vorgestellt habe.«

»Oh?« Das hörte Jordan nicht zum ersten Mal. »Was haben Sie denn erwartet?«

»Jemanden in einem Brautjungfernkleid. Bescheuert, ich weiß. Wir sind hier nicht auf einer Hochzeit, warum sollten Sie also eins tragen? Aber Sie sehen aus, als könnten Sie eine meiner Freundinnen sein. Eine Person, die ich kenne. Das habe ich nicht erwartet.«

Jordan lächelte. »Genau das ist das Ziel. Meine Aufgabe ist es, mich in Ihr Leben einzufügen und Sie können dabei bestimmen, wie ich aussehe.« Sie deutete auf ihre schulterlangen Haare. »Das ist fast meine natürliche Farbe, der Friseur hat nur ein bisschen nachgeholfen. Aber ich habe sie auch schon braun, rot und sogar schwarz gefärbt, wenn es nötig war. Ich kann sein, wen immer Sie an Ihrer Seite haben wollen.« Jordan ließ den Blick kurz über Abbys schlanken Körper huschen. Die Frau war noch immer ziemlich angespannt und der Auftrag stand weiterhin auf der Kippe. Sie musste unbedingt dafür sorgen, dass Abby sich wohlfühlte. Wenn sie eins konnte, dann das. »Aber ich bin schon zehn Schritte zu weit.«

Die Kellnerin brachte den Kaffee.

»Möchten Sie etwas essen?« Frühstückte Abby normalerweise? Insgeheim war sich Jordan sicher, dass sie das nicht tat.

Abby schüttelte den Kopf. »Nein, danke.«

»Okay. Vielleicht sollte ich Ihnen ein bisschen mehr über den Service erzählen, den ich anbiete. Angefangen hat alles, weil ich Bedarf gesehen habe und durch Mund-zu-Mund-Propaganda ist das Ganze stetig gewachsen. Wie hat Marcus von mir erfahren?«

»Auf einer Webseite, glaube ich.« Abby spitzte die Lippen und runzelte die Stirn. »Ist aber schon ein bisschen seltsam, dass er davon wusste.«

»In seiner E-Mail klang es so, als wollte er die Hochzeit so angenehm wie möglich für Sie machen. Das ist mein Job und in dem bin ich gut. Sie können gerne mit den Bräuten sprechen, die mit mir gearbeitet haben, die werden Ihnen das sicher bestätigen.«

»Ich glaube Ihnen das auch so.« Abby probierte ihren Kaffee und nickte anerkennend. »Sie hatten recht, der ist gut. Na schön, worüber redet man bei einem solchen Erstgespräch normalerweise?«

Jordan räusperte sich. »Wir loten aus, wie ich Sie unterstützen kann. Hauptsächlich lernen wir uns einfach kennen und schauen, ob wir miteinander arbeiten können. Wenn wir das durchziehen, werden wir viel Zeit miteinander verbringen. Ich nehme nicht jede potenzielle Kundin an und ich werde auch nicht von jeder beauftragt. Also kein Druck.« Für einen Moment zögerte Jordan. Abby war schwer zu durchschauen. »Fangen wir doch mit etwas Einfachem an. Erzählen Sie mir etwas aus Ihrem Leben. Über Ihre Arbeit, Ihre Familie. Und natürlich über Marcus.«

Abby überschlug die Beine und nickte zustimmend. »Okay, ich arbeite in der Führungsebene – als Projektmanagerin bei *Investwell*. Wenn alles klappt, werde ich demnächst zur Teamleiterin eines Projekts befördert, das ein neues System in unserer Vermögensverwaltung implementiert. Mein Chef ist nett, aber langweilig. Wenn ich irgendwann so werde, muss ich mich leider erschießen. Der Job ist nicht besonders aufregend, aber gut bezahlt. Ich mache meine Arbeit und die Leute wissen das zu schätzen.« Sie musterte Jordan erneut. »Ein bisschen, wie bei Ihnen, oder?«

Sie war klug. »Teilweise schon. Sie könnten mich als ihre persönliche Cheerleaderin betrachten, als rechte Hand und als Schulter zum Ausweinen.« Manchmal verwendete Jordan den Begriff *Therapeutin*, hatte hier aber das Gefühl, dass es Abby eher abschrecken würde. Die Frau wirkte auf sie sehr unabhängig, und wie jemand, der selten um Hilfe bat. Der Auftrag stand also noch immer in den Sternen.

»Außerdem: Wenn man tagsüber schon Projekte verwaltet, will man das ja nicht auch noch in seiner Freizeit tun.« Jordan hielt kurz inne. »Sind Sie zu Hause sehr ordentlich?«

Auf Abbys Gesicht breitete sich ein Lächeln aus. Das stand ihr sehr gut. Sie schüttelte den Kopf. »Nein. Da hat Marcus definitiv die Nase vorn. Ich lasse schon mal Kaffeetassen tagelang neben der Spüle stehen, was er überhaupt nicht ausstehen kann.«

»Man muss nicht in allem akkurat sein«, antwortete Jordan. Sie hatte einen ersten Anhaltspunkt gefunden. »Wie sieht es mit Ihrer Familie aus?«

»Meine Familie …« Abbys Lächeln wurde noch breiter. »Die ist wesentlich angenehmer als Marcus' Eltern. Meine Mutter, Gloria, ist Uniprofessorin und stammt aus Glasgow, lebt aber inzwischen in St. Albans. Mein Vater repariert Staubsauger.«

Das ließ Jordan stutzen. »Macht er das beruflich?«

»Die Frage stellt man ihm oft. Aber ja, tut er.« Sie grinste. »Er ist nicht mein biologischer Vater, aber das spielt keine Rolle. Er hat mich großgezogen. Sein Name ist Martin. Die gleichen drei Anfangsbuchstaben wie bei dem Mann, den ich heiraten werde. Vielleicht sind alle Männer, die mit *Mar* anfangen, was Besonderes?«

Jordan neigte den Kopf zur Seite. »Vielleicht. Mein Dad heißt Bob, ich habe also keine Vergleichsmöglichkeit.« Sie wechselte das Thema. »Wie hat Marcus Ihnen den Antrag gemacht?«

Abby strich sich über die Jeans, als wollte sie imaginäre Falten glätten. »Marcus … Er ist ein Schatz. Ich kann mich glücklich schätzen, ihn zu haben.« Ihre Mundwinkel zuckten leicht beim Sprechen. »Er hat mich nach einem romantischen Essen bei sich zu Hause gefragt. Ist auf die Knie gegangen und hat mich gebeten, ihn zu heiraten. Es war ein bisschen altmodisch, aber so liebenswert. Zuvor hatte er bei meinen Eltern um meine Hand angehalten, weil er ein Gentleman ist. Mich hat das zwar nicht besonders begeistert, weil ich nicht das Eigentum meiner Eltern bin, das hier mal eben den Besitzer wechselt.« Abbys Fuß wippte hektisch. »Aber so ist Marcus eben: traditionell und süß. Außerdem hat er grünes Thai Curry wirklich drauf. Meine Mutter meint, dass ich ihn schon deswegen heiraten sollte, weil er kochen kann.«

»Da hab ich schon schlechtere Gründe gehört«, sagte Jordan.

»Das kann ich mir vorstellen.« Abby trank einen Schluck Kaffee und leckte sich die Lippen. Ein Lächeln huschte über ihr Gesicht. »Dann erklären Sie mir doch mal, warum ich sie als professionelle Brautjungfer engagieren sollte.«

»Die kurze Antwort: Weil ich für Sie den Stress aus der ganzen Sache nehmen und dafür sorgen kann, dass Sie die Hochzeit genießen können. Das Komplettpaket beinhaltet, dass ich als eine Ihrer Brautjungfern auftrete. Wenn ich Ihre Rede schreiben, den Junggesellinnenabschied organisieren oder Ihnen den richtigen BH für den großen Tag besorgen soll, mache ich das. Ich kann sogar dafür sorgen, dass sie in der Nacht vor der Hochzeit gut schlafen.«

Das brachte Abby zum Lachen. »Zaubern können Sie also auch?«

»Das wurde mir schon nachgesagt.« Jordan schenkte ihr ein strahlendes Lächeln. »Wenn Sie nicht das Komplettpaket buchen wollen, kann ich auf Tagesbasis als persönliche Brautassistentin gebucht werden. Mein Job ist es, Ihnen das Leben leichter zu machen, und was immer Sie brauchen, kann ich für Sie erledigen.«

Abby hörte aufmerksam zu und nickte.

»Gehen wir mal davon aus, dass Sie das VIP-Paket buchen. Die Geschichte basiert meistens darauf, dass ich eine Kindheitsfreundin bin, zu der Sie lange keinen Kontakt hatten. Jetzt haben wir unsere Freundschaft wieder aufleben lassen.« Jordan unterstrich ihre Worte mit einer feierlichen Geste ihrer Hände. »Wir haben uns immer versprochen, dass wir die Trauzeugin der jeweils anderen werden und hier bin ich.« Sie lehnte sich ein wenig nach vorne und sah Abby direkt in die Augen. »Das funktioniert jedes Mal hervorragend. Sie wären überrascht, wie selten die Leute da nachfragen.« Jordan kratzte sich am Kinn. »Und sollte doch mal jemand nachhaken … Nun, ich bin diskret und eine gute Schauspielerin. Marcus hat erwähnt, dass Ihre Schwiegermutter Ihnen ziemlich zu schaffen macht. Ich bin Expertin im Umgang mit denen.«

Abbys Fuß wippte erneut nervös. »Haben Sie eine Schwiegermutter?«

Jordan erschauderte. »Nein. Wenn ich eine hätte, wäre es für mich wahrscheinlich auch schwierig.« Sie lächelte. »Aber ich habe viel Erfahrung mit solchen Situationen und zudem Hintergrundwissen. Ich habe einen Abschluss in Psychologie und weiß, wie ich mit Menschen umgehen muss. Meine Kleidung passt immer zum Anlass und ich begegne Problemen vorausschauend, lange bevor sie entstehen. Wenn sie Ihnen am meisten Stress macht, können Sie mich entsprechend instruieren und müssen vor der Hochzeit nicht mehr mit ihr sprechen. Mein Job ist es, Probleme zu vermeiden oder zu lösen und darin bin ich gut.«

Darüber dachte Abby eine Weile nach. »Das klingt verführerisch. Ich habe allerdings schon zwei Brautjungfern. Meine Trauzeugin kümmert sich um den Junggesellinnenabschied. Ich bin mir also nicht sicher, ob ich Sie dafür brauche.«

Jordan zuckte die Schultern. »Kein Problem. Ich kann einfach eine weitere Brautjungfer sein, die alle bei den Vorbereitungen unterstützt. Die Aufgaben der Trauzeugin übernehmen, ohne den Titel einzustreichen.« Sie hob eine Hand. »Ich will niemandem auf die Füße treten. Wenn Ihre Trauzeugin das alles im Griff hat, wunderbar. Aber …« Jordan zögerte. Dieser Teil war immer ein bisschen kniffelig. »Ich frage jetzt mal ganz direkt: Hat sie alles im Griff? Macht sie Ihnen das Leben leichter oder noch schwerer?«

Abby kniff die Lippen erst auf der einen, dann auf der anderen Seite zusammen. Schließlich stieß sie einen lang gezogenen Seufzer aus. »Ehrlich gesagt ist sie derzeit ein verfluchter Albtraum.« Sie schlug sich die Hand vor den Mund. »Wenn sie je erfährt, dass ich das gesagt habe, bringt sie mich um. Verdammt, das wollte ich eigentlich nicht.«

Jordan unterdrückte ein Grinsen. Zwei Fluchworte in ebenso vielen Sätzen. Abby entspannte sich offenbar ein wenig. »Das kommt oft vor.« Sie legte Abby sachte eine Hand auf den Arm.

Abby zuckte zusammen, schaute hinunter auf Jordans Finger und dann in ihr Gesicht.

Etwas in Jordan reagierte darauf. Sie hielt Abbys Blick einen Moment lang stand, bevor sie den Kopf schüttelte. »Wo war ich gerade?«

Jordan musste sich einen Moment sammeln, um sich daran zu erinnern.

»Oh, genau. Vertraulichkeit. Wenn Sie mich beauftragen, behandele ich absolut alles, was Sie sagen, streng vertraulich. Sie müssen sich also nie entschuldigen. Ich kann Ihnen am besten helfen, wenn ich weiß, was auf mich zukommt. Okay?«

Abby nickte. Ihre Wangen waren gerötet und sie vermied es, Jordan anzusehen. »Meine beste Freundin Delta ist meine Trauzeugin. Eigentlich ist sie eine unglaublich fähige und wunderbare Frau. Nur wurde sie gerade erst von ihrer Freundin verlassen und ist dementsprechend neben der Spur. Sagen wir einfach, die Sache ist ihr irgendwann über den Kopf gewachsen, und jetzt habe ich wirklich Angst vor dem Wochenende in Cannes.«

Jordan lehnte sich zurück. Abby brauchte Hilfe bei ihrer Schwiegermutter und ihrer Trauzeugin. Der Job war ihr so gut wie sicher.

Außerdem mochte sie Abby. Sie mochte ihre direkte Art und konnte ihrem weichen, schottischen Akzent den ganzen Tag lang zuhören. Jordan war sich sicher, dass Abby irgendwann alles zu viel werden würde – das passierte jeder Braut –, aber bislang machte sie den Eindruck, auch dann noch vernünftig zu reagieren. Ein weiterer Pluspunkt: Sie hatte eine queere Trauzeugin.

»Wenn wir miteinander arbeiten, kann ich mich auch um das Wochenende kümmern. Den Druck rausnehmen. Mich mit Delta und Marcus' Mutter befassen. Wie heißt sie?«

»Marjorie.« Aus Abbys Mund klang der Name eher wie ein Fauchen. »Marjorie fängt auch mit *Mar* an, oder? Damit wäre meine Theorie von vorhin dann vom Tisch.«

»Vielleicht gilt das nur für Männer.«

Abby lächelte wieder etwas entspannter. Erneut veränderte sich ihre gesamte Ausstrahlung. Das sollte sie wirklich öfter machen.

»Die Leute wollen Sie wirklich auf ihren Hochzeitsfotos haben? Eine völlig fremde Person?«

Jordan nickte. »Ja. Eine meiner Auftraggeberinnen hat mich engagiert, weil ihre Brautjungfern sich permanent gestritten haben. Also hat sie sie gefeuert. Ich habe für sie den Junggesellinnenabschied und alles andere organisiert und bin dann sogar vor ihr zum Altar geschritten.«

»Irgendwie kann ich das verstehen. Ich wollte eigentlich keine Brautjungfern, aber Delta hat mich überredet. Und nun lässt sie mich sitzen. Meine Cousine Taran wohnt in Schottland, sie ist also zu weit weg.«

»Klingt, als hätte Marcus recht gehabt. Sie brauchen Hilfe.«

»Aber Marjorie *und* Delta? Trauen Sie sich das wirklich zu? Die können beide ziemlich stur sein. Delta hat auf der Uni Rugby gespielt.«

Jordan lachte. »Ich passe auf, dass sie mich nicht von der Seite erwischt.«

»Sie stammt auch aus Schottland, aber wir haben uns während des Studiums in St. Alban kennengelernt.« Abbys Züge entspannten sich wieder etwas. »Mir will immer noch nicht in den Kopf, dass es wirklich Leute gibt, die eine Fremde als Brautjungfer verpflichten.«

»Jetzt bin ich noch eine Fremde. Aber wenn ich mit Ihnen arbeite, wird das nicht lange anhalten. Einige Bräute nehmen sich Verwandte als Brautjungfern, die sie vielleicht nur ein- oder zweimal in ihrem Leben gesehen haben. Bis zur Hochzeit weiß ich oft mehr über meine Kundinnen als ihre besten Freunde. Liegt wohl am Heiraten, dass die Leute sich so öffnen.«

»Eine professionelle Brautjungfer.« Abby schüttelte ungläubig den Kopf. »Wie sind Sie überhaupt auf die Idee gekommen, das zum Beruf zu machen?«

»Das ist eine lange Geschichte. Ich erzähl sie Ihnen, wenn Sie mich einstellen.«

»Sie können wirklich ein menschlicher Schutzschild zwischen Marcus' Mutter und mir werden?«

»Wenn ich mich richtig erinnere, ist die Hochzeit in gut fünf Wochen?«

Abby nickte bestätigend.

»Ich kann dafür sorgen, dass Sie in den nächsten fünf Wochen minimalen Kontakt zu ihr haben werden. Abgesehen vom Tag der Hochzeit und den persönlichen Verpflichtungen natürlich.«

»In diesem Fall würde ich den Versuch tatsächlich wagen.« Abby zögerte, musterte Jordan noch einmal und ließ den Kopf dann mit einem tiefen Seufzen in den Nacken sinken. »Ich hab mich entschieden.« Sie setzte sich wieder gerade hin und streckte eine Hand aus. »Wir werden sehen, ob das funktioniert. Sie werden meine Brautjungfer sein. Erst wollte ich gar keine, jetzt habe ich drei.« Sie zog eine Augenbraue nach oben. »Wollen wir uns noch einen Kaffee bestellen zur Feier des Tages?«

»Ich lade Sie ein.« Jordan winkte der Kellnerin, bevor sie Abbys zitternde Hand ergriff und sie schüttelte.

Als sich ihre Finger berührten, breitete sich Wärme über Jordans Arm nach oben aus. Instinktiv suchte sie Abbys Blick, die diesen unverwandt erwiderte.

»Sie sind eine faszinierende Frau, Jordan. Wie heißen Sie mit Nachnamen?«

»Cohen. Aber vielleicht sollten wir uns ab jetzt einfach duzen.« Jordans Puls beschleunigte sich.

»Jordan Cohen.« Abby neigte den Kopf zur Seite. »Du wirst definitiv die attraktivste meiner Brautjungfern sein. Willkommen im Team. Marcus hat dich angeschrieben, aber ab jetzt bist du im ›Team Abby‹. Ist das in Ordnung für dich?«

Einen Moment lang vergaß Jordan, wo sie war. Doch dann besann sie sich eines Besseren.

Sie befand sich im Gespräch mit einer Kundin. Einer, die heiraten würde. Das hier war rein geschäftlich. Egal, wie schön ihre Augen waren.

»Das ist hervorragend. Ich freue mich darauf, dich bald glücklich heiraten zu sehen.«

Kapitel 6

Delta begrüßte Abby mit einem deprimierten Lächeln und einer halbherzigen Umarmung. Normalerweise brach sie einem dabei beinahe die Knochen, doch die Trennung hatte sie tief getroffen. Erst letzten Monat hatte Delta noch angedeutet, dass Nora und sie vielleicht zusammenziehen würden. Doch dazu war es nicht mehr gekommen.

Es tat Abby leid für Delta, aber sie selbst vergoss keine Träne darüber, dass die Beziehung in die Brüche gegangen war. Nora war eine unerträgliche Besserwisserin und sie hatte auf Abby stets wie ein kalter Fisch gewirkt. Delta dagegen war ein so lebensfroher und offener Mensch. Wie oft hatte Abby ihr schon gesagt, dass sie ihr Herz nicht immer an die Erstbeste verschenken sollte? Und dass sie ihren Frauengeschmack dringend überdenken musste, weil ihre Partnerinnenwahl in der Regel katastrophal war.

Abby griff nach Deltas Hand, während sie Londons Einkaufsmeile hinunterschlenderten. Um sie herum herrschte die übliche Betriebsamkeit der Oxford Street. Schwarze Taxis und rote Doppeldeckerbusse rauschten vorbei und Fahrradkuriere schlängelten sich geschickt durch den Verkehr. Wettertechnisch tat der Mai immer noch so, als sei es April, und am blassblauen Himmel versteckte sich die Sonne hinter dichten, weißen Wolken. Abby konnte nur hoffen, dass sich das bis zu ihrer Hochzeit im Juni noch besserte. Das Gleiche galt auch für die Stimmung ihrer besten Freundin.

Sie lotste Delta zu John Lewis, einem der bekanntesten Kaufhäuser Londons. Als sie eintraten, hatte sie wie immer Mühe, die Sinneseindrücke in der Kosmetikabteilung zu verarbeiten, die aus viel zu hellem Licht und blumigen Düften zu bestehen schien. Abby atmete tief durch, als sie an den Make-up-Tresen vorbeikamen, hinter denen die perfekt zurechtgemachten Verkäuferinnen auf die nächste Kundschaft warteten. Der Duft der Kosmetika gab ihr immer das Gefühl, nach Hause zu kommen. Schon als Kind hatte sie stets fasziniert beobachtet, wie ihre Mutter sich schminkte.

Sie nahmen die Rolltreppe in den zweiten Stock, wo sich die Bademodenabteilung befand. Delta hatte sich bereit erklärt, Abby bei der Auswahl eines neuen Bikinis für ihre Flitterwochen zu helfen, solange Abby anschließend für alkoholische Kompensation sorgte. Somit war die Bar auf dem Dach des Kaufhauses das angestrebte Ziel am Ende ihrer Shoppingtour.

Abby strich ihrer Freundin über den Arm. »Wie geht's dir?«

»Wie's mir geht?« Deltas Griff um den Handlauf der Rolltreppe verstärkte sich sichtbar. »Todunglücklich. Elend. Aber überraschenderweise bin ich überwiegend nüchtern.«

»Dein Arbeitgeber fände es wahrscheinlich nicht gut, wenn du betrunken zur Arbeit erscheinen würdest.«

»Ich weiß. Das ist so unfair.«

Sie verließen diese Rolltreppe und traten auf die nächste, bevor sie ihr Gespräch wieder aufnahmen.

»Hast du was von ihr gehört?«

»Nora?« Delta strich sich eine Haarsträhne hinter das linke Ohr.

»Nein, vom Weihnachtsmann«, witzelte Abby. »Natürlich von Nora.«

Delta schüttelte den Kopf, als sie ihr Zielstockwerk erreichten. »Nein. Aber das hab ich auch nicht erwartet. Sie hat bei der Trennung sehr deutlich gemacht, dass es für sie keine zweite Chance mit uns gibt. *Das mit uns ist eine Sackgasse*, waren so in etwa ihre Worte.«

Abby verzog das Gesicht. »Autsch. Da hat wohl jemand zu viele Selbsthilfebücher gelesen.«

Das entlockte Delta zumindest ein Lächeln. »Es hat sich schon angefühlt, als würde sie mich beurteilen. Und ich habe nicht bestanden.«

Abby drückte Deltas Arm liebevoll, während sie sich einen Weg durch Ständer mit überteuerten Blusen und astronomisch bepreisten Jacken bahnten. Sie hielt kurz inne und schnappte sich einen glitzernden, goldenen Blazer, warf einen Blick auf das Preisschild und rümpfte die Nase. »Würdest du dich besser fühlen, wenn ich dir den hier kaufe?«

Delta lachte. »Eine Karriere als Zauberkünstlerin stand eigentlich nicht auf meinem Plan für die Zukunft.«

»Er würde dir trotzdem super stehen«, betonte Abby. Sie sah sich um und deutete auf eine pinke Chiffon-Bluse. »Mit der pinken Bluse könnten wir dich ruckzuck neu verkuppeln. Das Outfit schreit doch förmlich nach Ladykiller.«

Sofort kehrte Deltas trauriges Lächeln zurück. »Ist noch ein bisschen früh für solche Witze.«

Abby hängte den Blazer wieder auf die Stange und hakte sich bei Delta ein. »Verlier deinen Humor nicht, D. Das spielt dem Miststück doch nur in die

Karten.« Sie zögerte kurz und musterte Delta von der Seite. »Aber hey, ich hab gute Neuigkeiten. Was, das dich von du-weißt-schon-wem ablenkt.«

Delta wandte sich ihr zu. »Ich bin ganz Ohr.«

»Marcus hat eine professionelle Brautjungfer für mich engagiert. Und sie ist … Na ja, eigentlich ist sie ziemlich nett. Vernünftig. Normal. Kein bisschen versnobt.« *Und attraktiv*. Aber darüber wollte Abby nicht weiter nachdenken. »Marcus ist der Meinung, dass sie die Sache mit Marjorie mit links regeln kann. Das heißt, er nimmt Geld in die Hand, um mein größtes Problem zu klären. Und schon löst es sich in Luft auf. Offenbar ist es doch gar nicht so übel, wenn man reich ist.«

Delta blieb kurz vor den Bademoden stehen und kratzte sich verblüfft am Kopf. »Was macht man denn als professionelle Brautjungfer? Du hast doch schon Brautjungfern, die mit dir befreundet sind. Und eine Hochzeitsplanerin hast du auch.«

»Das stimmt, aber die arbeitet für Marjorie, also ist sie nicht auf meiner Seite.« Abby kaute nervös auf der Innenseite ihrer Wange herum. »Jordan wird meine rechte Hand und hilft mir bei allem, was anfällt. Inklusive des Junggesellinnenabschieds.«

Deltas Gesichtsausdruck verfinsterte sich. »Ist das nicht meine Aufgabe?«

Jetzt galt es sensibel vorzugehen. »Ja, aber du bist in letzter Zeit ein bisschen abgelenkt. Marcus hat die Frau eingestellt, damit sie uns unterstützt, also soll sie auch genau das tun. So können wir uns beide entspannen und gemeinsam das Wochenende genießen. Was meinst du?«

Noch vor einem Monat hätte Delta dieser Idee nie im Leben zugestimmt. Doch jetzt sprach ihr Gesichtsausdruck Bände.

»Ich hab das Gefühl, dich im Stich zu lassen.«

Abby nahm ihre Freundin in den Arm. »Das tust du nicht. Tatsächlich tust du mir einen Gefallen. Ich muss die Frau ja schließlich irgendwie beschäftigen. Außerdem hast du den Plan ja schon ausgearbeitet, also ist es Teamwork. Lass sie doch den Rest machen.«

Delta spitzte die Lippen. »Bin ich immer noch deine Trauzeugin?«

Abby nickte nachdrücklich. »Selbstverständlich. Du bist meine beste Freundin, die kann Jordan unmöglich ersetzen.«

Delta ging zu einer der Bademodenauslagen, drehte sich dann aber wieder zu Abby. Sie wirkte sichtlich entspannter. »Diese Jordan …« Sie stockte kurz und runzelte die Stirn. »Wer zum Teufel heißt denn außerhalb von amerikanischen Sitcoms Jordan?«

»Katie Price hat sich eine ganze Weile lang so genannt.« Abby musste über ihren eigenen Witz grinsen.

»Sie sieht aber nicht aus, wie Katie Price, oder?«

Jordan tauchte erneut vor Abbys innerem Auge auf. Ihr Lachen, das noch lange in der Luft hing, nachdem es bereits verstummt war. Ihr herzliches Lächeln. Der Blick, mit dem sie Abby angesehen hatte, als wüsste sie bereits so vieles über sie.

»Absolut nicht.« Abby nahm eine orangefarbene Bikinihose in die Hand, legte sie aber ebenso schnell wieder weg, als sie die glitzernde, pinke Blume darauf entdeckte. »Weißt du, die Montgomerys und ihre Freunde sind alle vom selben Schlag. Jordan nicht. Sie könnte eine von unseren Freundinnen sein. Ich kenne sie noch nicht besonders gut, aber es ist schön, jemanden dabei zu haben, der auf meiner Seite steht. Jemanden, der mich versteht.«

»Ich verstehe dich.«

»Du weißt, was ich meine. Jemanden vom Personal. Du bist kein Personal.«

»Oh mein Gott. Du hast Personal auf deiner Hochzeit. Jetzt wird's kritisch. Hast du es deiner Mum schon gesagt?«

Abby schüttelte den Kopf. Es würde definitiv kein Zuckerschlecken werden, ihrer Mutter Gloria diese Neuigkeit beizubringen. »Noch nicht.« Sie zögerte. »Ist alles in Ordnung zwischen uns? Kann ich Jordan sagen, dass sie sich um das Abschiedswochenende kümmern soll?«

Delta musterte sie einen Moment lang, nickte dann aber. »Solange sie keinen zweiten Stripper bestellt …«

Abby stupste sie gespielt empört in die Seite. »Ich hoffe, das war ein Witz.« Dann hielt sie einen Bikini hoch, der aus ebenso vielen Löchern wie Stoff bestand. »Denkst du, der würde Marcus gefallen?«

Delta grinste. »Wenn nicht, ist er schwul. Darauf wette ich übrigens immer noch, nur dass du's weißt.«

Abby verdrehte die Augen. »Glaub mir, er ist nicht schwul. Er ist nur rücksichtsvoll.«

»Schwul ist kein Schimpfwort. Ich meine ja nur: In deinem zukünftigen Ehemann schlummert mehr, als man auf den ersten Blick meint. Ein bisschen wie bei seiner Frau in spe, wenn ich das mal so sagen darf. Weiß Marcus, dass du auf der Uni ein bisschen experimentiert hast?«

Abby fuhr zu ihrer besten Freundin herum. »Das reicht.« Den warnenden Tonfall wählte sie bewusst. Delta hob beschwichtigend die Hände.

»Okay, dann reden wir heute nicht darüber.« Sie griff nach einem hellblauen Bikini mit weißem Orchideen-Print. »Wie wäre es mit dem für die vollkommen heterosexuelle Braut?«

Abby seufzte, konnte aber ein Lächeln nicht unterdrücken. »Ich habe vor 15 Jahren mal mit einer einzigen Frau geschlafen. Man sollte meinen, dass du diese alte Geschichte nicht immer wieder hervorkramen musst.«

»Du kennst mich offenbar doch nicht so gut.« Deltas Grinsen wurde noch breiter, doch es war schön, sie etwas fröhlicher zu sehen. »Erzähl mir mehr über diese Jordan.«

»Sie ist ungefähr in unserem Alter. Und hübsch. Du wirst sie mögen.« Zumindest tat Abby das bereits. »Blonde Haare, blaue Augen, stylish. Aber das Wichtigste: Sie kümmert sich um Marjorie, allein dafür liebe ich sie.«

»Wie viel nimmt sie für den Service?«

»Das habe ich nicht gefragt, weil mich die Antwort wahrscheinlich aus den Socken hauen würde.«

»Wenn ich empfindlicher wäre, würde ich vermuten, dass ich rausgedrängt werde.«

Abby zog eine Augenbraue nach oben. »Wie gut, dass du immer so gelassen bist.« Doch dann wurde sie ernst. »Ich erwarte übrigens trotzdem von dir, dass du mich unterstützt. Jordan ist nur eine kleine Hilfe. Ich bin auf deine Meinung angewiesen. Wie zum Beispiel beim Brautkleid, bei dem ich mich zeitnah entscheiden muss. Du wirst doch bei der Anprobe dabei sein, oder?« Abby und ihre Mutter hatten die Auswahl bereits auf zwei mögliche Kleider eingegrenzt und sie zur finalen Anprobe entsprechend ändern lassen.

Delta deutete mit den Fingern ein Kreuzzeichen auf ihrer Brust an. »Ich schwöre es und wenn ich mein Leben dabei lasse.«

Drohend hob Abby den Finger. »Hier stirbt niemand – und schon gar nicht, bevor du deine Pflicht als Brautjungfer erfüllt hat.«

Delta schaute ihr fest in die Augen. »Ich hoffe, dass Jordan versteht, dass wir seit 20 Jahren befreundet sind. Ich kenne dich und ich weiß, was dir gefällt. Vielleicht könnte ich mich vor dem Junggesellinnenabschied mal mit ihr treffen und ein paar Sachen mit ihr besprechen.«

»Klar. Das wollte ich sowieso vorschlagen.«

»Okay.« Delta musterte sie mit einem schelmischen Grinsen. »Wird sie auch in der Hochzeitsnacht dabei sein, wenn ihr die Ehe vollzieht?«

Das brachte ihr einen Klaps auf den Arm ein. »Dann hätten wir wenigstens mal Sex.« Sobald die Worte aus ihrem Mund gesprudelt waren, sog sie scharf Luft ein. Das hatte sie nicht laut sagen wollen.

»Habt ihr immer noch keinen gehabt?«

Abby schüttelte den Kopf und nahm einen dunkelblauen Bikini mit weißen Punkten von der Stange. »Wie stehst du zu dem?« Im Zuge der Hochzeitsvorbereitungen keinen Sex zu haben, war nicht ungewöhnlich. Doch bei ihnen war das schon länger so. Monate inzwischen.

Aber Marcus war lediglich rücksichtsvoll.

Das musste sie sich immer wieder vor Augen halten.

Kapitel 7

»Welchen davon soll ich nehmen?« Jordan betrachtete kritisch die Golfschläger, die an der Seite der Bahn aufgestellt waren. Nie hätte sie gedacht, dass Abby als Ort zum Kennenlernen ausgerechnet einen Golfplatz aussuchen würde. Jordan hatte keine Ahnung von Golf.

Vor den 30 Bahnen erstreckte sich der Golfplatz mit seinen Fähnchen und Bunkern in sattem Grün. Die einzelnen Einheiten waren zu beiden Seiten mit 30 Meter hohen Netzen voneinander getrennt, damit die Bälle blieben, wo sie hingehörten. Das würden sie andernfalls definitiv nicht tun. Von allen Seiten klatschten Bälle gegen die Netze, untermalt vom rhythmischen Klacken der Schläger, die sie in die Luft beförderten.

Abby lachte amüsiert. »Man nennt sie Hölzer oder Eisen, je nachdem. Du kennst dich mit Golf echt nicht aus, oder?«

»Das hier ist kein richtiges Golf, oder?«

Abby schüttelte den Kopf. »Hier ist der Übungsbereich, in dem man die Schläge und Schwünge trainiert. Oder einfach nur Bälle drischt.«

»Verstanden. Sport und ich sind nicht die besten Freunde. Ich war eins von den Mädchen, das beim Sportunterricht immer seine Periode hatte. Meine Mitbewohnerin Karen zwingt mich zum Joggen, weil ich fit bleiben muss. Aber wenn ich nicht müsste, würde ich es lassen.«

»Wirklich? Du siehst aus wie jemand, der regelmäßig ins Fitnessstudio geht«, sagte Abby erstaunt und musterte sie von oben bis unten.

Lachend winkte Jordan ab. »Oh nein. Ich habe nur eine Menge überschüssiger Energie, mehr nicht. Wahrscheinlich ein Überbleibsel meiner Kindheit. Mein Vater war beim Militär, also sind wir oft umgezogen. Man lernt, auf alles vorbereitet zu sein, innerhalb kürzester Zeit Sachen zu packen und komplett neu anzufangen. Deswegen liegt mir der Job so. Ich bin organisiert und nicht aus der Ruhe zu bringen.«

»Das sind die perfekten Eigenschaften für meine professionelle Brautjungfer. Aber hey, als Sportmuffel könnte Golf perfekt für dich sein. Es ist nicht hektisch und besteht nur aus Spaziergängen und dem Schwingen von Schlägern. Hier auf dem Übungsplatz fällt das Laufen auch noch weg. Du musst also nur zielen und schlagen.«

Das klang gar nicht mal so schlimm. »Das sollte ich hinkriegen«, antwortete Jordan.

Abby wählte einen Schläger mit dickem Kopf – Holz hatte sie dazu gesagt? –, drehte sich dann zu Jordan um und musterte sie dann aus ihren kastanienbraunen Augen. »Ich zeige dir gleich, wie man den Schläger hält und schwingt. Für den Moment kannst du dich aufs Sofa setzen und mir zuschauen. Okay?«

Jordan nickte und ließ sich auf dem schwarzen Korbsofa im hinteren Teil der Bahn nieder.

Abby leckte sich über die Lippen, streckte sich und stellte die Füße dann etwas weiter auseinander. Sie wackelte mit der Hüfte ein paarmal von rechts nach links, schloss die Finger beider Hände um den Schlägergriff und betrachtete erst die Bahn, dann den Ball. Ihre Konzentration war beinahe spürbar und dieses Schauspiel faszinierte Jordan ungemein. Abbys Becken bewegte sich nun lockerer, und vollzog eine Acht, die jeder Sambatänzerin Konkurrenz gemacht hätte. Jordan genoss dieses Bild für einen Moment, bevor sie es beiseiteschob. Sie war beruflich hier. Und um mit ihrem Abschlag zu beeindrucken.

Noch ein bisschen Hüftgewackel, dann holte Abby mit dem Schläger aus, drehte sich aus dem Oberkörper und beförderte den Ball schwungvoll die Übungsbahn hinunter. Er segelte in einem hohen, weiten Bogen und prallte schließlich an der rechten Netzseite ab.

Jordan setzte sich aufrecht hin und stieß einen Pfiff aus. Verdammt. Abby bewegte sich nicht nur unanständig gut, sie zeigte auch Golfbällen, was Sache war.

Als Nächstes war Jordan dran. Mist.

»Du bist ziemlich gut.«

Abby sah auf und grinste verschmitzt. »Sagen wir einfach: Ich komme hierher, um Dampf abzulassen. Wenn ich einen schlechten Tag hatte, stelle ich mir vor, dass die Golfbälle meine Kunden sind. Wenn ich einen guten Tag hatte, tue ich so, als seien die Golfbälle meine Schwiegermutter. Klappt wirklich jedes Mal super.«

Sie platzierte den nächsten Ball auf dem mitgenommen aussehenden Tee, suchte sich einen sicheren Stand und schlug erneut ab. Das wiederholte Abby noch zweimal, ehe sie sich umdrehte und zufrieden seufzte. Während sie ihren Golfhandschuh auszog, gesellte sie sich zu Jordan. Sie ließ sich auf das dicke Polster fallen und wirkte mittlerweile deutlich entspannter als bei ihrem ersten

Treffen vor zehn Tagen. Das hier war ihr sicherer Hafen. Jordan war beeindruckt, dass Abby sich ihr so schnell geöffnet hatte.

»Kommt Marcus mit dir zusammen her?«

Abby nickte und wandte den Blick vom Rasen ab. »Ja. Aber ich glaube, er tut es eher, um mir einen Gefallen zu tun.«

»Spielt er kein Golf?«

»Doch schon, aber nur aus geschäftlichen Gründen. Viele Deals werden auf dem Golfplatz geschlossen, so funktioniert diese Welt eben. Aber wenn er die Möglichkeit hätte, würde er wohl nie wieder spielen.«

»Spielst du Golf auf dem Platz?«

»Manchmal. Aber das hier lässt sich leichter in den Alltag integrieren. Einfach zur Bahn zu gehen, mir einen Eimer Bälle holen und sie einen nach dem anderen abzuschlagen. Hat geradezu therapeutische Wirkung. Man kann es mit anderen zusammen machen. Aber ich kann auch problemlos allein herkommen. Andere Leute gehen ins Fitnessstudio oder meditieren. Das hier ist mein Reich.« Abby hielt kurz inne. »Willst du es versuchen?« Mit einer hochgezogenen Augenbraue sah sie Jordan an, erhob sich und hielt ihr eine Hand hin. »Komm, ich zeig dir, wie's geht. Ich verspreche, dass die Schläger dich nicht beißen werden. Und ich auch nicht.«

Jordan schluckte. Sie wusste, dass sie aus dieser Nummer nicht herauskam, also ergriff sie Abbys Hand und kam auf die Füße. Das flaue Gefühl, dass sich in ihrem Magen ausbreitete, als sich ihre Finger berührten, ignorierte sie rigoros.

Abby wählte einen Schläger, den sie am Kopf griff. »Siehst du das hier?« Ihre Finger strichen über die breite Kante. »Der Winkel ist hier anders und du hast mehr Schlagfläche. Das heißt, dass du den Ball mit höherer Wahrscheinlichkeit treffen wirst und in die Luft befördern kannst.«

Jordan nickte. »Ich will ihn fliegen lassen.« Sie nahm den Schläger entgegen und bewegte die Hüfte, wie sie es zuvor bei Abby gesehen hatte.

Das war gar nicht mal so einfach.

»Bring die Hände so zusammen.« Abby griff sich einen der übrigen Schläger und machte es Jordan vor. »Positionier den kleinen Finger zwischen Zeige- und Mittelfinger der anderen Hand.«

Stirnrunzelnd schob Jordan ihren kleinen Finger unter ihrem Daumen durch.

Abby schüttelte den Kopf. »Nein, den Kleinen zwischen Zeige- und Mittelfinger«, wiederholte sie. Vorsichtig platzierte sie Jordans Finger an den richtigen Stellen. Jordan stieg ihr blumiges Parfüm in die Nase, bevor Abby wieder einen Schritt zurücktrat.

»Jetzt schaust du nur auf den Ball, nicht auf den Schläger. Schwing das Eisen hinter deinen Rücken und nach oben in die Luft und folge der Bewegung mit dem Oberkörper. Lass das Becken, wo es ist.«

Jordan versuchte, an nichts anderes zu denken. Sie konzentrierte sich auf den kleinen, weißen Ball, bevor sie den Blick über den Übungsplatz schweifen ließ. Über ihr flogen weiterhin Bälle aus den anderen Bahnen gegen die Netze. Zu ihrer Rechten murmelte ein Mann mit Golf-Cap auf dem Kopf etwas vor sich hin, während er ausholte und den Ball verfehlte.

Jordan atmete tief durch, hob den Schläger hinter den Kopf, schwang ihn nach vorne und direkt am Ball vorbei.

Verflucht.

Sie warf Abby ein unsicheres Lächeln zu.

Aus irgendeinem Grund war es wichtig, dass sie das hier machte. Dass sie Abby beeindruckte. In den meisten Lebensbereichen war Jordan kompetent, Golf zählte allerdings offenbar nicht dazu.

Abby hatte eine Hand in die Hüfte gestemmt und ließ Jordan nicht aus den Augen. Ihr Haar glänzte im künstlichen Licht der Bahn, das auch ihre Wangenknochen betonte. »Dein Griff ist zu fest. Entspann dich, werd ein bisschen lockerer, dann triffst du den Ball leichter.« Abby wackelte mit der Hüfte, um Jordan zu demonstrieren, was sie meinte.

Jordan kopierte die Bewegung, hatte jedoch keine Ahnung, wie ihr das helfen sollte. Sie schwang den Schläger erneut. Wieder verfehlte sie den Ball.

Verdammt noch mal.

Im Fernsehen sah das viel einfacher aus.

Einen Augenblick später trat Abby an ihre Seite, stellte die Füße hüftbreit auseinander und umfasste den Schläger. »Du fasst den Schläger richtig, aber die Position deiner Hände ist zu hoch. Leg sie wieder unten auf den schwarzen Griff. So.« Abby demonstrierte es mit ihrem Schläger.

Jordan starrte auf Abbys perfekt manikürte Fingernägel. Sie sahen auch nicht anders aus als die der meisten Bräute, für die sie arbeitete. Abby war jedoch die Erste, die sie mit auf einen Golfübungsplatz genommen hatte. Normalerweise ging es eher in eine Wellnessoase oder man traf sich zum Mittagessen. Nie zuvor hatte sie sich mit einer Braut auf einem Golfplatz getroffen.

Abby war jedoch anders als Jordans übliche Kundinnen.

Jordan tat, wie ihr geheißen, und legte die Hände an die hoffentlich richtige Stelle.

»Jetzt greifst du wieder, ohne die Finger zu verschränken.« Wenigstens konnte Abby noch darüber lächeln. Das hier war jetzt schon eine Herausforderung und Jordan hatte noch keinen einzigen Ball getroffen.

Abby ließ ihren Schläger fallen, näherte sich Jordan und korrigierte ihre Handhaltung. Die Berührung ihrer Finger schickte ein Kribbeln durch Jordans Körper bis hinauf zu den Haarwurzeln. Mit einem schnellen Seitenblick prüfte sie, ob Abby etwas von dem kleinen Schaudern mitbekommen hatte, doch wenn dem so war, zeigte sie es nicht. Abbys gesamte Konzentration lag auf Jordans Griff. Sie umfasste Jordans Hand fest mit ihrer, während sie hinter sie trat, und legte dann den anderen Arm um Jordans Taille. Sie schmiegte sich vollständig an Jordan.

Nun, sie arbeiteten hier wirklich mit vollem Körpereinsatz. Jordan schluckte und suchte sich einen sicheren Stand, während Abby sich noch immer von hinten an sie drängte.

»Sorry, wenn ich dir ein bisschen zu nahe komme, aber du warst ja diejenige, die gemeint hat, dass wir uns besser kennenlernen sollten.«

Jordan hörte deutlich das Lächeln aus Abbys amüsierten Tonfall heraus.

»Mein erster Golflehrer hat das so gemacht und es hat mir wirklich geholfen.« Der Druck ihres Körpers verstärkte sich noch, bis sie eine bequeme Position gefunden hatte.

In Jordans Kopf herrschte reinstes Chaos.

Abby schwang Jordans Golfschläger nach hinten und ihre Brüste wurden durch die Bewegung gegen Jordans Rücken gepresst.

Ja, sie lernten sich hier schon ziemlich gut kennen.

Jordan versuchte, sich auf das zu konzentrieren, was Abby ihr zeigte.

Auf ihren Griff.

Auf ihren Schwung.

Darauf, dass sie hier in der Öffentlichkeit waren.

Aber das war gar nicht so leicht, nachdem ihre Libido nun zum Leben erwacht war und ihr Puls sich dazu entschieden hatte, dass er heute gerne für einen Sprint trainieren würde.

»Siehst du, was ich meine?« Abby ließ den Schläger langsam wieder sinken, und dabei drehte sie sich und Jordan entsprechend.

Dann sah sie Jordan erwartungsvoll über deren Schulter hinweg an.

Konnte Abby hören, wie laut ihr Herz klopfte? Jordan hoffte auf das Gegenteil.

Abby gab sie schließlich frei und trat ein paar Schritte von ihr weg. Jordan räusperte sich, um das kribbelnde Gefühl abzuschütteln. Abby hatte recht behalten, es *hatte* geholfen. Jetzt wusste sie, wie sie den Schläger halten und wie weit sie ihn nach hinten schwingen musste.

»Konzentrier dich voll und ganz auf den Ball. Versuch's noch mal.«

Abby ließ ihr etwas mehr Platz, während Jordan betont übertrieben mit der Hüfte wackelte.

Das entlockte Abby ein tiefes, leises Lachen. »Das sieht schon mal sehr professionell aus. Jetzt musst du nur noch den Ball treffen.«

»Das wäre schon von Vorteil, oder?« Jordan hob den Schläger in die korrekte Position. Aber diesmal traf sie lediglich den Kunstrasen. Die Vibration des Aufpralls schoss ihren Arm hinauf und sie verzog das Gesicht. Sie machte einen halben Schritt zurück.

»Noch mal«, ermunterte Abby sie. »Als ich angefangen habe, ist mir das ständig passiert.«

»Glaub ich dir nicht.« Jordan atmete tief durch, konzentrierte sich erneut und holte aus. Diesmal traf sie tatsächlich den Ball, aber auch das Tee. Das laute Klacken hallte in ihren Ohren wider und sie schaute ihrem Ball nach, der vom Tee flog und die Bahn hinunterkullerte. Sie hatte getroffen. Einigermaßen.

Hinter ihr applaudierte Abby. »Dein erster Treffer! Ab jetzt geht es nur noch bergauf.«

Jordan wandte sich um und sah Abby mit hochgezogenen Augenbrauen an. Sie erkannte Mitleidsapplaus, wenn sie ihn hörte.

~ ~ ~

Eine Stunde später waren alle Bälle abgeschlagen und Jordan besorgte ihnen an der Bar etwas zu trinken. Darauf hatte sie als Dankeschön für Abbys Geduld bestanden. Dabei hatte es Abby wirklich Spaß gemacht. Sie war eine gute Golferin, vor allem auf dem Übungsplatz, und ihrer Meinung nach sollten mehr Frauen damit anfangen – sei es nun aus Fitnessgründen oder um sich mal abzureagieren. Am Anfang hatte Jordan sich nicht besonders geschickt angestellt, doch nachdem irgendwann der erste Ball durch die Luft gesegelt war, hatte sich das geändert. Danach war sie begeistert bei der Sache gewesen und schien traurig, als sich das Spiel dem Ende zuneigte.

Marcus hatte Abby hierher eingeladen, weil sie es für ihre Pflicht gehalten hatte. Delta hatte sie noch nie mitgenommen, weil ihre Freundin Golf hasste wie die Pest. Ihre Mutter war einmal hier gewesen und hatte viel Spaß dabei gehabt, aber ihr vollgepackter Terminkalender hatte einer Wiederholung bisher im Weg gestanden.

Als Jordan Abby gebeten hatte, sie irgendwohin mitzunehmen, wo sie ganz sie selbst sein konnte, war Abby als erstes der Golfplatz eingefallen. Er hatte nichts mit ihrem Job zu tun, der für sie nur Mittel zum Zweck war. Es war auch nicht ihr Zuhause, das sie noch nicht einmal fertig eingerichtet hatte, obwohl es längst überfällig war.

An diesen Ort kam Abby, wenn sie nachdenken und mit sich allein sein wollte. Manchmal setzte sie sich auch nur mit einem Bier auf die Terrasse und genoss die Aussicht auf den hügeligen Rasen. Marcus mochte solche Bars nicht besonders, er bevorzugte Restaurants oder Cocktail-Bars. Es war überraschend aufregend gewesen, hier mit jemandem Zeit zu verbringen. Mit einer Person, in deren Gegenwart sie sich jetzt schon sehr wohl fühlte. Sie hatte Jordan Zugang zu etwas sehr privatem gewährt und das schien für sie in Ordnung zu sein. Die Bedeutung des Ganzen war Abby durchaus bewusst.

Jordan kam nun zu ihr rüber und gab sich sichtlich alle Mühe, nichts aus den Biergläsern zu verschütten. Mit den Zähnen hielt sie eine Tüte *Walkers* Salt &Vinegar-Chips fest. Der letzte Knopf ihrer Bluse stand offen und gab den Blick auf ein kleines bisschen Haut an Jordans Bauch frei. Ihr goldblondes Haar war nur locker gestylt und sie trug die Nike-Turnschuhe, die Abby sich vor ein paar Wochen selbst angeschaut hatte. Marcus hatte die Schuhe als Modesünde bezeichnet.

An Jordan sahen sie jedoch alles andere als schäbig aus.

Wie jedes ihrer bisherigen Kleidungsstücke.

Vielleicht hätte Abby die Schuhe doch kaufen sollen. Andererseits wäre es wohl ein bisschen peinlich gewesen, wenn sie quasi im Partnerlook aufgetaucht wären.

»Da wären wir.« Jordan stellte die Gläser auf dem Tisch ab und legte die Tüte daneben. »Ich war mir nicht sicher, ob du Chips isst oder wegen der Hochzeit auf Kohlenhydrate verzichtest. Machen viele Bräute. Aber nachdem ich dir ein Bier mitbringen sollte, bin ich das Risiko einfach mal eingegangen. Wenn du nicht willst, vernichte ich sie auch sehr gerne alleine.«

Abby schüttelte den Kopf und nahm einen Schluck von ihrem Bier. »Ich bediene mich gerne, keine Sorge. Das ist mein Abendessen, da passen auch ein paar Chips in den Kalorienplan. Aber keine Instagram-Storys posten, bitte. Wenn Marjorie das sieht, bekommt sie wahrscheinlich einen Herzinfarkt.«

Lachend riss Jordan die Tüte so auf, dass sie beide zulangen konnten. »Ich habe Marjorie neulich kennengelernt und sie war sehr nett zu mir.«

»Weil du dünn bist. Und hübsch.«

Jordan schaute sie an, als hätte sie eine Verrückte vor sich. »Das hast du jetzt gesagt. Du bist ja selbst nicht gerade hässlich. Und du hast doch garantiert seit mindestens vier Jahren kein Weißbrot mehr gegessen – oder zumindest nicht bewusst.«

Abby lachte laut auf. »Seit drei vielleicht.« Es gefiel ihr, wie einfach es war mit Jordan zu lachen.

Vorhin hatte sie auch das Gefühl der anderen Frau in ihren Armen genossen, als sie ihr die richtige Schwungtechnik gezeigt hatte.

Aber darüber würde sie nicht weiter nachdenken.

Letztendlich waren das ohnehin nur freundschaftliche Gefühle, nicht mehr.

»Zu meiner Verteidigung: In meiner Kindheit habe ich davon genug für ein ganzes Leben gegessen. In Glasgow war Weißbrot damals ein unverzichtbares Grundnahrungsmittel.« Abby lehnte sich gelassen in ihrem Stuhl zurück und fuhr mit einem Finger über den Rand ihres Glases. »Ich hab dir gezeigt, wie man einen Golfball abschlägt, jetzt darfst du mir beibringen, wie ich so tun soll, als würden wir uns gut kennen. Ich weiß immer noch nicht, ob ich das so durchziehen kann.«

Jordan schenkte ihr ein ermutigendes Lächeln. »Natürlich kannst du das. Ist wirklich nichts dabei. Außerdem ist es lange her, dass wir befreundet waren, und wir haben uns zwischenzeitlich komplett aus den Augen verloren. Das macht die Geschichte so perfekt. Wir müssen vor der Hochzeit nur möglichst viel Zeit miteinander verbringen, das ist der Schlüssel zu unserem Erfolg. Natürlich nicht jede Minute, aber so wie heute. Du zeigst mir, wer du bist, und ich mache das Gleiche. Frag mich gerne, was immer du willst. Ich antworte auf so ziemlich alles.«

Abby nickte. Das ergab durchaus Sinn. Aber der Hochzeitstag an sich bereitete ihr nicht einmal so viel Kopfzerbrechen, weil ihr da wahrscheinlich niemand Fragen zu ihrer Vergangenheit stellen würde. Am Wochenende des Junggesellinnenabschieds sah die Sache da schon anders aus. Oder beim Sektempfang. Oder dem Probedinner. Delta wusste Bescheid, ebenso Marcus' Eltern. Abbys eigene würden es bis dahin auch wissen. Alle anderen mussten sie jedoch mit ihrem Schauspiel überzeugen.

»Wie alt waren wir, als du die Schule wechseln musstest?«

Jordan rieb sich nachdenklich das Kinn. »Ich würde sagen, neun. Damit können wir schon ein paar Jahre beste Freundinnen gewesen sein. Und das Schöne daran: Ich muss noch nicht mal wirklich lügen. Umzüge waren in meiner Kindheit ja an der Tagesordnung und ich musste oft Freunde zurücklassen. Ab einem gewissen Zeitpunkt hab ich dann nicht mehr wirklich versucht, Freundschaften zu schließen. War einfacher so und hat nicht so wehgetan.«

»Ich bin ganz anders aufgewachsen, sehr geerdet. Meine Mutter hat Vollzeit gearbeitet, mein Dad von zu Hause aus. Er hat sich meistens um den Alltag gekümmert, mich zur Schule gebracht.«

»Davon konnte ich nur träumen«, sagte Jordan. »Hast du noch Kontakt zu Freunden aus der Zeit?«

Abby schüttelte den Kopf. »Seit ich hier im Süden wohne nicht mehr so viel. Aber einige werden trotzdem zur Hochzeit kommen. Die Tarnung wird kein Problem sein, mit genug Wein stellen sie sicher keine Fragen.«

»Funktioniert jedes Mal.« Jordan schwieg einen Moment. »Wollte die kleine Abby, die auf schottischen Spielplätzen rumgeturnt ist und Weißbrotsandwiches verputzt hat, schon damals ins Finanzwesen?«

»Will das irgendwer in dem Alter?«, fragte Abby mit einem spöttischen Schnauben.

»Mein Cousin schon. Aber der ist auch ein bisschen seltsam.«

»Überraschung: ich nicht. Und tatsächlich arbeite ich gerade auf eine Beförderung hin, mit der ich noch mehr Stunden in einem Job arbeiten darf, den ich nicht einmal mag.« Wenn sie das so sagte, stellte das irgendwie ihr ganzes Leben infrage. »Als Teenager wollte ich Profi-Golferin werden, habe damit aber zu spät angefangen. Tiger Woods hatte mit einem Jahr zum ersten Mal einen Schläger in der Hand. Meine zweite Wahl wäre die Arbeit in einer gemeinnützigen Organisation gewesen, Dinge bewegen und die Welt retten, so etwas eben. Charity als Lebensinhalt.«

Jordan nickte. »Also erst mal klein anfangen.«

»Das dachte ich damals auch. Ich bin zur Uni in Oxford gegangen, weil ich gelesen hatte, dass dort alle wichtigen Entscheidungsträger studiert haben. Da wollte ich dazugehören. Allerdings konnte ich die meisten Leute dort nicht leiden. Marcus war mit seiner netten, rücksichtsvollen Art eine Ausnahme, ihn mochte ich.«

»Wow, dann seid ihr ja schon ganz schön lange zusammen.«

»Nein, auf der Uni war da noch nichts. Wir sind uns über den Weg gelaufen, hatten gemeinsame Freunde, aber zwischen uns lief nichts. Erst, als ich ihn vor anderthalb Jahren auf einer Firmenveranstaltung wiedergetroffen habe. Wir haben was getrunken, über alte Zeiten geredet und er hat mich zum Essen eingeladen. Der Rest ist Geschichte.«

»Eine zweite Chance für die Liebe, der Klassiker«, sagte Jordan lächelnd.

Das trübte Abbys Laune ein wenig, doch sie nickte. Sie und Marcus waren sicher nicht das, was man sich unter einem Hals-über-Kopf-verliebten Paar vorstellte, das wusste sie. Von Marcus konnte man das vielleicht noch eher behaupten, als von ihr. Aber sie liebte ihn. Und sie wusste, dass Marcus immer für sie da sein und hinter ihr stehen würde, komme was wolle.

»So was in der Art«, antwortete sie.

»Meinst du, dass du nach der Hochzeit deine Kindheitsträume wieder aufleben lässt und ausziehst, um die Welt zu retten?«

Wollte sie das? Darüber hatte Abby noch nicht wirklich nachgedacht. Marcus zu heiraten und mit ihm zusammenzuziehen, hatte sie in letzter Zeit schon genug beschäftigt. Das, was nach der Hochzeit kam, war deutlich weniger präsent.

Noch nicht einmal die Flitterwochen.

Heiraten, ihren Namen ändern, umziehen.

Ein Schritt nach dem anderen.

»Ich wohne in der Charity Street. Das ist schon mal ein guter Anfang.«

Jordan neigte den Kopf zur Seite. »Aber als wir noch Kinder waren, wolltest du immer die Welt retten. Du wolltest, dass alle deinen Namen kennen. Jemand sein, der etwas bewegt, auch wenn niemand sonst verstanden hat, warum. Und du wolltest das sechste Mitglied der Spice Girls werden, was ich immer unterstützt habe, auch wenn es ziemlich ambitioniert war.«

Einen kurzen Moment lang hatte Abby das Gefühl, dass das genau so passiert war. »Du bist gut.« Sie musterte Jordan. Eine gute Schauspielerin. Und das dazu passende Lächeln. Schlanke Arme, die sie vorhin festgehalten hatte.

Abby zwang sich in die Gegenwart zurück.

»Ich nehm dir problemlos ab, dass wir uns damals kannten, weil ich *tatsächlich* als Kind solche Ambitionen hatte. Ich war ein kleines Mädchen, das schon immer über seine Grenzen hinauswachsen wollte. Eine Mischung aus Baby Spice und Sporty Spice war so mein Ziel.«

»Du hättest Golfy Spice werden können.«

»Das Mitglied, das sie gebraucht hätten. Sie wussten es nur nicht.«

Jordans Mundwinkel zuckten nach oben. »Das könntest du doch immer noch tun.«

»Ein Spice Girl werden? Dafür ist es wohl zu spät.«

»Aber nicht für deine anderen Pläne. Du bist noch jung und qualifiziert genug, um deine Fähigkeiten auch in einer anderen Arbeitsumgebung einzusetzen. Darüber solltest du vielleicht mal nachdenken, wenn die Hochzeit durch ist.«

Abby nickte. Vielleicht sollte sie das. Vielleicht hatte sie sich zu lange einfach treiben lassen.

Auch in diese Verlobung?

Nicht jetzt, Abby.

»Außerdem ist das vielversprechend für unsere Arbeitsbeziehung, oder? Wenn ich dich so gut einschätzen kann, müssen wir uns nicht so oft treffen.«

»O doch, müssen wir«, erwiderte Abby sofort. »Ich weiß nicht genug über dich und meiner Einschätzung vertraue ich da weniger als du deiner. Außerdem müssen wir an deinem Abschlag arbeiten. Das ist eine ernste Sache.« Abby lächelte Jordan einen Moment lang verschmitzt an, wandte dann jedoch den Blick ab, als ihr Hitze in die Wangen stieg. Aus irgendeinem Grund schämte sie sich vor Jordan für ihr Leben. Vor Jordan, der professionellen Brautjungfer, die ihr eigenes Leben so gut im Griff zu haben schien.

Abby arbeitete einfach nur in einem Job, den sie gewählt hatte, weil sie sich damit den Lebensstil leisten konnte, an den sie sich inzwischen gewöhnt hatte. Das wurde ihr deutlich bewusst, wenn sie sich mit Leuten wie Jordan unterhielt. Abby hatte sich so weit von ihren Kindheitsträumen entfernt. So weit von dem, was sie vor zehn Jahren nach ihrem Abschluss hatte machen wollen. Damals hatte ihr durch das Zeugnis einer Prestige-Uni die ganze Welt offengestanden. Sie hätte für gemeinnützige Ziele arbeiten können, wie sie es vorgehabt hatte. Doch sie hatte sich von den Berufen ihrer Freunde beeinflussen lassen, weil sie ebenso gut verdienen wollte. Mit der Zeit hatte sie vergessen, dass ihr Lebensplan ursprünglich ein ganz anderer gewesen war.

Bis Jordan aufgetaucht war. Mit ihrem schlechten Abschlag. Ihrem offenen Lächeln. Mit alldem sorgte Jordan dafür, dass Abby ihr Leben zu hinterfragen begann.

Mit einer einzigen, einfachen Frage hatte sie den losen Faden in Abbys Leben gefunden, den sie seit Jahren gekonnt ignoriert hatte.

Wenn Jordan noch einmal daran zog, würde sich Abby vielleicht auflösen.

Kapitel 8

»Hast du dich schon um den Dudelsackspieler gekümmert oder soll dein Vater seinen Onkel anrufen?«

Abbys Mutter Gloria hatte es sich auf ihrem roten, samtbezogenen Sofa gemütlich gemacht und genoss ihre Fish and Chips direkt aus der Zeitungsverpackung. Sie war der Meinung, dass sie so am besten schmeckten.

Da stimmte Abby ihr auch grundsätzlich zu. Allerdings waren Pommes aus der Tüte im Moment kein regelmäßiger Bestandteil ihres Speiseplans. Sie konnte sich nur zu gut vorstellen, was Marjorie dazu sagen würde. Ganz zu schweigen von Marcus, der als Sauberkeitsfanatiker wahrscheinlich eine Krise bekommen würde. Niemals würde er etwas so Fettiges in die Nähe von Samt lassen.

»Nein, Jordan hat das organisiert.«

»Wer?«

Abbys Wangen wurden heiß. »Nur jemand, der mir mit der Hochzeit hilft.« Noch immer hatte sie ihrer Mutter nicht gebeichtet, dass Jordan für die Hochzeit gebucht worden war. Bislang hatte sie nicht die richtigen Worte gefunden, um die Situation zu erklären, ohne dabei wie jene Menschen zu klingen, über die sie sich selbst früher immer lustig gemacht hatte.

Versnobte Leute.

Abby war nicht versnobt. Sie hatte nicht vergessen, wo sie herkam. Sie wollte einen Dudelsackspieler engagieren. Sie liebte immer noch in Zeitungspapier eingeschlagene Fish and Chips. Sie stand noch mit beiden Beinen fest auf dem Boden.

»Die Hochzeitsplanerin? Heißt die nicht Lauren?«

Abby nahm sich eine Pommes. Und legte sie wieder hin. Zu viele durfte sie nicht essen. Immerhin fand die Hochzeit in gerade einmal drei Wochen statt und sie musste in ihr Kleid passen, um Mitglieder der feinen Gesellschaft zu beeindrucken. Marcus hatte ihr erst heute Morgen mitgeteilt, dass die Regenbogenpresse über ihre Trauung berichten würde.

Diese Welt unterschied sich vollkommen von ihrer eigenen, in der fettige Finger völlig normal waren.

»Nein, das stimmt schon. Lauren ist immer noch die Hochzeitsplanerin und sie kümmert sich ums große Ganze. Aber sie wird von Marjorie bezahlt. Jordan ist neu, Marcus hat sie für mich eingestellt.«

»Noch mehr Personal im Montgomery-Haushalt?« Gloria spreizte betont den kleinen Finger ab, als sie ihre nächste Pommes aß. In ihrer eleganten Hose und Bluse sah sie Marjorie gar nicht so unähnlich. Doch sobald sie den Mund aufmachte, hätten die beiden Frauen kaum unterschiedlicher sein können. Dazu kamen noch Glorias unbezähmbare, rote Locken, die ihre schottischen Wurzeln verrieten.

Abby atmete tief durch und sah ihrer Mutter fest in die Augen. »Nein, Jordan ist als meine professionelle Brautjungfer engagiert. Sie unterstützt mich vor der Hochzeit und am Hochzeitstag. Bis ich vorm Altar stehe.«

»Was meinst du mit professioneller Brautjungfer?« Gloria runzelte skeptisch die Stirn.

Wie verrückt das im ersten Moment klang, war Abby nur allzu sehr bewusst. »Sie spielt eine meiner Brautjungfern, damit sie bei allen wichtigen Veranstaltungen dabei sein und mir helfen kann. Und sie ist eine enorme Hilfe. Kurz gesagt: Sie ist wundervoll.«

Erst am Morgen hatte sie mit Jordan gesprochen und das Telefonat hatte ihre Laune deutlich gesteigert. Irgendetwas an Jordan war für Abby unbeschreiblich.

»Weil sie als meine Brautjungfer auftritt, erzählen wir allen, dass sie eine Kindheitsfreundin ist, zu der ich lange keinen Kontakt hatte. Eine, die weggezogen ist, als ich neun war. Wir haben uns erst kürzlich über Social Media wiedergefunden. Es wäre also toll, wenn du das Theater mitspielen könntest, sollte das Thema im Gespräch aufkommen.« Sie wusste, dass das ziemlich viel Input auf einmal war, hoffte jedoch auf die Zustimmung ihrer Mutter.

Gloria hatte sich gerade die Pommes in den Mund stecken wollen, doch ihre Hand verharrte kurz davor. »Eine Hochzeitsplanerin und eine professionelle Brautjungfer samt ausgedachter Hintergrundgeschichte? Manchmal verstehe ich die Welt nicht mehr.« Sie tätschelte Abbys Knie mit der freien Hand. »Aber du wirkst entspannter. Wenn Jordan dafür verantwortlich ist, macht sie ihren Job gut. Ich werde dir zuliebe mitspielen.«

Erleichterung breitete sich in Abby aus. »Danke.«

»Das ist doch selbstverständlich. Ich bin deine Mum. Was soll ich denn sonst machen?« Sie machte eine kurze Pause. »Übernimmt sie auch die Organisation deines Junggesellinnenabschieds, jetzt da Delta in einer Lebenskrise steckt?«

Abby nickte. »Tut sie. Delta war anfangs dagegen, aber sie wird sich schnell damit abfinden. Sie ist immer noch meine Trauzeugin, daran hat sich nichts geändert.«

»Fahren wir immer noch nach Cannes? Wo man ein Vermögen für einen Gin Tonic ausgeben muss? Hab ich dir schon erzählt, dass Janet letztes Jahr hingefahren ist und danach eine zweite Hypothek aufnehmen musste?«

Das hatten sie alles schon durchgekaut. »Ja, wir fahren immer noch hin. Außerdem wird es überhaupt nicht so teuer, weil die Unterkunft samt hauseigenen Koch kostenlos ist.«

Ihre Mutter schnalzte missbilligend mit der Zunge. »Soll ich dich dran erinnern, wo ich meinen Junggesellinnenabschied verbracht habe?«

Abby schüttelte den Kopf, denn die Geschichte hatte sie schon unzählige Male gehört. »Blackpool. Hast du mir schon ein- oder zweimal erzählt.«

»Hat die ganze Zeit über geregnet, aber wir hatten trotzdem einen Riesenspaß. Dafür muss man nicht für eine Nobelhütte um die halbe Welt fliegen.«

»Ich weiß. Aber der Flug dauert nicht lange und das Haus ist kostenlos. Wäre doch unhöflich, das Angebot abzulehnen.« Abby warf ihrer Mutter einen Blick zu, der diese Diskussion hoffentlich beenden würde.

Gloria tat ihr den Gefallen.

Kapitel 9

»Das hatten wir doch schon besprochen, Marcus. Ihr bekommt eine Brauttafel, Ende der Diskussion.« Marjorie war sichtlich aufgebracht. Empörung war einer ihrer Lieblingszustände, das hatte Jordan im Laufe ihrer kurzen Bekanntschaft schon mitbekommen. »Und du musst mehr Blumen bestellen, als Abby wollte. Mindestens zwei Arrangements pro Tisch. Was sollen die Leute denn sonst denken?«

Jordan beugte sich ein wenig vor und tippte mit ihrem Stift auf ihren Notizblock. »Ganz im Gegenteil, Marjorie, weniger ist heutzutage mehr. Ich habe die neuesten Hochzeitsmagazine durchgesehen und in allen war Minimalismus überaus angesagt. Braun- und Grüntöne sind gerade sehr beliebt, und nichts zu extravagantes. Damit wird das Gefühl vermittelt, auch noch etwas Gutes für die Umwelt zu tun.«

Marjorie richtete sich ein wenig auf. »Tatsächlich?«

Bewegte sich ihr perfekt frisierter Bob überhaupt? Bewusst hatte Jordan es noch nie wahrgenommen.

»Ja, wirklich. Wir könnten es so machen, wie Abby wollte – ein Blumengesteck pro Tisch – und dazu noch etwas natürliches Grün. Etwas Außergewöhnliches.« Sie verlagerte das Gewicht ein wenig. »So gestalten die jungen Royals gerade ihre Hochzeiten.«

Marjorie zog die Augenbrauen nach oben. »Wenn es für sie gut genug ist, ist es das auch für uns.« Sie zögerte kurz, schaute auf ihre Liste und dann wieder zu Jordan. »Da Sie so hervorragend informiert sind, gibt es noch etwas, das wir bedenken sollten?«

Marcus warf Jordan einen ungläubigen Blick zu. Jordan und Marjorie waren einander erst zum dritten Mal begegnet, und Jordan siegte auf ganzer Linie. Besonders schwer fiel ihr das nicht, sie hatte in den letzten drei Jahren viel Erfahrung gesammelt und schon etliche Marjories in allen Formen kennengelernt. Manchmal hießen sie Cressida. Manchmal Sophia. Oft hießen sie Arabella. Aber sie waren wie aus einem Guss. Sie wollten, dass die Hochzeit reibungslos über die Bühne ging. Das wünschten sie sich für ihre Kinder. Doch hauptsächlich wollten sie vor ihren Freunden und der Familie gut dastehen und hofften, dass die Leute sich noch jahrelang an die Hochzeit als die beste aller Zeiten erinnerten.

Eine Garantie dafür konnte Jordan natürlich nicht geben. Aber sie konnte sicherstellen, dass ihre Vorschläge das bestmögliche Ergebnis für die Hochzeit erzielten.

»Lassen Sie mich kurz überlegen«, sagte Jordan und schaute nachdenklich zur Decke. »Holzoptik ist dieses Jahr definitiv in. Rustikale Elemente und klare Linien, nicht so viel Schnickschnack. Gedeckte Farben und eher traditionelle Küche und Getränke. Deswegen passen auch zu viele Blumen nicht ins Konzept. Denken Sie einfach dran: Weniger ist mehr.« Sie lehnte sich ein wenig zu Marjorie. »Ich war letzte Woche mit einem Redakteur der Zeitschrift *Perfect Bride* Mittagessen. Von ihm habe ich die Bestätigung bekommen.«

Das war eine kleine Lüge. Jordan hatte bloß im Restaurant unter den Büros der Zeitschrift mittaggegessen. Ihr Freund Donnald arbeitete für die *Vogue* und hatte ihr etwas Ähnliches gesagt. Das reichte doch, oder?

Majories Gesichtsausdruck sagte Ja. Sie glaubte ihr jedes einzelne Wort.

»Wenn *Perfect Bride* das sagt, halten wir uns gerne daran.« Marjorie suchte etwas in ihren Notizen, bevor sie Jordan zunickte. »Lauren kümmert sich um die Einzelheiten der Tisch – und Saaldekoration, aber vielleicht könnten Sie ihr mit Ihrem Insiderwissen ein wenig unter die Arme greifen? Wenn ich mich recht entsinne, wollten Sie ja ohnehin für Lauren einspringen, da ihre Mutter erkrankt ist?«

»Aber natürlich. Betrachten Sie es als erledigt«, antwortete Jordan.

»Und Marcus?«

Dieser wandte sich seiner Mutter zu. »Ja?«

»Ich weiß, dass Abby sich nicht mit mir treffen will, aber könntet ihr euch bitte für eine Torte und eine Hochzeitsfigur entscheiden? Mir ist bewusst, dass das nicht in meine Zuständigkeit fällt, aber es ist mir wichtig. Die Konditorei gehört Valeries Tochter und das spricht sich schnell rum. Und bitte, nichts, was billig oder zu modern aussieht. Eine traditionelle Torte mit einer traditionellen Figur aus Braut und Bräutigam ist vollkommen ausreichend. Meinen Sie nicht auch, Jordan?«

Jordan nickte zustimmend. »Traditionell oder traditionell mit einem Hauch modernem Chic würde sehr gut aussehen. Lassen Sie mich noch mal mit Abby darüber reden. Ich habe schon so viele Hochzeiten betreut und tendenziell sind der Braut solche Sachen wichtiger als dem Bräutigam.« Jordan schaute hinüber zu Marcus. »Aber wenn du etwas Bestimmtes bevorzugst, sag es einfach.«

Marcus schüttelte den Kopf. »Solange Abby letztendlich glücklich und entspannt vor dem Altar steht, können wir von mir aus auch gerne Karottenkuchen ohne Hochzeitsfigur essen.«

»Ich glaube nicht, dass Abby das möchte«, antwortete Jordan, bevor sie sich wieder Marjorie zuwandte. »Überlassen Sie das nur mir. Denken Sie dran, ich bin hier, damit alle weniger Arbeit haben. Lassen Sie mich das machen.«

Marjorie musterte sie, als könnte sie ihr Glück kaum fassen. »In den vielen Jahren, in denen ich schon Veranstaltungen ausrichte, habe ich noch nie jemanden getroffen, der so gut organisiert war wie Sie.«

~ ~ ~

Marcus wartete, bis seine Mutter in ihrem roten Chanel-Kleid um die Ecke gebogen war, bevor er fassungslos zu Jordan sagte: »Meine Mutter ist womöglich noch nie einer so charmanten Person begegnet wie dir – und ich auch nicht. Ich habe jahrelang mit ansehen müssen, wie Hunderte von Angestellten erfolglos versucht haben, einen Zugang zu ihr zu finden, aber du erscheinst einfach auf der Bildfläche und erreichst das mit links.«

Jordan grinste ihn an und schirmte ihre Augen gegen die Sonne ab, als sie Marcus' Elternhaus seitlich umrundeten. Da sie ihre Sonnenbrille im Auto vergessen hatte, musste es für den Moment so gehen. »Sagen wir es mal so, ich war am Anfang noch nicht so gut, habe aber mit der Zeit ein paar Tricks gelernt.«

Marcus hielt inne, als sie an Jordans Capri ankamen. »Das ist dein Auto?«

»Schuldig im Sinne der Anklage. Ich habe ein Faible für Rostlauben aus den 70ern. Wahrscheinlich zu oft *Der Aufpasser* im Fernsehen gesehen.«

Marcus grinste. »Keine Ahnung, wovon du sprichst, aber dein Auto ist cool.« Er machte eine kurze Pause. »Aber eins noch: Hast du wirklich mit einem Redakteur von *Perfect Bride* gebruncht?«

»Aber natürlich. Jedes Wort hat gestimmt.« Marcus musste ebenso auf ihre Referenzen vertrauen wie seine Mutter. Vielleicht sogar noch mehr. Immerhin bezahlte er ihr Honorar.

»Na ja, egal ob das stimmt oder nicht, du bist jeden Penny wert. Abby liebt dich. Meine Mutter liebt dich. Und das heißt, dass ich dich auch liebe.«

»Wow, das ist ganz schön viel Liebe auf einmal. Hoffentlich kann ich ihr gerecht werden.«

»Das tust du schon. Abgesehen davon, dass Abby mich heiraten will, bist du das Beste, was uns während der Hochzeitsvorbereitungen passieren konnte. Ich mein's ernst.«

Jordan schluckte, als sie sich unwillkürlich an Abbys Hände auf ihrer Taille erinnerte und das Gefühl ihrer weichen Brüste an ihrem Rücken. An das beinahe unwiderstehliche Verlangen, dass sich in ihr ausgebreitet hatte.

Sie biss sich auf die Innenseite ihrer Wange, bevor sie Marcus selbstbewusst anlächelte. »Das freut mich wirklich sehr.«

Kapitel 10

»Da ist ja meine wundervolle Zweit-Tochter!« Gloria stürzte sich geradezu auf Delta und umarmte sie. Eine herzliche, schottische Umarmung mit vollem Körpereinsatz. Ihre Mutter sagte immer, dass kein Mensch die Luftküsse der Flachlandbewohner brauchte.

Glücklich beobachtete Abby die beiden. Delta und ihre Mutter hatten einander schon immer sehr gemocht.

Als sie sich schließlich wieder losließen, trat Delta einen halben Schritt zurück und strahlte Gloria an. »Es ist so schön, dich zu sehen, Gloria. Und? Freust du dich schon, deine Tochter quasi mit den Royals zu verheiraten?«

»Das habe ich mir schon immer für sie gewünscht.« Gloria schlang einen Arm um Abbys Schultern und drückte sie an sich. »Dass mein kleines Mädchen so einen Schnöseljungen heiratet? Das hab ich irgendwie nicht erwartet. Vor allem, weil ich aus Glasgow bin. Hab ich dir das schon erzählt, Schätzchen?«

Der schottische Akzent ihrer Mutter war wie immer unüberhörbar. Abby verdrehte die Augen. Auch das hatten Delta und Gloria gemeinsam: Sie nutzten ihren breiten Akzent ganz bewusst, aber auf sehr humorvolle Weise.

»Aye, hast du Gloria!«, antwortete Delta.

Sie brachen in schallendes Gelächter aus und setzten sich schließlich alle zusammen an den Tisch, den Abby bei ihrer Ankunft organisiert hatte. Sie waren in Bart's Bar in Canary Warf, wo Abby und Delta arbeiteten, mitten im Herzen des Bankenviertels. Wie üblich um sechs Uhr an einem Donnerstagabend war die Bar sehr gut besucht. Angestellte genossen hier gerne ohne Jackett und mit gelockerter Krawatte ihre Feierabenddrinks. Das hier war Abbys und Deltas Welt, aber nicht Jordans. Was war Jordans Welt? Abby hatte keine Ahnung.

Sie wusste nur, dass Jordan eine herausragend gute Problemlöserin war. Jemand, der komplett in seinem Job aufging. Aber wer war sie wirklich? Abby hatte nicht den blassesten Schimmer. Aber das wollte sie so schnell wie möglich ändern. Jordan war in zu kurzer Zeit zu jemandem geworden, auf den sie sich voll und ganz verlassen konnte. Zu Beginn ihres Kontakts hatte Jordan ihr zwar angeboten, dass sie ihr Fragen stellen konnte, doch letztendlich sprachen sie immer nur über

Abby. Jordan war als Kind oft umgezogen. Sie wohnte mit ihrer besten Freundin zusammen in Brighton. Sie war stilsicher. So viel wusste Abby bis jetzt.

»Könntet ihr eure schottische Comedyshow ein bisschen runterfahren, wenn Jordan kommt? Mir wäre es lieb, wenn sie euch nicht gleich am Anfang für völlig durchgedreht hält.«

Gloria tätschelte Abbys Hand. »Wem der Schuh passt, Schätzchen.«

»Außerdem ist Marcus kein Royal. Seine Familie war nur erfolgreich im Immobilienbusiness. Und ich heirate ihn auch nicht wegen seines Geldes. Könntet ihr darüber also bitte auch keine Witze machen?«

Gloria lehnte sich mit einem Seufzen zurück. »Ich sage ja gar nicht, dass ich Marcus nicht mag. Das tue ich, seit ihr uns besucht habt. Er hat die selbst gemachte Wurst deines Vaters gegessen und kein einziges Mal gefragt, was da eigentlich drin ist. Das muss echte Liebe sein.«

Abby lachte. Das war typisch Marcus, der sich an jede Situation anpassen konnte.

»Ich will nur einen guten Eindruck bei Jordan hinterlassen, das ist alles.«

Delta sah sie mit hochgezogener Augenbraue an. »Gott, Abby. Das klingt, als würdest du Jordan heiraten, nicht Marcus. Sie gehört zum Personal, wie du mir bei unserem letzten Treffen glaubhaft versichern wolltest.«

Abby spürte, wie sie rot wurde. Sie hasste diese Bezeichnung, denn so sprach Marjorie über ihre Angestellten. Doch sie konnte nicht leugnen, dass sie das gesagt hatte. Vielleicht färbten die Montgomerys schon zu sehr auf sie ab.

»Ich will nur, dass alles glattgeht.« Abby warf einen Blick auf die Uhr. »Sie müsste gleich da sein. Also denkt bitte dran: seid nett.« Sei deutete mit dem Zeigefinger auf Delta. »Keine Krallen ausfahren, ja?«

Delta schenkte ihr ein honigsüßes Lächeln. »Du bist die Braut und wir sind beide da, um dir das Leben leichter zu machen. Blablabla. Hab's verstanden. Jordan ist meine neue beste Freundin, okay?«

Abby nickte. »Sehr gut.«

Jordan betrat zehn Minuten später die Bar und Abby stockte beinahe der Atem. Sie sah fantastisch aus. Der blaue Jumpsuit und die braunen High Heels waren perfekt aufeinander abgestimmt und ein passender brauner Gürtel betonte ihre schlanke Taille. Als sie Abby entdeckte, lächelte Jordan und winkte ihr zu.

Marcus hatte Abby erzählt, dass sie zum Treffen mit seiner Mutter in einem atemberaubenden goldenen Kleid erschienen war. Jordan war ein Mode-Chamäleon, das sich immer in die vorgegebene Gesellschaft einpasste.

Rasch zog Jordan den freien Stuhl vom Tisch zurück und reichte Abbys Mutter dann die Hand. »Sie müssen Gloria sein.« Sie schüttelte die Hand so begeistert, als wäre Gloria der wichtigste Mensch auf der Welt. »Und du bist sicher Delta.« Noch mehr Händeschütteln, nachdem Delta genickt hatte.

Jordan setzte sich und strich den Stoff ihrer Hose glatt, bevor sie weitersprach. »Ich habe schon so viel von euch beiden gehört. Ich bin Jordan und ich freue mich sehr darauf, euch im Laufe der nächsten Wochen vor Abbys großem Tag besser kennenzulernen.«

»Wir haben auch schon viel über Sie gehört.« Gloria neigte den Kopf ein wenig zur Seite. »Aber Abby hat uns nicht erzählt, wie attraktiv Sie sind. Sie könnten als Model arbeiten!«

Abby schloss die Augen. O Gott, ihre Mutter himmelte Jordan bereits quasi an. Marjorie schien es nicht anders ergangen zu sein. Vielleicht hatte Jordan wirklich einen Zaubertrank für Mütter in petto.

Jordan schien es nicht zu stören. »Als ich noch jünger war, habe ich für kurze Zeit gemodelt, aber das war nichts für mich. Zu viel Rumstehen und Posen einnehmen. Und viel zu viele glotzende Männer an jeder Ecke.« Sie verstaute ihre Handtasche zu ihren Füßen. »Ich mag meinen jetzigen Beruf. Als professionelle Brautjungfer liefere ich meinen Kundinnen Zufriedenheit und Glück. Das lernt man in keinem Studium, oder?«

Delta schnaubte verächtlich. »Du nimmst den Mund aber ganz schön voll.«

Abby versetzte ihr unter dem Tisch einen Tritt. So viel zum Thema nett sein.

Delta zuckte zusammen, sagte aber nichts, sondern warf Abby nur einen finsteren Blick zu.

Die musterte Jordan kurz. Wenn der Kommentar sie ärgerte, zeigte sie es zumindest nicht.

Der Kellner brachte ihnen die Flasche Sauvignon blanc, den Abby zuvor bestellt hatte, zusammen mit vier Gläsern. Abby schob Delta die Flasche mit einem warnenden Blick zu und ihre Freundin schenkte ihnen großzügig ein.

»Eine professionelle Brautjungfer.« Das schien Gloria zu faszinieren. »Wie sind Sie denn auf diese Idee gekommen, wenn ich fragen darf?«

Jordan lächelte amüsiert. »Eine vollkommen berechtigte Frage. Ich bin da irgendwie reingerutscht, als mich eine Freundin darum gebeten hat, ihre Trauzeugin zu werden. Catherine war zwar eine Freundin, aber wir standen uns nicht besonders nahe, deswegen war das etwas befremdlich. Würde mich meine beste Freundin Karen darum bitten, wäre das selbstverständlich.

Natürlich war ich neugierig, warum Catherine ausgerechnet mich gefragt hat. Sie hat schließlich zugegeben, dass mein Organisationstalent ausschlaggebend war und auch meine Ruhe. Ich sollte ihren Junggesellinnenabschied organisieren und sie in allen weiteren Belangen unterstützen. Als ich dann ein paar Monate später kein neues Projekt als Eventplanerin bekommen habe, war das die perfekte Gelegenheit, eine Anzeige aufzugeben und es für Bräute als Dienstleistung anzubieten. Am nächsten Morgen hatte ich 20 E-Mails im Postfach. Das hat mir gezeigt, dass durchaus eine Nachfrage besteht.«

»Wow.« Gloria nahm einen Schluck aus ihrem Weinglas. »Und wie viele Hochzeiten haben Sie inzwischen betreut?«

»Das ist Nummer 28. Eine Glückszahl.«

Das Gespräch geriet kurz ins Stocken, als alle diese Information verarbeiteten. Abby beobachtete ihre Mutter und Delta. Gloria wirkte begeistert, doch Abby wusste, dass Delta eine härtere Nuss sein würde. Sie hatte zwar gesagt, dass sie mit der Konstellation einverstanden war, aber Delta konnte auch ziemlich eifersüchtig sein. Das hatte sie mit ihrem spitzfindigen Kommentar bereits bewiesen. Jetzt konnte Abby nur hoffen, dass das heutige Treffen Deltas Vorurteile abschwächen würde.

Abby musterte Jordan, ihr perfektes Make-up, ihre gestylten Haare und als sie tief einatmete, konnte sie ihr Parfüm riechen. Es erinnerte sie an laue Sommertage.

»Musstest du schon mal was Schräges machen bei deinen Aufträgen?«

»Delta!« Diese Frage hatte Abby eigentlich erst zu einem späteren Zeitpunkt erwartet.

»Nein, ist schon in Ordnung«, sagte Jordan. »Ich habe schon Reden übernommen, wenn der Vater der Braut dazu nicht imstande war. Ich habe meine Haare braun gefärbt, um zum Rest der Brautjungfern zu passen. Ich habe Bräuten die Haare gehalten, nachdem sie sich bei ihren Junggessellinnenpartys zu viel Tequila gegönnt haben. Kein Tag ist wie der andere. Für mich ist es ein Privileg, zu einem so wichtigen Ereignis im Leben anderer Menschen beitragen zu dürfen und sie bei der Verwirklichung einer glücklichen Ehe zu unterstützen.« Sie hielt kurz inne. »Diese Hochzeit lässt mich sehr hoffen. Zumindest hat sich bislang niemand übergeben.«

Deltas Gesicht blieb weiterhin ausdruckslos und verriet nichts über ihre Gedanken.

Jordan lehnte sich ein wenig nach vorne und schenkte ihren Zuhörerinnen ihr bezauberndes Lächeln. »Letzten Endes bin ich eine Mischung aus Therapeutin auf Abruf, virtueller Assistentin, Sozialmanagerin und Friedenswächterin.« Sie schaute zu Abby. »Jetzt, da Lauren sich zurückgezogen hat, übernehme ich auch die Hochzeitsplanung. Hauptsächlich bin ich die rechte Hand der Braut, aber auch für die Brautjungfern da. Betrachte mich einfach als Mädchen für alles. Ich bin für alle da, die beteiligt sind, aber vor allem für euch: die Braut, ihre Mutter und ihre Trauzeugin. Drei der wichtigsten Menschen auf der Hochzeit. Ich stehe voll hinter Abby und ich werde in Cannes rund um die Uhr zur Verfügung stehen. Ich verspreche euch, dass es ein unvergessliches Wochenende wird.« Sie schaute Delta fest in die Augen. »Aber ich verspreche auch, dass die Trauzeugin und die Braut bestimmen, wo es langgeht. Ich will niemandem auf die Füße treten. Wenn ich meinen Job richtig mache, läuft alles reibungslos, ohne dass jemand merkt, warum.«

Gloria erhob ihr Glas. »Darauf trinken wir. Sie klingen wie Wonder Woman und Superman in einer Person.«

»Ziehst du an dem Wochenende ein Cape an?«, fragte Delta.

Abby hielt den Atem an. Es würde mit der Zeit einfacher werden. Zumindest hatte sie die Hoffnung. Das war nur das erste Treffen mit ein paar Anlaufschwierigkeiten, nichts weiter.

»Ich werde anziehen, was die Braut möchte. Will sie ein Wonder Woman-Kostüm, trage ich es.« Jordan musterte Delta herausfordernd. »Allerdings denke ich, dass mir der hautenge Ganzkörperanzug von Cat Woman besser stehen würde. Der ist sexy.«

Abby hatte sofort das passende Bild vor Augen. Und verdrängte es so schnell wieder, wie es gekommen war. Sie musste sich auf die Absprachen mit Jordan für das kommende Wochenende konzentrieren.

Nicht darauf, wie Jordan wohl in einem hautengen Ganzkörperanzug aussehen würde.

Die Antwort lautete natürlich: atemberaubend.

Definitiv besser als Marcus.

Rasch zwang Abby sich wieder in die Gegenwart zurück. Sie räusperte sich, um die Aufmerksamkeit der anderen zu bekommen.

Deltas müde, hellblaue Augen, Glorias funkelnde grüne und Jordans strahlend blaue richteten sich auf sie.

So kompetent, so stark.

Was zum Teufel, Abby?

Hastig schob sie den Gedanken von sich. »Wiederholen wir doch noch mal die Hintergrundgeschichte, die könnte am Wochenende zur Sprache kommen. Wir haben uns in der Grundschule kennengelernt. Dann musste Jordan nach Deutschland umziehen, weil ihre Eltern beim Militär waren und dort stationiert wurden. Wir haben uns vor einem halben Jahr über Facebook wiedergefunden und weil ich ihr immer versprochen habe, dass sie eine meiner Brautjungfern sein wird, ist sie nun hier.«

»Ist echt schade, dass wir uns erst jetzt kennenlernen, Jordan«, warf Delta ein. »Ich kenne Abby, seit wir 17 waren. Also nicht so lang wie du.« Der scharfe Unterton in ihrer Stimme war unüberhörbar.

»Wir hier kennen die Wahrheit, das ist die Hauptsache«, entgegnete Jordan und wich damit der Anspannung, die von Delta ausging, geschickt aus. »Ich bin voll und ganz auf deinen Input angewiesen, weil du Abby am besten kennst. Sie hat mir erzählt, dass du dir die richtig tollen Sachen für das Wochenende überlegt hast.«

Delta senkte den Kopf und hatte zumindest den Anstand, beschämt auszusehen.

»Weil wir alle mitgeholfen haben, ist das Wochenende nun unter Dach und Fach.« Sie ließ den Blick über die Tischrunde schweifen. »Fahrdienst, Essen, Unterhaltung, Überraschungen. Das wird großartig.«

»Das wird es, weil wir alle da sein werden«, sagte Delta.

Abby beäugte sie misstrauisch. War das etwa ein Zeichen dafür, dass Delta ein wenig auftaute? Das hoffte sie zumindest, sonst würde das ein sehr langes Wochenende werden. »Genauso wie du bei meiner finalen Anprobe für das Brautkleid dabei sein wirst, nicht wahr, liebste Trauzeugin?«

Gloria meldete sich zu Wort. »Ich habe dir schon gesagt, dass ich es nicht schaffe, oder? Ich muss zu einer Konferenz.«

»Hast du. Aber du warst bei der ersten dabei, das ist schon in Ordnung. Ich habe beide Kleider inzwischen ändern lassen. Die endgültige Entscheidung habe ich noch nicht gefällt, damit Delta dabei sein kann. Und Jordan wird auch mitkommen.«

Delta salutierte. »Ich bin dabei. Jordan übernimmt vielleicht ein paar Sachen, aber nicht *alles*.«

»Gut.« Abby ließ sich in ihrem Stuhl zurücksinken und lächelte ihre Hochzeitscrew an.

Das war's dann.

Sie würde tatsächlich heiraten.

Kapitel 11

Abby saß auf einem der Sofas des Brautmodenladens und blätterte in einer Ausgabe von *Perfect Bride*. Sechs Tage waren vergangen, seit sie mit Jordan, ihrer Mutter und Delta an diesem denkwürdigen Abend in der Bar gewesen war. Abby war Jordans Charme schon länger verfallen, doch dass sie auch Deltas und Glorias Gunst gewonnen hatte, war überaus beeindruckend. Delta hatte mehrfach bewusst versucht, sie aus dem Konzept zu bringen, doch Jordan war den verbalen Geschossen geschickt ausgewichen. Hatte sie irgendwann mal erwähnt, dass sie Psychologie studiert hatte? Wenn ja, war davon eine Menge hängen geblieben.

Anders als Abby, die zwar einen Abschluss in VWL besaß, aber von diesem theoretischen Wissen noch nie hatte Gebrauch machen können. Zwar war die Studentenzeit damals toll gewesen, aber im Grunde wünschte sie sich, sie hätte mehr davon ausgekostet. Doch die Uni war wie die Jugend an die Jungen verschwendet. Dann lächelte sie. Sie war erst 36. Das war schließlich noch nicht uralt, auch wenn sie sich an manchen Tagen so fühlte.

Delta hatte ihr am Tag nach dem Treffen geschrieben, dass *Jordan in Ordnung war*, was quasi einem Ritterschlag gleichkam. Außerdem hatte Delta versprochen, Jordan nicht das Leben wegen des Junggesellinnenabschieds schwer zu machen, was Abby ungemein erleichterte. Ging es an diesem Wochenende nicht sowieso darum, dass alle supernett zueinander waren und nach Abbys Pfeife tanzten? Aber vielleicht war das auch mal wieder nur Fassade. Genau wie ihre Beziehung zu Marcus' Eltern.

Abby war wirklich dankbar, dass Jordan den Umgang mit ihnen übernommen hatte, aber ihr war auch bewusst, dass das auf lange Sicht wohl nichts ändern würde. Sie würde trotzdem Marcus' Frau werden. Seine Eltern würden trotzdem jahrelang so tun müssen, als würden sie sie mögen.

Marcus' Frau.

Ein Schauer lief Abby über den Rücken. War das eine normale Reaktion, wenn der große Tag in knapp zwei Wochen bevorstand? Vielleicht waren das ja die berühmt-berüchtigten kalten Füße, die einem jeder vor einer Hochzeit attestierte.

Ja, das musste es wohl sein.

Wie gerne hätte Abby ihre Zweifel mit jemandem geteilt, aber sie wusste nicht mit wem.

Ihre Mutter hatte als Lehrstuhlinhaberin ihres Instituts alle Hände voll zu tun. Delta war zu sehr mit sich selbst beschäftigt. Und Marcus? Der versuchte, es allen in seiner Umgebung recht zu machen.

Nein, das war Abbys Problem. Sie würde allein damit klarkommen müssen. Im Zweifel lenkte Arbeit sie jedoch gut davon ab.

Was würde Jordan dazu sagen, wenn sie es wüsste? Vielleicht konnte Abby mit ihr reden. Das war ihr bestimmt nicht neu. Wahrscheinlich würde Jordan genau die richtigen Worte finden.

Abby atmete tief durch und schob diesen Gedanken beiseite. Dabei stieg ihr der Duft in die Nase, der sie in diesem Laden ständig umgab. Sie schaute sich um, weil sie die Quelle des Geruchs ausfindig machen wollte. Vielleicht kam er von einer elektrischen Duftlampe? Eins von diesen Dingern, die man in die Steckdose steckte? Es war auf jeden Fall zu chemisch für Abbys Geschmack. Zu künstlich, um sie entspannen zu lassen, was somit den eigentlichen Zweck des Aromas zunichtemachte.

Was auf viele Dinge rund um Hochzeiten zutraf. Das hatte Abby zumindest in den sechs Monaten feststellen müssen, die inzwischen seit Marcus' Antrag vergangen waren.

War es seltsam, dass sie in der ganzen Zeit nur zweimal Sex gehabt hatten? Und gar keinen in den letzten drei Monaten? Da sie nicht zusammenwohnten, konnten sie sich nicht mal eben kurz vor der Arbeit vergnügen oder nach dem Kochen einen Quickie auf dem Sofa haben.

Seit dem Antrag war ihr Körper in eine Art Streik getreten. Sie hatte sich nicht mal oft selbst befriedigt. Es war, als sei sie in eine Art Überlebensmodus gerutscht und achtete nur noch auf das Nötigste. Essen. Schlafen. Trinken. Arbeiten. Überleben.

Erst als sie Jordan kennengelernt hatte, hatte sich ihr Körper nach langer Zeit mal wieder geregt. Aber das versuchte Abby zu ignorieren. In Jordans Gegenwart fühlte sie sich seltsam. Nervös. Nicht normal.

Und das war absolut lächerlich. Sie stand nicht auf Frauen. Meistens.

Abbys Blick blieb an einer Kerze hängen, die ihr gegenüber auf einem Beistelltisch stand. Das war wahrscheinlich die Quelle des Dufts. Geranie und noch irgendwas Blumiges. Vielleicht Rosen? Nebensächlich, denn es war definitiv nicht ihr Geschmack.

Sie war nicht gerne unsicher. Doch bei Jordan hinterfragte sie sich ständig.

Abby hatte so was seit der Uni nicht mehr für eine andere Frau empfunden und selbst damals war es nur eine Nacht gewesen. Sie hatte experimentiert. Mit einer Frau geschlafen, es genossen und somit von ihrer Liste gestrichen. Einmal probiert und gut.

Seitdem hatte sie nur mit Männern Sex gehabt. War sie damit trotzdem bisexuell? Pansexuell? Musste man erst eine Beziehung mit einer Frau gehabt haben, um sich dieses Label zu verdienen? Abby war sich unschlüssig, ob drei Orgasmen aussagekräftig genug waren.

Jordan war seit 15 Jahren die erste Frau, die ihr Interesse geweckt hatte. Doch Abby versuchte, nicht weiter darüber nachzudenken. Das war nicht das, was einer Braut durch den Kopf gehen sollte in Bezug auf ihr … Personal.

Allerdings hatte sie Jordan noch nie als Angestellte betrachtet und vielleicht war genau das ihr Fehler gewesen.

Witzigerweise war ihr das vollkommen egal. Jordan hatte sie von dem Moment an fasziniert, da sie sich zum ersten Mal in dem Café getroffen hatten. Etwas in Abby hatte interessiert aufgehorcht. Etwas, das sie schon lange nicht mehr für existent gehalten hatte.

Mit Jordan schwamm Abby einfach auf einer Wellenlänge und sie hatte sich sofort gut mit ihr verstanden. Dass sie Brüste und eine Vagina hatte, war dabei nebensächlich. Und doch konnte Abby kaum leugnen, dass sich schon gefragt hatte, wie diese Brüste wohl aussahen. Oder wie es wäre, sie zu küssen.

Hör auf damit!

Sie holte tief Luft, bis sie nicht mehr konnte und ihre Rippen schmerzten.

Dann ließ sie sie wieder entweichen.

Jordan hatte ihren Job gemacht und dazu beigetragen, dass Abbys Stresslevel, in Bezug auf die Hochzeit, deutlich gesunken war. Und sie sorgte für Ablenkung. Egal, ob sie sich gerade in einem Raum miteinander befanden oder nicht. Jordan schrieb Abby regelmäßig Chatnachrichten und brachte sie damit immer zum Lachen. Sie waren persönlich und scharfsinnig. Machte sie das für jede Braut, mit der sie arbeitete? Abby hoffte, dass sie die Ausnahme war. Aus irgendeinem Grund war ihr das wichtig. Jordan hatte ihr schon gesagt, dass sie anders war, nicht so verwöhnt. Ein normaler Mensch. Abby genoss Jordans Gesellschaft, denn sie waren ein gutes Team.

Genau wie Abby und Marcus, natürlich.

Sie schloss die Augen und wieder drang ihr das unangenehm künstliche Aroma in die Nase. Umgeben von beruhigenden Farben und glatten Stoffen, wurde Abby wieder einmal bewusst, dass sie sich an diesem Ort nicht wohlfühlte.

Wenig später kehrte Lisa, die Geschäftsführerin des Ladens, zurück und stellte Abbys Latte macchiato und einen Teller mit Gebäck vor ihr ab. Bediente sich je eine Braut so kurz vor ihrer Hochzeit daran? Abby bezweifelte es.

Lisa war eine dieser Frauen, für die es gar nicht genug Make-up geben konnte. Ihre Wimpern waren so dick, dass Abby sich fragte, wie sie ihre Augen offen halten konnte. Doch davon mal abgesehen bewunderte sie Lisas grenzenlosen Sinn fürs Detail.

Sie nahm den Kaffee entgegen, als ihr Handydisplay aufleuchtete und eine Nachricht von Delta erschien. Unwillkürlich spannte Abby sich an. Ihre Freundin würde es hoffentlich nicht wagen, sie zu versetzen.

Abby öffnete die Nachricht und musste feststellen, dass sich ihre Befürchtung bewahrheitete. Delta sagte den Termin zur Anprobe ab, weil sie im Homeoffice arbeitete und auf eine verspätete Nora wartete, die noch ein paar Sachen abholen wollte. Sie würde es nicht schaffen.

Delta zog Nora also ihrer besten Freundin Abby vor.

Heiße Wut kochte in Abby hoch. Hatte Delta nicht hoch und heilig versprochen, dass sie ihre Pflichten als Trauzeugin ernst nehmen würde? Das klappte ja hervorragend. Nach den vergangenen Diskussionen hatte Abby inständig gehofft, dass Delta ihr Verhalten ändern würde. Fehlanzeige.

Zugegebenermaßen überraschte sie das aber gar nicht so sehr. Delta trauerte ihrer Ex-Freundin immer noch nach. Wenigstens blieb ihr die Hoffnung, dass das Kapitel Nora damit ein für alle Mal beendet war und Delta bei dem Junggesellinnenabschied nicht nur körperlich anwesend sein würde. Vielleicht fand sie damit einen Abschluss für die Beziehung.

Heute half das Abby reichlich wenig. Keine Mum. Keine Delta.

Immerhin hatte sie noch Jordan.

Wenn sie es jetzt noch schaffte, die unangebrachten und ziemlich überflüssigen Gedanken aus ihrem Kopf zu vertreiben, konnte sie sich vielleicht auf die Aufgabe konzentrieren, die vor ihr lag: Ein Brautkleid aussuchen. Für ihre Heirat mit Marcus.

»Ist alles in Ordnung, Madam?« Lisa hatte Abbys finsteren Gesichtsausdruck wohl bemerkt.

Abby bemühte sich um ein Lächeln, egal wie falsch es sich anfühlte. »Meine Trauzeugin schafft es heute leider nicht.«

»O nein. Das ist wirklich schade. Wollte denn noch jemand anderes kommen, um Ihnen eine zweite Meinung zu geben?«

In Abbys Bauch breitete sich ein Gefühl aus. Angst? Vorfreude? Sie wusste es nicht.

»Ja, eine meiner Brautjungfern«, antwortete sie mit einem Seitenblick auf Lisa.

Diese schenkte ihr ein erleichtertes Lächeln und rieb sich die Hände. »Das ist doch wunderbar. Zu dritt werden wir schon dafür sorgen, dass Sie an ihrem großen Tag zauberhaft aussehen werden.«

Abby nickte, auch wenn ihre Haut unangenehm kribbelte. Richtig – nicht nur Jordan würde anwesend sein, sondern auch Lisa. Viel besser. Lisa konnte als Puffer zwischen ihnen fungieren.

Auf Abbys Herz hatte Lisa allerdings keinen Einfluss, denn das schlug plötzlich so laut, dass es wahrscheinlich sogar die Leute draußen auf der Straße hören konnten. Abby stellte es sich wie eines dieser Autos vor, deren Fahrer die Musik so laut aufdrehten, dass sie die ganze Straße zum Erbeben brachten, sobald sie an einer Kreuzung hielten.

Lisas Gesichtsausdruck verriet nichts über ihre Gedanken, denn sie war durch und durch professionell. Abby war eine Kundin, die viel Geld für das wichtigste Kleid ihres Lebens ausgeben würde. Also tat Lisa ihr Bestes, damit sich hier im Geschäft alles nur um Abby drehte.

Schließlich schaute Abby wieder auf ihr Handy und fragte sich unwillkürlich, ob Jordan noch kommen würde. Normalerweise war sie immer überpünktlich. O Gott, was, wenn Jordan sie auch versetzte? Abby wurde von einer unangenehmen Gänsehaut erfasst.

Aber dann verpufften ihre Befürchtungen, als Jordan den Laden betrat. Heute trug sie schwarz und wirkte ein wenig abgehetzt. Ihre Haare waren nicht so perfekt frisiert wie üblich, aber vielleicht war das ja Absicht? So sahen Jordans Haare sicherlich direkt nach dem Sex aus. Zerzaust. Sexy. Atemberaubend.

»Hey!« Jordan stellte ihre Handtasche auf dem Sofa ab und sofort war der Raum erfüllt von ihrer Präsenz. »Bist du bereit für die Anprobe?«

Lisa fragte nach Jordans Kaffeewünschen und verschwand dann kurz.

Abby holte tief Luft und öffnete den Mund, um zu antworten. Als jedoch nichts herauskam, schloss sie ihn wieder. Okay, das hatte sie nicht erwartet. Sie schnaufte leise, während ihr Herz immer noch wie wild in ihrer Brust hämmerte. Noch einmal durchatmen. Ganz ruhig.

Jordan war derweil damit beschäftigt, sich mit einem schwer zu deutenden Gesichtsausdruck umzusehen. »Wonach riecht es hier denn?«, flüsterte sie nachdenklich. »Irgendwie, als ob Blumen gepupst hätten.«

Das löste die Anspannung in Abby überaus wirkungsvoll. »Ich glaube, es ist die Kerze.« Sie deutete darauf.

Jordan beäugte sie. »Ist es okay für dich, wenn ich sie ausmache?« Auf die Zustimmung wartete sie jedoch nicht, sondern setzte ihr Vorhaben direkt in die Tat um.

Wie hatte Abby eigentlich ihr Leben vor Jordan gemeistert?

»Ist Delta noch nicht da?«

Abby schüttelte den Kopf. »Sie hat abgesagt, also bleiben nur noch du, ich und Lisa übrig.«

Jordan warf ihr einen besorgten Blick zu. »Das ist wirklich schade, aber wir packen das schon. Ich freue mich schon richtig drauf.« Sie zögerte. »Du siehst heute wirklich fantastisch aus. Aufgeregt. Voller Vorfreude.«

Hitze erwärmte Abbys Wangen und sie senkte den Blick zu Boden. Ihre Vorfreude hatte nichts mit dem Kleid zu tun. »Du siehst begeisterter aus als ich.«

»Heute ist ein guter Tag. *Spotify* hat im Mix eben eines meiner Lieblingslieder gespielt und das gibt mir immer einen Energieschub.« Sie trat von einem Bein auf das andere. »Kennst du *Drops of Jupiter* noch?«

»Das mag ich sehr.«

Jordans Grinsen wurde noch breiter. »Ich auch. Wenn ich das höre, werde ich ganz nostalgisch. Ich muss dann immer an meine erste Freundin denken und wie es war, zum ersten Mal verliebt zu sein.« Sie bedachte Abby mit einem Blick, den diese nicht recht deuten konnte. »Du müsstest ja am besten wissen, wie das ist. Du heiratest demnächst. Dieses Gefühl, wenn man so viel Liebe in sich spürt, dass man kaum noch atmen kann. Das man am liebsten irgendwie für immer bewahren würde, weil man weiß, dass es für immer so bleiben wird. Aber gleichzeitig ist es so wundervoll. Das Lied drückt dieses Gefühl so wunderbar aus.«

Als Jordan erneut ihren Blick suchte, musste Abby die Zähne zusammenbeißen, um ihre Nervosität nicht zu zeigen.

Jordan war also lesbisch. Oder zumindest bisexuell. Queer. Was auch immer sie als Label bevorzugte. Und plötzlich sah Abby, wie Jordan feuerrot wurde. Was Abby nur wieder zu der Vorstellung zurückkehren ließ, wie sie wohl beim Orgasmus aussah.

Reiß dich zusammen.

Jordan räusperte sich und klatschte die Hände ineinander. »Bist du bereit?«

Abby nickte. »Bin ich.«

~ ~ ~

Rasch zog Abby den Vorhang zu und verschwand dahinter. Das Klappern der Ösen klang überlaut in Jordans Ohren und passte sehr gut zu ihrem Gemütszustand. Am liebsten hätte sie sich übers Gesicht gerieben, aber das hätte ihr Make-up komplett ruiniert.

Also ließ sie die bereits halb erhobenen Hände wieder sinken und schüttelte nur den Kopf.

Sie hatte sich gerade vor Abby geoutet und konnte jetzt nur hoffen, dass sie kein Problem damit hatte. Ja, ihre Trauzeugin war auch lesbisch, aber man konnte ja nie wissen. Vielleicht war ihre Toleranzgrenze für lesbische Brautjungfern mit einer schon erreicht. Hoffentlich war Abby klar, dass nicht alle Lesben so unzuverlässig waren wie ihre beste Freundin, die sich gerade wieder einmal als fürchterliche Trauzeugin erwies. Natürlich passierte so etwas nicht zum ersten Mal bei einem von Jordans Aufträgen. Aber heute war sogar sie sauer auf Delta. Jordan hatte so sehr auf deren Anwesenheit gehofft, damit sie sich von Abbys perfekter Stundenglas-Figur ablenken konnte.

Die gute Nachricht? Abby zog sich gerade ein Brautkleid an und wenn es etwas gab, das Jordans Libido abkühlen konnte, dann ein ausladendes weißes Kleid mit zu viel Tüll. Hochzeitskleider waren für sie schon immer fürchterlich unsexy gewesen und sie verstand auch nicht, warum sie die Einzige war, die so empfand. Weiß stand so gut wie niemandem. Dazu noch ein Diadem und Satinschuhe und Jordan war raus.

»Mist«, fluchte Abby hinter dem Vorhang.

Jordan stand auf, blieb aber außerhalb der Kabine stehen und wackelte unruhig mit den Zehen. »Alles in Ordnung?«

Abby streckte den Kopf heraus. Ihre Schultern waren nackt und Jordan achtete peinlich genau darauf, ihr nur in die Augen zu sehen.

»Ich trage den falschen BH. Das Kleid ist schulterfrei und ich habe vergessen, einen trägerlosen BH mitzubringen.« Abbys Finger verkrampften sich um den Vorhang.

Auch in Jordan verkrampfte sich etwas, aber sie ignorierte es.

»Denkst du, dass es hier einen passenden gibt?«

Jordan biss sich auf die Unterlippe. »Könnte sein, aber ich weiß nicht, ob ich an deiner Stelle einen gebrauchten BH anziehen wollen würde. Soll ich dir einen besorgen? Ich kenne mich in der Wäscheabteilung von *M&S* ziemlich gut aus.« Das war nun einmal einer der Vorteile, wenn man mit Karen zusammenwohnte. Außerdem befand sich der Laden gleich um die Ecke. »Hautfarben und ohne Träger, ja?«

»Wärst du so lieb? Das würde mir echt den Tag retten. Ich möchte so gerne sehen, wie es am Tag der Hochzeit aussehen würde.«

»Das ist doch mein Job.« Jordan grinste. »Was trägst du? 70D?« Sofort spürte sie, wie sich ihre Wangen erhitzten. Hatte das geklungen, als hätte sie Abby auf die Brüste geschaut? Das stimmte nämlich nicht, zumindest nicht länger als normal üblich. Okay, vielleicht ein bisschen länger als bei einer flüchtigen Begegnung. Aber auch das gehörte zum Job.

Abby zögerte kurz und ein schwer zu deutender Ausdruck huschte über ihr Gesicht.

»Volltreffer. Wenn du irgendwann mit diesem Job aufhörst, kannst du ohne Probleme als BH-Beraterin anfangen. Nennt man das heutzutage nicht so? Beraterin anstatt Verkäuferin?«

Die Körbchengröße anderer Frauen zu erraten, war Jordans geheime Superfähigkeit. Wenn ihr Geschäft jemals den Bach runterging, konnte sie sich vielleicht wirklich auf Brüste spezialisieren. Sie machte auf dem Absatz kehrt und klopfte automatisch ihre Taschen ab, um sicherzustellen, dass sie ihren Geldbeutel dabeihatte.

»Nicht weglaufen, bin gleich wieder da.«

Abby hielt sich immer noch den Vorhang vor die Brust und lächelte. »Ich bin nackt. Ich bleibe ganz sicher, wo ich bin.«

Jordan verkniff sich eine Antwort und versuchte stattdessen, das Bild einer nackten Abby aus ihrem Kopf zu verbannen, während sie das Geschäft rasch verließ.

Wie versprochen kehrte sie zehn Minuten später mit einem hautfarbenen, trägerlosen BH in Größe 70D zurück. Als sie vor Abbys Umkleidekabine stand, zögerte sie jedoch. Wie sollte das jetzt laufen?

»Klopf, klopf«, machte sie sich bemerkbar. Als gute Britin hätte sie lieber richtig geklopft.

Abbys Kopf erschien wieder und sie nahm den BH dankbar entgegen. »Du bist wirklich die Beste«, sagte sie. »Ich glaube nicht, dass Delta so bereitwillig losmarschiert wäre. Sie schafft es ja nicht mal, überhaupt hier aufzutauchen.«

Jordan zuckte leicht mit den Schultern. »Dafür bin ich da.« Sie setzte sich auf das sandfarbene Sofa vor den Kabinen, um wieder zu Atem zu kommen.

Zu ihrer eigenen Überraschung war sie unfassbar nervös. Das sah ihr überhaupt nicht ähnlich. Jordan war in der Gegenwart von Bräuten sonst immer gefasst und ruhig. Das war ihr Job.

Doch bei Abby funktionierte das nicht. *Jordan* funktionierte in Abbys Nähe nicht. Sie wollte, dass Abby sie mochte, weil *sie* Abby mochte.

Sie fand Abby unglaublich anziehend.

Jordan schüttelte den Kopf. Das war nicht die richtige Zeit, um sich zu Abby hingezogen zu fühlen.

In diesem Moment wurde der Vorhang zurückgezogen und Jordan aus ihren Gedanken gerissen. Sie sah auf und ihr rechtes Bein begann, unruhig zu wippen. Wärme breitete sich in ihrer Brust aus und wanderte von dort durch ihren ganzen Körper. Jepp, sie hatte alles unter Kontrolle.

Aber was sollte sie auch tun, Abby sah einfach heiß aus. Eine heiße Braut. Das war für Jordan neu und mehr als unwillkommen.

Abbys Kleid lag an der Taille eng an und war von dort mit mehreren Lagen Rüschen nach unten hin ausgestellt, die Jordan absolut nicht attraktiv finden sollte. Doch im Grunde hatte das nichts mit dem Kleid an sich zu tun, nicht wahr?

Jordan räusperte sich und stand hastig auf. Als ihr Blick Abbys suchte, entdeckte sie dort Zweifel. Es war ihr Job, diese auszuschalten. Also schob sie die unangebrachten Gefühle beiseite und wechselte in einen professionelleren Modus.

»Du siehst aus, als wärst du dir bei dem nicht so sicher.« Das war nun wirklich nicht schwer zu erkennen, so stark wie Abby die Stirn runzelte. »Was gefällt dir daran nicht?«

Abby drehte sich um und schaute in den Spiegel der Umkleidekabine. »Es ist nur ein bisschen … überladen? Ich meine, ich mag es immer noch, aber irgendetwas stört mich.« Sie strich mit den Händen ein paarmal über die Vorderseite und Jordan versuchte, ihr nicht mit dem Blick zu folgen.

Schließlich blieben Abbys Hände auf ihrem flachen Bauch liegen, als sie sich erst in die eine, dann in die andere Richtung drehte, um das Kleid von allen Seiten in den 360-Grad-Spiegeln der geräumigen Umkleide zu betrachten.

»Probier doch mal das andere an. Du hattest zwei zur Auswahl, oder?«

Abby nickte langsam. »Marcus war der Meinung, dass ich einfach beide kaufen soll, egal, was es kostet. Aber jetzt mache ich mir Sorgen. Was, wenn ich sie beide nicht mehr mag? Was dann?«

Jordan stellte sich neben sie und bemühte sich, den Geruch ihres Parfüms zu ignorieren, scheiterte jedoch kläglich. Abby roch so gut, dass Jordan nicht genug davon bekam.

»Du hast diese beiden aus vielen ausgesucht. Also wird dir eins davon ganz sicher gefallen, vertrau mir. Probier das andere an. Selbst wenn dir das nicht zusagen sollte: Ich finde, dass du in diesem hier wundervoll aussiehst.« Das war einer der wenigen Momente in Jordans Berufsleben, in dem sie nicht lügen musste.

Abby wandte sich zu ihr um. »Findest du?«

»Ja. Du siehst atemberaubend aus.«

Abby wurde rot. »Danke.« Sie wartete, bis Jordan die Umkleide wieder verlassen hatte, und zog dann den Vorhang zu.

Jordan setzte sich erneut und nutzte die Zeit, um sich zu sammeln. Hoffentlich war das professionell genug gewesen. Ein paar Minuten später wippte ihr Bein jedoch schon wieder unruhig auf und ab.

»Jordan?« Abby erschien, diesmal in Kleid Nummer zwei.

»Ja?« Doch das Wort blieb Jordan im Hals stecken, als sie Abby sah. Kleid Nummer eins war eine gute Wahl gewesen, aber Kleid Nummer zwei war der absolute Wahnsinn. Eng anliegend, mit wenigen Perlenverzierungen an der Vorderseite und aus feiner Spitze gearbeitet. Dieses Brautkleid besaß durch und durch Hollywood-Glanz. Dass die Frau darin die gleiche Ausstrahlung besaß, schadete auch nicht.

Abby hob einen Arm, wodurch ihr trainierter Bizeps hervortrat. Bekam man den vom Golfen? Jordan schrieb sich eine gedankliche Notiz, sich diese Woche mehr Zeit für Liegestütze zu nehmen.

»Ich krieg den Reißverschluss nicht ganz zu. Würdest du mir bitte helfen?«

Jordan trat hinter sie und versuchte dabei, ihr hämmerndes Herz zu ignorieren. Ihre Hände blieben zum Glück ruhig, als sie den Reißverschluss von Abbys Kleid nach oben zog. Es saß wie angegossen. Als Jordan die Hand wegnahm, strich sie dabei unbeabsichtigt über Abbys nackten Rücken.

Sie erstarrte und ihr Blick suchte Abbys im Spiegel. Hatte sie gerade nach Luft geschnappt, als Jordan sie berührt hatte? So oder so konnte Jordan sich gerade weder von der Stelle rühren noch die Augen abwenden. Die Sekunden dehnten sich zwischen ihnen aus.

Abby schaute sie mit einem seltsamen Blick an, den Jordan noch nie zuvor bei ihr wahrgenommen hatte. Eine Mischung aus Sehnsucht und Frustration. Sie kannte diesen Ausdruck, aber sie hatte ihn noch nie bei einer Braut gesehen.

Eine Weile lang hielt Jordan ihrem Blick stand und versuchte, ihn zu ergründen. Sie musste sich irren. Abby würde einen Mann heiraten. Die Spannung zwischen ihnen ergab sich sicherlich nur aus diesem intimen Moment.

Schließlich trat Jordan einen Schritt zurück und schenkte Abby ein Lächeln, in der Hoffnung, dass die Grimasse ihre Gefühle unterdrücken würde. Sie schüttelte den Kopf. Da war doch gar nichts zwischen ihnen. Das spielte sich alles nur in ihrem Kopf ab, und den musste Jordan schleunigst wieder unter Kontrolle bringen, um ihren Job ordentlich erledigen zu können.

»Marcus wird ausflippen, wenn er dich in diesem Kleid sieht.« Wenigstens klang ihr Tonfall ruhig und sicher. Die professionelle Jordan übernahm wieder. Außerdem sagte sie die Wahrheit, denn Abbys Anblick hatte sie selbst völlig aus der Bahn geworfen. Jetzt, da sie ihr aus nächster Nähe in die braunen Augen schauen konnte und nur die Hand ausstrecken musste, um Abbys Lächeln mit den Fingerspitzen nachzuzeichnen … Nun, sie konnte sich lebhaft vorstellen, wie es Marcus dabei gehen würde.

Denn Abby würde Marcus heiraten, nicht Jordan.

Abby räusperte sich und grinste Jordan unsicher an. Sie trat aus der Umkleide, drehte sich ein-, zweimal um die eigene Achse und dann noch einmal in die andere Richtung. In diesem Kleid wirkte sie deutlich selbstbewusster und Jordan wusste bereits, dass die Entscheidung gefallen war.

»Sieht gut aus, oder? Ich bin ja sonst nicht so, was mein Aussehen angeht, aber dieses Kleid …« Sie verstummte. »Ich muss dabei an lange, heiße Sommer denken, und an barfüßige Spaziergänge am Strand.« Sie warf Jordan einen Seitenblick zu. »Es macht mich glücklich.«

Jordan nickte. Das war unschwer zu erkennen. »Marcus wird es auch sein«, antwortete sie.

Abby hielt inne und schaute sie erneut an. Etwas in ihren Augen jagte Jordan einen Schauer über den Rücken.

Dann nickte Abby jedoch. »Ja, genau.«

Kapitel 12

Am Abend vor dem Junggesellinnenabschied quälte sich Jordan mit Liegestützen in ihrem Wohnzimmer. Sie war bereits morgens im Fitnessstudio gewesen, genau wie am Tag zuvor. Der Anblick von Abbys sportlichem Körper hatte sie angespornt. Wenn die Braut so durchtrainiert war, sollte die Brautjungfer sich zumindest ein bisschen Mühe geben. Auch wenn es unmöglich sein würde, in zehn Tagen so straffe Muskeln aufzubauen. Versuchen konnte sie es dennoch.

Karen trat ein und in der Hand hielt sie einen Teller mit zwei Crumpets. Jordan musste nicht hinsehen, um zu wissen, dass sie großzügig Butter darauf verteilt hatte. Karens Lieblingsessen. Oder wie sie es nannte: ihr Untergang.

Sie setzte sich mit einem untergeschlagenen Bein auf das Sofa und musterte Jordan schweigend. Das einzige Geräusch in dem Raum war Jordans leises Ächzen, das ihre Liegestütze begleitete. Als der Teller geleert war, stellte Karen ihn auf dem hölzernen Couchtisch ab. Sie wartete, bis Jordan nach ihrem letzten Set praktisch auf dem Boden zusammenbrach.

»Willst du mir immer noch erzählen, dass du nichts für diese Frau übrighast?«

»Halt die Klappe.« Die Dielen waren nicht besonders bequem. Jordan setzte sich auf und klopfte sich die Hände ab, bevor sie sich langsam auf die Beine kämpfte. Dann streckte sie sich ausgiebig in dem Versuch, dem Gespräch auszuweichen.

»Vielleicht sollte ich am Wochenende mitkommen und dich vor dir selbst beschützen.«

»Ich kriege das schon hin, ich bin ein Profi.«

»Du machst Liegestütze, ohne dass ich dich dazu überreden muss. Du gehst freiwillig ins Fitnessstudio. Das ist nicht die Jordan, die ich kenne und liebe. Neuerdings kaufst du Grünkohl. Das beweist, wie schlimm es inzwischen ist.«

Jordan beugte sich nach vorne und berührte ihre Zehen mit den Fingerspitzen. »Ich versuche nur, gesünder zu leben, das ist alles. Du liegst mir doch seit Jahren damit in den Ohren. Das sollte dich also glücklich machen.«

»Ich bin auch total begeistert. Aber ich hinterfrage trotzdem den Grund, das ist alles.« Karen schob sich ihren Pony aus den Augen. »Wie lange bist du noch mal weg?«

»Vier Tage, Freitag bis Montag. Der Reiseplan ist auch schon eingepackt. Ich kann in Cannes mal wieder mein Französisch aufpolieren, und außerdem wird die ganze Gesellschaft von meinem überragenden Organisationstalent entzückt sein.«

Karen zögerte einen Moment. »Vier Tage können ganz schön lang werden, wenn man sie auf engstem Raum mit jemandem verbringt, für den man Gefühle entwickelt.«

Jordan ließ sich neben Karen auf das Sofa fallen und legte sich mit einem Schnaufen die Unterarme über das Gesicht. »Ich habe keine Gefühle für Abby. Und außerdem bin ich kein Tier, das nur nach seinen Impulsen handelt. Ich habe schon so viele Frauen attraktiv gefunden und trotzdem keinen Schritt auf sie zu gemacht. Ich meine, so läuft es doch immer bei mir. Weißt du doch, du bist meistens dabei.«

Das brachte Karen zum Lächeln. »Da kann ich jetzt nicht widersprechen.«

»Ich weiß nicht, warum du so darauf rumhackst. Ich tue mich so schwer damit, einer Frau zu sagen, was ich für sie empfinde. Oder die Initiative zu ergreifen. Alles, was bisher in Richtung romantische Beziehung ging, war entweder Zufall oder jemand anderes hat die Führung übernommen. Und das wird dieses Wochenende wohl kaum passieren. Nicht auf Abbys Junggesellinnenabschied.«

»Stimmt natürlich auch wieder.« Karen stupste sie mit dem Ellenbogen an.

»Wenn überhaupt frage ich mich immer noch, warum sie Marcus heiraten will. Ich meine, er ist ein wirklich netter Kerl, aber die beiden scheinen überhaupt nicht zueinander zu passen.«

»Er ist steinreich.«

»Das mag sein. Aber viel Geld kann einem auch Probleme machen. Außerdem wirkt Abby auf mich nicht wie jemand, der nur aufs Geld aus ist. Sie hat selbst einen gut bezahlten Job.«

Karen zuckte mit den Schultern. »Vielleicht tickt die biologische Uhr?«

»Das kann schon eher sein. Ist aber irgendwie schade, wenn sie ihn heiratet, obwohl sie nicht mit vollem Herzen dabei ist.«

Karen warf ihr einen bedeutungsvollen Blick zu. »Wie viele deiner Bräute sind das denn? Von dem, was du so erzählst, die wenigsten. Vielleicht glaubst du ja, dass Abby anders ist als die anderen, aber in diesem Fall ist sie es nicht. Sie will den sozialen Status, finanzielle Sicherheit und einen Vater für ein Kind. Selbst heutzutage müssen Frauen all das berücksichtigen.«

Jordan schüttelte den Kopf. »Da kann ich nicht widersprechen. Ist das nicht deprimierend?«

»Absolut.« Karen gähnte hinter vorgehaltener Hand. »Aber egal, lassen wir mal die unerreichbare Abby beiseite und reden wieder über dich. Wann hast du zum letzten Mal jemanden gevögelt? War das diese eine, die du auf *Tinder* gefunden hast?«

Jordan runzelte missbilligend die Stirn. »Keine Ahnung, was das für eine Rolle spielt, aber ja. Ich habe aber nicht vor, in Cannes mit irgendwem zu schlafen. Ich bin zum Arbeiten da.«

»Das weiß ich doch. Aber vielleicht könntest du wieder ein bisschen mehr aus deinem Schneckenhaus kommen, wenn du wieder da bist.« Sie hob abwehrend die Hände. »Und bevor du jetzt was sagst: Ich weiß, dass du keine Beziehung willst. Du wurdest zu sehr verletzt. One-Night-Stands sind bei deinem Job die bessere Wahl. Verstehe ich. Aber du wirst auch nicht jünger. Die Uhr tickt. Glaub mir, eine Beziehung kann auch echt schön sein. Du hattest mit deinen Ex-Freundinnen doch bestimmt auch schöne Momente, oder?«

Jordan ließ sich tiefer ins Polster sinken. »Ja, schon. Aber es lief immer auf das Gleiche hinaus. Liebeskummer. Darauf, dass ich mein Zuhause und einige meiner Sachen verliere. Beziehungen fressen zu viel Zeit und bedeuten zu viel Schmerz. Also bleibe ich bei den One-Night-Stands. Aber erst, wenn der Job vorbei ist.« Beim Gedanken an einen One-Night-Stand mit Abby stellten sich ihre Nackenhaare auf.

Aber das konnte sie sich einfach nicht vorstellen. Abby wirkte nicht wie jemand, der auf einmalige Sachen aus war. Jordan in ihrer Nähe allerdings auch nicht. Und diesen Gedanken verdrängte sie lieber ganz schnell wieder.

Karen stand auf, ging kurz aus dem Raum und kehrte wenig später mit einer *Marks&Spencer*-Tüte zurück, die sie Jordan zuwarf.

»Was ist das?« Jordan schaute hinein und zog einen roten Bikini hervor. Ihre Augen wurden groß, als sie das Kleidungsstück betrachtete. »Für wen ist der?«

»Dich. Ich wusste, dass du ihn dir nie selbst kaufen würdest, aber ich habe gesehen, wie du ihn dir neulich im Laden immer wieder angeschaut hast. Also habe ich ihn dir besorgt. Schließlich musst du in der feinen Villa in Cannes ins Bild passen, oder?«

Jordan schluckte verlegen. Bislang hatte sie über die Sache mit dem Pool dort noch nicht nachgedacht, aber gerade wurde ihr bewusst, dass sie Abby mit großer Wahrscheinlichkeit im Bikini sehen würde. »Zum Glück habe ich mehr Sit-ups eingebaut. Der Bikini überlässt quasi nichts der Fantasie.«

»Es ist ein Bikini. Das ist der Sinn der Sache.«

Jordan spähte erneut in die Tüte und zog einen spitzenbesetzten Slip mit passendem BH hervor. »Sind die auch für mich?« Sie hielt die beiden Wäschestücke hoch, als seien es Beweisstücke in einer Polizeiermittlung.

»Ja. Habe ich bei der Arbeit umsonst als Testware bekommen.« Sie lehnte sich zu Jordan. »Zieh das an und du fühlst dich unbesiegbar. Niemand sonst muss davon wissen. Aber wenn es jemand mitbekommt, wird sie so neidisch sein. Oder versuchen, dir die Stücke vom Leib zu reißen. Pass einfach nur auf, dass es nicht die Braut ist, dann ist alles gut. Hast du nicht gesagt, dass ihre Trauzeugin lesbisch ist?«

»Ja, aber sie wurde gerade erst verlassen. Ich weiß, was du gerade denkst, aber das kannst du gleich wieder vergessen.«

»Du nennst es kürzlich verlassen. Ich nenne es Single.« Karen deutete mit den Fingern Anführungszeichen in der Luft an.

»Deswegen solltest du auch nicht versuchen, Leute miteinander zu verkuppelt.« Jordan sah sie mit einer hochgezogenen Augenbraue an.

»Eine lesbische beste Freundin. Darüber sollte man einen Film drehen. Ist sie hübsch?«

»Nicht mein Typ.«

»Du hast einen Typ?«

Jordan warf ihr einen finsteren Blick zu. »Mein Typ sind Frauen, die sich darauf einlassen können. Delta kann das nicht. Sie heult ihrer letzten Freundin noch nach. Außerdem stehe ich auf ihrer Beliebtheitsliste nicht besonders weit oben.«

Karen tippte sich mit dem Zeigefinger gegen die Nase. »Beginnen so nicht die schönsten Liebesgeschichten? Ihr hasst euch, aber dann verliebt ihr euch mit der Zeit ineinander. Auf mich wirkt das ziemlich vielversprechend. Mit ihr könntest du vielleicht deine Französischkenntnisse aufbessern.« Karen lachte über ihren eigenen Witz.

»Fällt dir so was abends im Bett ein?« Doch Jordan lächelte ebenfalls. Sie konnte gar nicht anders.

»Widme dich der Trauzeugin, nicht der Braut. Verstanden?«

Jordan erhob und streckte sich erneut. »Das ist ein rein berufliches Wochenende. Abby heiratet in weniger als zwei Wochen. *Pas de problème*, wie die Franzosen sagen. Das ist Abbys letzte Party als Unverheiratete und ich werde dafür sorgen, dass sie unvergesslich wird.«

Karen stand ebenfalls auf und drückte Jordan die Tüte mit der Unterwäsche gegen die Brust. »Das, meine zauberhafte Freundin, ist genau das, was ich befürchte.«

Kapitel 13

Abby stieg die Treppe zu der Privatmaschine empor. Das Flugzeug war deutlich kleiner, als sie gewohnt war. Die Tür befand sich am Heck und sie wurden dort von ihrem Flugbegleiter Gavin und der Pilotin Michelle begrüßt. Beide waren geschniegelt und gestriegelt und in Abbys Alter. Michelle trug sogar eine Flugkapitänsmütze. Gavin besaß dafür perfekt gezupfte Augenbrauen.

»Ich hoffe, Sie genießen den Flug«, sagte Michelle mit einem strahlenden Lächeln, als sie ihr die Hand schüttelte.

Abby bezweifelte das stark. Ihr Magen verkrampfte sich schon jetzt beim Boarden und Übelkeit war ihr ständiger Begleiter. Außerdem war ihr schwindelig. Ihre Flugangst hatte sie zwar bisher nicht vom Reisen abgehalten, aber Spaß machte es nie. Ihr liebstes Urlaubsziel würde immer irgendwo in Großbritannien liegen. Oder zumindest irgendwo, wo sie mit dem Schiff oder Zug hinkam. Sie liebte den Eurostar. Auch deswegen hatte sie Marcus von Flitterwochen in Paris überzeugen wollen, aber vergeblich. Er wollte auf die Malediven. Seiner Meinung nach wollte da jeder in den Flitterwochen hin.

Auf den wenigen Flugreisen, die sie zusammen unternommen hatten, war ihr Marcus schnell auf die Nerven gegangen. Er erstickte Abby jedes Mal beinahe mit seiner Aufmerksamkeit, und fragte sie alle zwei Sekunden, ob es ihr gut ging. Dabei brauchte sie einfach nur ein bisschen Ruhe und ein paar besänftigende Worte. Ebenso wenig verstand er, dass er beim Start und der Landung einfach nur ihre Hand halten und für sie da sein sollte.

Er verstand Abby nicht.

Sie schob den Gedanken von sich und wandte ihre Aufmerksamkeit lieber Michelle zu. Lange, dunkle Haare und dazu passend lange, dunkle Wimpern – Abbys Magen meldete sich erneut, als sie Michelles Hand losließ.

»Danke, Michelle«, sagte sie. »Wie passend, dass uns eine Pilotin zu meinem Junggesellinnenabschied bringt.« Bisher war ihr noch keine Frau in diesem Beruf begegnet und es war irgendwie spannend. Doch unabhängig vom Geschlecht des Flugpersonals verlangte Abby eigentlich nur eines von ihnen: sie an einem Stück ans Ziel zu bringen und nicht zu töten.

Als sie jedoch einen Blick über die Schulter zu Delta warf, musste Abby mit aller Macht ein Lachen unterdrücken. Ihr Gesichtsausdruck verriet, dass sie wohl am liebsten begeisterte Luftsprünge gemacht hätte.

Abby konnte ihr keinen Vorwurf deswegen machen. Wer fand Piloten – und natürlich Pilotinnen – denn nicht sexy?

Als sie das Innere des Flugzeugs mit seinen zwei schmalen Sitzreihen betrat, entdeckte Abby, was dort auf sie wartete. Ein Tunnock's Tea Cake und eine Dose Ern Bau. Sie schaute zu Jordan, die jedoch gerade mit ihrem Handy beschäftigt war.

Irgendetwas stimmte heute nicht mit ihr, denn sie wirkte auf Abby kühler als sonst. Distanziert. Aber wahrscheinlich sollte sie da nichts hineininterpretieren. Vielleicht hatte Jordan nur schlecht geschlafen oder war in Gedanken bei dem bevorstehenden Wochenende.

Ja, das würde es wohl sein.

Abby suchte Deltas Blick, die sie breit angrinste.

»War das deine Idee?« Abby nahm eins der kleinen Gebäckstücke in die eine und eine Dose des schottischen Softdrinks in die andere Hand.

Delta schüttelte den Kopf. »Nein, das ist das Werk deiner anderen Brautjungfer. Die, die dich am längsten kennt.« Sie deutete mit dem Kopf zu Jordan und zog eine Augenbraue fragend nach oben.

Jordan umrundete Abby und verstaute ihr Handgepäck in einem der Fächer über den Sitzen, bevor sie sich ihnen zuwandte.

Abby hielt noch immer die Leckereien ihrer schottischen Kindheit in den Händen. Zum ersten Mal heute lächelte Jordan sie an. Verdammt, sie hatte wirklich schöne weiße Zähne.

»Du warst das?« Abby konnte nicht glauben, dass ihre bezahlte Brautjungfer sich so viel Mühe gab. Woher hatte sie das gewusst?

»Natürlich. Davon haben wir uns damals in der Schule in Glasgow doch quasi ernährt. Ich hab mir gedacht, dass es Erinnerungen an die Spielplätze in dir weckt, und an die Tage, die wir im Sommer damit verbracht haben, Gänseblümchenketten zu basteln.«

Abby starrte sie sprachlos an. Woher *wusste* sie das?

»Ich habe schon ewig keine Tunnock's Teacakes mehr gegessen«, mischte sich Abbys Mutter ein. »Gute Idee, Jordan.«

»Was ist das denn?«, fragte Marcus' Cousine Arielle und deutete auf die Dose Ern Bau.

Gloria schlug sich gespielt entsetzt eine Hand vor den Mund. »Meine Liebe, diese Limonade ist das Erbe Schottlands. Das andere ist ein Schokoladen-Biskuit. Ersetzt wunderbar ein verpasstes Frühstück, weil einem der Zucker sofort ins Gehirn schießt.«

Arielle wirkte nicht sonderlich angetan.

Abby ließ den Blick durchs Flugzeug und über den Rest ihrer Partygesellschaft schweifen. »Du bist wirklich gut, weißt du das?« Sie beugte sich zu Jordan und bemerkte ihren Duft. Das erinnerte sie wieder an die Anprobe des Brautkleids.

Ihre Blicke trafen sich. »Ich habe mich erkundigt. Unsere Hintergrundgeschichte sollte wasserdicht sein, das hier habe ich für einen guten Anfang gehalten.«

»Volltreffer.«

Jordan wandte den Blick ab und deutete auf das Gepäckfach. »Willst du noch was rein legen?«

Abby reichte ihr ihren *Louis Vuitton*-Handkoffer. Jordan verstaute ihn sorgsam, schien dann jedoch etwas zu bemerken. »Sitzt du neben mir?«

»Wenn das in Ordnung ist?« Abby hatte entschieden, ihre Mutter und Delta auf die gegenüberliegende Seite zu setzen, sodass die vier wichtigsten Personen hier vorne versammelt waren.

»Alles, was du willst, es ist dein Wochenende.«

Und da war sie wieder. Die professionelle Jordan. Nicht die lächelnde, fröhliche Jordan.

Abby riss sich von dem Gedanken los. Wahrscheinlich interpretierte sie wirklich zu viel hinein.

»Weißes Leder. Da fühlt man sich doch wie ein Rockstar, oder?«, kommentierte Gloria grinsend. »Und habt ihr schon die Toiletten gesehen? Die sind riesig für ein Flugzeug. Bestimmt dreimal so groß wie üblich und so gut ausgestattet.«

»Wem gehört das Flugzeug eigentlich?«, mischte sich Delta ein, die Jordan immer noch kritisch im Auge behielt.

»Einem Freund der Montgomerys. Wir haben das Flugzeug samt Pilotin Michelle und Flugbegleiter Gavin zur Verfügung gestellt bekommen. Manchmal hat es schon Vorteile, einen reichen Kerl zu heiraten«, antwortete Abby. Von den etwa 30 Sitzplätzen waren heute nur zehn belegt, doch Michelle hatte ihnen mitgeteilt, dass sie in Cannes 20 Frauen, die ebenfalls zu einem Junggesellinnenabschied unterwegs waren, abholen und mit zurücknehmen würden. Das milderte Abbys schlechtes Gewissen wegen ihres ökologischen Fußabdrucks ein wenig.

»Kriegen wir auch Champagner?«, fragte Gloria.

Abby lächelte. »Du bekommst alles, was du willst. Du bist die Mutter der Braut.«

Gloria klatschte begeistert in die Hände. »Das gefällt mir jetzt schon.« Sie beugte sich vor, bis sie beinahe von ihrem Sitz fiel. »Willst du den ganzen Flug mit deinem Laptop und deiner ellenlangen Planungstabelle verbringen, Jordan? Ich habe sie vorhin gesehen. Du hast das Wochenende ja wie eine Überseekonferenz durchgeplant.«

Jordans Lächeln war ein bisschen gezwungen, aber immerhin lächelte sie. Sie und Gloria hatten sich inzwischen aufs Du geeinigt.

»Abby liebt ihre Tabellen auch sehr«, fügte Gloria hinzu. »Ihr habt euch wirklich gesucht und gefunden.«

Ob sie je damit aufhören würde, Abby vor anderen zu blamieren? Wahrscheinlich nicht.

»Ich möchte nur, dass dieser Ausflug so reibungslos wie möglich abläuft, Gloria«, antwortete Jordan. »Aber natürlich waren deine – und Deltas – Ideen im Vorfeld eine große Hilfe.«

Abby verkniff sich ein Lachen. Wenn Jordan ihren Charme aufdrehte, war sie unschlagbar. Machte sie das auch, wenn sie eine Frau ansprach? Hatte sie dafür auch einen Schlachtplan in Tabellenform? Oder verließ sie sich auf ihren Instinkt und die gegenseitige Anziehung?

Wieder einmal bemerkte sie, wie sehr sie sich selbst von Jordan angezogen fühlte. Rasch sprang sie auf und ging in den hinteren Teil des Flugzeugs, um nach ihren Gäste zu sehen.

Ihre Cousine Taran saß neben Abbys langjähriger Freundin Nikita. Dahinter Marcus' Cousinen Arielle und Martha sowie Erin und Frankie, zwei ehemalige Kommilitoninnen aus der Studienzeit. Insgesamt waren sie zu zehnt, also keine besonders große Gesellschaft. Abby war schon zu Abschieden mit mehr als 20 Personen eingeladen gewesen, und hatte sich dabei geschworen, niemals so zu feiern. Abends nett in London essen gehen wäre für sie vollkommen ausreichend gewesen, aber Marcus und Marjorie hatten auf dieses Event bestanden. Sie hatten sogar für die Vermittlung von Privatflugzeug und Villa gesorgt. Und natürlich für Jordan.

Abby ging zu ihrem Platz zurück und setzte sich wieder.

»Alles okay?«, fragte Jordan und sah von ihrem Laptop auf, als würde sie Abby zum ersten Mal an diesem Tag richtig wahrnehmen.

Abby nickte und bekam wieder einmal eine Gänsehaut. Das war nicht gut. In Marcus' Gegenwart fühlte sie sich nie so. Eigentlich in niemandes Gegenwart, nur bei Jordan.

»Sobald wir gestartet sind, ja. Ich fliege nicht besonders gerne, weswegen Marcus diesen Privatflug organisiert hat, damit ich mich nicht schon vorher aufrege.«

»Hat es funktioniert?«

»Kann ich dir sagen, wenn wir in der Luft sind.«

Michelle ging an ihnen vorbei, blieb dann kurz stehen und drehte sich zu ihnen um. »Möchten Sie nachher während des Flugs gerne mit mir im Cockpit sitzen?«, fragte sie Abby. »Sie können nach dem Start gerne jederzeit hereinkommen.«

Schon wurde Abby wieder schlecht. »Ich denke nicht, danke«, entgegnete sie. »Bringen Sie uns einfach nur sicher hin.«

Michelle salutierte. »Ich tue mein Bestes. Wenn Sie es sich anders überlegen, lassen Sie es mich gerne wissen.«

Abby biss die Zähne zusammen und machte es sich auf ihrem Sitz bequemer. Allein der Gedanke, das Cockpit zu betreten, ließ ihren Puls in die Höhe schnellen. Den kompletten Himmel vor sich zu sehen und zu wissen, dass sich das Flugzeug der Erdanziehung nur aufgrund der Fähigkeiten eines Piloten widersetzte, würde ihre Flugangst mit Sicherheit nur verstärken, anstatt sie zu kurieren. Also umfasste sie die Armlehnen fest und schloss die Augen. Es würde alles gut werden. Das Flugzeug würde nicht mit ihr und all ihren Lieben an Bord abstürzen.

Allerdings müsste sie dann wenigstens nicht Marcus heiraten, wenn es das tat.

Abby riss schockiert die Augen auf, setzte sich kerzengerade hin und griff sich an die Brust. Wo zum Teufel war dieser Gedanke denn hergekommen? Sie atmete tief durch, und auf einmal tauchte Jordans besorgtes Gesicht in ihrem Blickfeld auf.

»Was ist los? Alles in Ordnung? Hast du dich erschreckt?«

Abby schüttelte den Kopf. »Es geht mir gut. Ich bin nur nervös, das ist alles.« Natürlich hatte sie nicht gerade die gesamte Hochzeit hinterfragt, auf keinen Fall.

Niemals.

Sie doch nicht.

Jordans Gesichtsausdruck blieb besorgt. »Warum hast du mir das nicht vorher gesagt? Ich hätte dir was zur Entspannung mitgebracht.«

Abby neigte fragend den Kopf zur Seite. »Was denn?«

Jordan zog einen kleinen Schmollmund. »Keine Ahnung. Valium?«

»Ist das legal?«

»Wenn du Valium haben willst, besorge ich dir welches.«

»Zu spät.« Abby schaute sich um. »Alkohol wäre aber nicht schlecht.«

Rasch löste Jordan ihren Sicherheitsgurt. »Ich hole dir was zu trinken.« Rasch verstaute sie ihren Laptop im Gepäckfach.

»Solltest du nicht angeschnallt bleiben?«, fragte Abby.

»Ist schon in Ordnung.« Jordan verschwand den Gang hinunter.

Abby schluckte und schloss die Augen wieder.

Eine Hand auf ihrem Arm ließ sie zusammenzucken. Abby öffnete die Augen und in diesem Moment rollte das Flugzeug los. Ein unangenehmes Gefühl machte sich in ihrem Magen bemerkbar.

»Geht's dir gut, Schätzchen? Das ist nicht deine Lieblingsbeschäftigung, ich weiß.« Der Ausdruck in Glorias grünen Augen war wie immer liebevoll.

»Sobald wir in der Luft sind, geht es mir besser. Außerdem besorgt mir Jordan gerade einen Drink. Der sollte helfen.«

Ihre Mutter drehte sich halb um, um den Gang hinunterzublicken. »Wie bist du vorher eigentlich ohne Jordan zurechtgekommen?«

Da war Abby sich auch nicht so sicher.

Einen Moment später ließ sich Jordan wieder auf ihren Sitz sinken und legte ihren Sicherheitsgurt an. Gavin bezog Position im Gang und begann mit den Sicherheitsinstruktionen.

Als Abby sie von der Seite anschaute, grinste Jordan sie an und steckte ihr etwas zu. Dann beugte sie sich rüber und flüsterte in Abbys Ohr: »Ich war mir nicht sicher, was du haben willst, also habe ich Wodka und Whisky mitgebracht. Das hilft sicher, deine Nerven zu beruhigen. Aber du musst sie heimlich trinken, weil die eigentlich erst für später gedacht sind.«

Abby brauchte einen Moment, um das Gesagte zu verarbeiten, nickte dann aber. Sie versuchte, die chaotischen Empfindungen zu ignorieren, die Jordans warmer Atem an ihrem Ohr verursachte, schaffte es aber nicht wirklich.

Gavin demonstrierte gerade die richtige Handhabung der aufblasbaren Rettungsweste und zeigte auf die Stelle, an der man das Notsignal fand. Als er fertig war, kippte Abby rasch den Wodka aus der Miniflasche hinunter und schüttelte sich leicht, als sie ihn auf der Zunge spürte. Gott, purer Alkohol schmeckte furchtbar. Sie versuchte, sich nicht vorzustellen, wie der Wodka ihre Magenschleimhaut auflöste, als sei sie Farbe, die an ihren Fingerspitzen klebte. Stattdessen konzentrierte sie sich lieber auf das leicht taube Gefühl, das sich langsam in ihr ausbreitete. Das Whiskyfläschchen steckte sie in ihre Handtasche und dann führte sie sich vor

Augen, wie man die Rettungsweste um die Taille befestigte. Aber wem wollte sie etwas vormachen? Wenn das Flugzeug abstürzte, war sie sowieso erledigt.

»Gavin, bitte nimm deinen Platz ein«, ertönte Michelles Stimme über den Lautsprecher. Umgehend verschwand Gavin den Gang hinunter.

Da waren sie nun, kurz vor dem Start. Abbys meist gehasster Teil am Fliegen. Sie zupfte an ihrem Gurt, um sicherzugehen, dass er auch richtig saß, und schaute dann kurz zu Jordan.

Die lächelte Abby an und nahm dann ihre Hand auf der gemeinsamen Armlehne in ihre. Abby vergaß beinahe zu atmen, und hielt den Blick fest auf ihre verbundenen Hände gerichtet, bevor es ihr zu viel wurde. Rasch kniff sie die Augen wieder zu.

»Ich hoffe, ihr seid alle bereit für den Abflug, die Startbahn ist bereits in Sicht. Ich wünsche euch einen angenehmen Flug«, meldete Michelle sich noch einmal.

Aus dem hinteren Teil des Flugzeugs ertönten vereinzelte Jubelrufe. Von wem genau konnte Abby nicht sagen und es war ihr auch egal. Sie nahm nur den überlaut rauschenden Herzschlag in ihren Ohren wahr und das Zittern ihres Körpers, als sich jeder Muskel in ihm anspannte. Sie saß in einem Flugzeug und hielt Jordans Hand. Das Seltsamste daran? Es klappte. Jordan beruhigte sie ungemein.

Als das Flugzeug an Geschwindigkeit gewann und schließlich vom Asphalt abhob, drückte Jordan ihre Hand fester und Abby konzentrierte sich voll und ganz darauf, um sich von der Tatsache abzulenken, dass sie nun in einer Metallröhre durch die Luft schwebte. Als sie Jordan einen kurzen Seitenblick zuwarf, schaute sie ungewollt aus dem Fenster, hinter dem die Welt immer kleiner wurde, während das Flugzeug an Höhe gewann.

Großer Fehler.

Sie atmete tief durch und zwang sich, nach vorne zu schauen. Jordan ließ ihre Hand jedoch nicht los und sagte auch nichts. Genau das, was Abby sich immer von einem Partner in dieser Situation erhofft, aber nie bekommen hatte.

Jordan verstand sie.

Kapitel 14

Sie übernachteten in der Villa Francois, die so luxuriös war, wie Jordan es sich vorgestellt hatte. Nicht, dass sie das überraschte. Sie war schon auf Marcus' Familiensitz gewesen, und in seinem eigenen Haus an der Grenze der Ländereien. Sie hatte seine Mutter getroffen und gesehen, wie akkurat Marcus' Hemden gebügelt waren. Die Montgomerys waren überaus penibel und führten ein geordnetes Leben. Dieses Haus gehörte ihnen zwar nicht, aber Abby hatte ihr erzählt, dass es von guten Freunden zur Verfügung gestellt worden war. Und die liebten offensichtlich modernes Design. Das war Jordan sofort ins Auge gesprungen, als ihr Minibus in die breite Einfahrt eingebogen war und die Gruppe vor der Tür abgesetzt hatte.

Die Villa befand sich in der hügeligen Landschaft von Super Cannes, dem exklusiven Wohnort der Reichen. Die Stadt Cannes und der Strand waren nicht weit entfernt und ihnen stand hauseigenes Personal zur Verfügung. Die Villa selbst punktete mit ihren riesigen, bodentiefen Fenstern, und die verschiedenen Terrassen gaben den Blick auf die atemberaubende Côte d'Azur frei. Das Meer funkelte verführerisch und der einladende Pool der Villa war groß genug, um Bahnen darin schwimmen zu können. Außerdem gab es einige Jacuzzis und mehr als genug gepolsterte Liegen unter weißen Sonnenschirmen – Jordan hegte keinen Zweifel, dass die Handtücher unglaublich flauschig sein würden. Bei diesem Junggesellinnenabschied wurden weder Mühen noch Kosten gescheut.

~ ~ ~

Um die benutzten Handtücher hatte sich das Personal gekümmert und die Partygesellschaft kehrte nun nach ihrem ersten Abend in der Stadt wieder zurück zur Villa. Jordan war erleichtert, dass sie den Ausflug bislang als vollen Erfolg verbuchen konnte. Sie schlenderte über die Terrasse am Pool, die geschmackvoll von indirektem Licht und Kerzen beleuchtet wurde. Unter ihr glitzerten die Lichter der anderen Villen und dahinter erstreckte sich die französische Riviera. Selbst die Luft schien französisch zu riechen.

»Ich weiß ja nicht, wie es den anderen geht, aber ich bin so vollgefressen.« Abby tätschelte sich den flachen Bauch und gesellte sich zu Jordan, die einen Stuhl für sie zurückzog. Sie trug eine hübsche Culotte-Hose, ein grünes Top und einen hauchzarten Chiffon-Schal, was ihr den Flair eines 50er-Jahre-Filmstars gab. Auch Jordan war gegen diese Ausstrahlung nicht immun.

Abby lächelte und setzte sich. »Danke, aus den Augen verlorene Brautjungfer.«

Jordan machte einen vornehmen Knicks. »Für die angehende Braut tue ich doch alles«, antwortete sie. »Möchtest du was zu trinken?«

Jemand kam aus dem Haus. »Hat hier jemand was von Trinken gesagt?« Glorias schottischer Akzent war im Laufe des Abends sogar noch prominenter geworden. »Haben die Angestellten Feierabend gemacht?«

Jordan nickte. »Um neun ist für sie Schluss und es ist schon nach zehn. Wir müssen uns also selbst versorgen. Aber als Brautjungfer lese ich Abby natürlich gerne weiterhin jeden Wunsch von den Augen ab.«

»Hast du das gehört, Delta?«, rief Abby und lehnte sich in ihrem Stuhl etwas nach hinten. »Jordan bringt mir, was ich will, wenn ich es will, weil sie eine meiner Brautjungfern ist.«

Deltas schallendes Gelächter ertönte aus dem Haus, bevor sie zusammen mit dem Rest der Gäste auf die Terrasse kam. »Das macht sie nur, weil sie dafür bezahlt …«

Jordans Herz rutschte in die Hose, und Delta verstummte abrupt. Sie fuhr zu der Trauzeugin herum und warf ihr einen warnenden Blick zu, den diese aber wahrscheinlich im Halbdunkel gar nicht wahrnehmen konnte. Würde Delta sie etwa schon am ersten Tag auffliegen lassen?

Die anderen gesellten sich zu ihnen und Delta fuhr fort: »Sie bezahlt den Preis dafür, dass sie dich vor vielen Jahren hat sitzen lassen. In den Jahrzehnten, die sich Jordan irgendwo rumgetrieben hat, habe ich Abby bereits eine Million Gläser Wein gebracht. Sie muss einiges an Zeit wiedergutmachen.«

Gut gerettet, Delta. Jordan schnipste mit den Fingern und deutete in ihre Richtung. »Da hat sie nicht unrecht. Wenn ich Weißwein und ein paar Gläser hole, trinkt ihr dann mit?«

Die Gruppe stimmte lautstark zu, was Jordans Stichwort war, in die Küche zu verschwinden.

»Wo ist Taran?«, fragte Abby. »Sie könnte beim Tragen helfen.«

Gloria verdrehte die Augen. »Sie telefoniert mit Ryan.« Taran und ihr Mann waren gerade einmal 12 Stunden voneinander getrennt, aber offensichtlich hielten sie es nicht so lange aus, ohne miteinander zu sprechen. »Ich komme mit«, fügte Gloria hinzu.

Sie gingen in die Küche, deren glänzende, weiße Arbeitsflächen keine Spuren mehr von der nachmittäglichen Essensschlacht aufwiesen.

»Ein Hoch auf die wundervollen Angestellten«, meinte Gloria. »Wir müssen ihnen unbedingt ein großzügiges Trinkgeld geben.«

»Auf jeden Fall.« Jordan holte den Weißwein aus dem gut bestückten Weinkühlschrank, während Gloria die Gläser aus einem der anderen Schränke nahm. Obwohl sie erst einen Tag in der Gegenwart der anderen verbracht hatten, arbeiteten die beiden bereits exzellent zusammen.

»Ich wollte mich für deine bisherige Arbeit bedanken«, sagte Gloria und stellte die Gläser zu den Weinflaschen auf zwei Metalltabletts. »Ich weiß, dass es Abby sehr entlastet und sie sich jetzt mehr auf die Hochzeit freuen kann. Vor ein paar Wochen habe ich das noch für unmöglich gehalten.«

Jordan wich Glorias Blick aus. »Ich mache nur meinen Job.«

Gloria legte ihr eine Hand auf den Arm. »Ich weiß, aber du tust so viel mehr als das. Abby kann sich bei dir entspannen und das tut sie so selten. Vor Marcus war sie auf ihren Job fokussiert. Wenn sie den wenigstens lieben würde, hätte ich mich ja für sie gefreut …« Gloria runzelte die Stirn und neigte den Kopf leicht zur Seite. »Ich hatte gehofft, dass sie sich mit der Zeit mehr auf die Hochzeit freut, aber erst seit du da bist, hat sie dieses Funkeln in den Augen.« Sie drückte Jordans Arm sanft. »Also vielen Dank. Im Ernst. Ich will nur, dass meine einzige Tochter glücklich wird.«

Dieses Mal sah Jordan ihr direkt in die Augen. »Das möchte ich auch.«

Als sie zu der Terrasse zurückkehrten, war Taran wieder zur Gruppe gestoßen und erzählte gerade von ihrer eigenen Hochzeit, die sie erst vor Kurzem gefeiert hatte. »Abby hat mir so sehr geholfen bei meinem Junggesellinnenabschied und am Hochzeitstag, als ich einen halben Nervenzusammenbruch bekommen habe. Ich wollte ihr das gerne zurückgeben, aber Delta hat das bisher echt gut hinbekommen und dann ist auch noch Jordan wie aus dem Nichts aufgetaucht!« Nichts in ihrer Stimme deutete darauf hin, dass sie das für einen merkwürdigen Zufall hielt und Jordan atmete erleichtert auf.

Doch im Grunde glaubte sie kaum, dass ein Außenstehender die Geschichte auffliegen lassen könnte. Delta war hingegen eine ganz andere Sache.

»Ich freue mich einfach nur, dass wir rechtzeitig wieder den Kontakt aufgenommen haben.« Jordan stellte das Tablett auf dem Tisch ab. »Als wir noch klein waren, haben wir uns versprochen, die Brautjungfer der anderen zu werden. Ich hätte nie damit gerechnet, dass das tatsächlich passiert, nachdem wir uns fast

30 Jahre lang nicht gesehen haben.« Warum empfand sie diese Geschichte als so real, im Vergleich zu den anderen, in denen sie bereits eine Rolle gespielt hatte?

Jordan schenkte den Wein aus, verteilte die Gläser und setzte sich dann neben Gloria.

»Ich bin auf jeden Fall froh darüber. Du hattest immer einen guten Einfluss auf Abby.« Gloria tätschelte Jordans Hand.

Das würde sie wahrscheinlich nicht sagen, wenn sie wüsste, was Jordan sich im Lauf der vergangenen Wochen so alles mit ihrer Tochter ausgemalt hatte. Abby war rot geworden und als Jordan zu ihr rüber schaute, wich sie ihrem Blick aus. Warum wirkte auch Abby so nervös? Sie hatte doch keinen Grund dazu.

»Abby war immer eine Vorzeigetochter, was wohl wieder einmal beweist, dass Äpfel manchmal sehr weit von ihren Stämmen fallen.«

Die Gruppe lachte.

»Ich weiß ja nicht, Gloria«, meinte Delta. »Du hättest sie mal mit Anfang 20 erleben sollen. Sie hat nichts ausgelassen, vor allem in der Unizeit.«

»Das stimmt allerdings!«, rief Erin mit einem breiten Grinsen.

Kopfschüttelnd gestikulierte Gloria mit einer Hand in der Luft herum. »Es gibt ein paar Dinge, die Mütter nicht wissen wollen, und was ihre Töchter in ihrer Studentenzeit getrieben haben, zählt definitiv dazu.«

Als Jordan erneut zu Abby schaute, schüttelte die gerade den Kopf und warf Delta einen finsteren Blick zu. Jordan lachte leise. Sie hätte Abby gerne in der Zeit kennengelernt.

»Anders als Abby habe ich meinen ersten Ehemann nicht besonders gut ausgewählt. Seine Aufmerksamkeit hat mir geschmeichelt und er war ein attraktiver Mann. Dann bin ich schwanger geworden und wir haben beschlossen zu heiraten – so hat man das damals eben gemacht. Das Kind habe ich noch vor der Hochzeit verloren, aber wir haben dennoch daran festgehalten und schließlich Abby bekommen. Ich habe ein weiteres Jahr gebraucht, um herauszufinden, dass wir keine Gemeinsamkeiten haben, und da halfen weder sein charmantes Lächeln noch sein Geld.

Beim zweiten Mal habe ich keine Sekunde lang gezögert. Zwischen Martin und mir hat einfach alles gepasst. Wenn so etwas passiert, wird alles andere davor plötzlich bedeutungslos. Es wäre eine Lüge, wenn ich behaupten würde, dass ich von Anfang an von Marcus überzeugt war. Auch, weil er Geld und Charme besitzt. Darauf habe ich bei meiner ersten Ehe zu viel Wert gelegt. Aber Marcus hat ein gutes Herz. Ein großes. Er ist zuvorkommend, freundlich und ich weiß, dass er meine Tochter liebt. Als Mutter könnte ich mir nicht mehr für sie wünschen.« Gloria erhob ihr Glas und wartete, bis die anderen es ihr gleichtaten. »Ein Toast auf dieses wundervolle Wochenende. Auf Abby und auf Marcus, der gerade in Dublin seinen Junggesellenabschied feiert.« Ihr Blick huschte über die Anwesenden und sie grinste durchtrieben. »Wir wissen ja, wer eindeutig die bessere Umgebung gewählt hat, oder Ladys?«

Alle klatschten und jubelten begeistert.

»Aber im Ernst: Auf dass eure Freude groß und eure Sorgen klein sein mögen. Auf Abby und Marcus!«

»Auf Abby und Marcus!«, wiederholten die Anwesenden freudig.

Taran wandte sich an Jordan. »Aber eins interessiert mich schon noch. Hat Abby deine Hochzeit verpasst, Jordan? Oder kann sie immer noch deine Brautjungfer werden, damit euer Kindheitstraum wirklich in Erfüllung geht?«

Jordan lächelte, denn diese Frage hörte sie nicht zum ersten Mal.

»Sie hat noch nichts verpasst«, antwortete sie. »Ich bin immer noch Single, also wäre es mir eine Ehre, wenn Abby irgendwann meine Brautjungfer wird.«

Ihre Blicke trafen sich noch einmal, aber diesmal schaute Jordan nicht weg.

Abby erhob ihr Glas und befeuchtete sich die Lippen. »Ich freue mich darauf, dir eines Tages jeden Wunsch von den Augen abzulesen.«

~ ~ ~

Zwei Stunden später hatten sich die meisten Gäste auf ihre Zimmer zurückgezogen. Abby räumte gerade die Gläser weg, obwohl Jordan ihr gesagt hatte, dass sie sie stehen lassen sollte.

»Ich kann immer noch nicht fassen, dass meine Mum und Delta am ersten Abend schon so früh ins Bett gegangen sind«, sagte sie erstaunt.

»Das hier ist ein Marathon, kein Sprint, wie sie gesagt haben«, antwortete Jordan. Zugegebenermaßen hatte es aber auch Jordan überrascht. Sie hatte noch nie einen ersten Abend erlebt, an dem fast jeder noch vor Mitternacht schlafen gegangen war. Ein wahres Wunder. Das würde sie in ihr Tagebuch schreiben – wenn sie denn eins führen würde.

Nachdem sie alles in die Küche gebracht hatten, überprüfte Jordan noch einmal die Terrasse, um sicherzugehen, dass alles sauber war. Zufrieden mit dem Ergebnis trat sie an den Rand und stützte sich mit den Armen auf die hüfthohe Glaswand, die den Bereich umgab. Erneut bewunderte sie den Ausblick auf das Wasser. Nach einem so durchgeplanten Tag wie diesem war ein kurzer Moment des Alleinseins

Balsam für die Seele. Wenige Augenblicke später überzog ein Kribbeln Jordans Haut. Der ruhige Moment war ihr wohl nicht vergönnt. Aber in diesem Fall machte es ihr nichts aus, weil es Abby war, die auf sie zukam.

Jordan atmete ihren Duft tief ein und ihr Puls beschleunigte sich, auch wenn sie nach außen hin gelassen blieb. Sie hatte nichts getrunken, weil sie hier arbeitete. Ihr Glas war immer voll geblieben und sie hatte ihre Rolle als beschwipste Brautjungfer lediglich gespielt. Jetzt war sie froh über ihren klaren Kopf.

»Wunderschön, nicht wahr?« Jordans ganzer Körper reagierte auf Abbys rauchige Stimme.

»Ja, ist es.«

Als Jordan nach rechts schaute, traf ihr Blick auf Abbys. »Woran denkst du gerade?«

An dich. An die Gefühle, die du in mir weckst. Deine Körperwärme, die ich viel zu deutlich spüre. Das wollte Jordan sagen, doch sie tat es nicht.

»Ich genieße die vielen neuen Eindrücke. Es ist ein toller Ort für einen Wochenendausflug.« Sie schaute erneut zu Abby, die inzwischen ihren Schal abgelegt hatte, was den Blick auf ihren Hals und ihr Dekolleté freigab.

»Auch wenn du arbeiten musst? Bestimmt ist das hier für dich nichts Besonderes.«

Jordan lächelte und merkte, wie etwas in ihr auf die Worte ansprang. »Du bist etwas Besonderes.« Dann wandte sie sich jedoch rasch ab und hoffte, dass sie damit keine Grenze überschritten hatte.

»Das Gleiche könnte ich über dich sagen«, entgegnete Abby.

Jordans Muskeln spannten sich an, doch sie zwang sich zur Gelassenheit. Was meinte Abby damit?

»Vermisst dich dieses Wochenende jemand zu Hause? Du sagtest zwar, du seist Single, aber vielleicht war das auch nur Teil deiner Rolle und du hast es mir bisher nur nicht erzählt.« Als Jordan sie wieder anschaute, zog Abby fragend eine Augenbraue nach oben. »Hey, du hast gesagt, dass ich dich über dein Leben ausfragen darf, also mache ich das jetzt auch.«

Dem konnte Jordan wohl kaum widersprechen, also schüttelte sie nur den Kopf. »Da ist niemand, nur ich. Eine Freundin hatte ich schon lange nicht mehr, ich arbeite zu viel.« So ein Gespräch hatte Jordan noch nie mit einer Braut geführt. Die meisten waren zu sehr damit beschäftigt, über ihre Hochzeiten und sich selbst nachzudenken.

Abby war jedoch nicht wie die meisten Bräute.

»Außerdem wären die meisten Partnerinnen nicht so erfreut darüber, dass ich wochenlang von der Bildfläche verschwinde. Oder so viel Zeit mit schönen Frauen verbringe und ihnen dabei sehr nahekomme. Das würde selbst die stabilste Beziehung auf die Probe stellen.« Das hatte sie noch nie jemandem gebeichtet. Wenn sie eine ernsthafte Beziehung wollte, würde sie den Job wahrscheinlich aufgeben müssen. Von März bis September drehte sich alles in ihrem Leben darum.

Abby wandte sich ihr weiter zu und musterte Jordan stirnrunzelnd. »Moment, du machst das seit drei Jahren und hattest währenddessen keine Beziehung?«

»Nee.«

»Und davor?«

Dafür musste sich Jordan das Blatt, das das Leben ihr zugeteilt hatte, noch einmal etwas genauer anschauen. Beziehungskarten waren darin nicht übermäßig oft vertreten. Anna, die Herzkönigin. Yvette, die Schmerzkönigin. Brianna, die Unberechenbare. In diese Partnerschaften hatte sie Monate, manchmal Jahre ihres Lebens investiert. Keine von ihnen war von Dauer gewesen und alle hatten sie mit gebrochenem Herzen zurückgelassen.

»Ich hatte nie viel Glück mit Frauen«, sagte Jordan betont beiläufig. »So kann man das wohl stehen lassen.«

»Klingt, als wären wir uns da gar nicht so unähnlich. Vor Marcus hatte ich jahrelang keine feste Partnerschaft. Mir wurde aber nie das Herz gebrochen, im Gegenteil.« Abby zuckte mit den Schultern. »Irgendwie ist bei keinem der Männer, mit denen ich vorher zusammen war, der Funke so richtig übergesprungen. Letzten Endes habe immer ich Schluss gemacht. Aber dann war ich ein paar Jahre Single und alle haben mich dazu gedrängt, mir wieder jemanden zu suchen.«

»Marcus war also einfach zur richtigen Zeit am richtigen Ort?«

Abby umfasste die Glaswand fest mit beiden Händen, machte einen halben Schritt nach hinten und senkte den Kopf, sodass ihr Haar nach vorne fiel. »Genau. Er ist mir bei einem Geschäftsbesuch direkt ins Auge gefallen. Danach sind wir zusammen essen gegangen und es ist einfach passiert. Kein Drama.« Sie zuckte erneut mit den Schultern. »Mit ihm zusammenzukommen war einfach. Es gab kein Feuerwerk, keine großen romantischen Gesten. Wir haben einfach gut zueinander gepasst. Unsere Hochzeit war quasi vorprogrammiert.«

»Das ist doch gut, oder?«

Abby hob den Kopf wieder und strich sich mit einer Hand durchs Haar. Sie wirkte verunsichert. »Ich denke schon. Aber wir führen keine Beziehung wie Taran und Ryan. Wir leben nicht zusammen und ich muss mich nicht ständig mit ihm auseinandersetzen. Manchmal frage ich mich, ob ich nicht nur den Weg des geringsten Widerstands gewählt habe. Dass es einfach an der Zeit ist, zu heiraten, und sich eine günstige Gelegenheit geboten hat.«

»Wenn Marcus die sicherste Lösung ist, dann lohnt es sich vielleicht, sie anzunehmen?« Jordan drehte sich um und lehnte sich gegen die Glaswand, um Abby besser ansehen zu können. *Verdammt, sie ist so schön.* »Er liebt dich, du liebst ihn und eure gemeinsame Basis ist Freundschaft. Ich finde, das ist sehr viel wert.«

»Das sagt mir jeder.«

Jordan versuchte mit aller Macht, nicht Abbys entblößten Hals anzustarren. Zu beobachten, wie das Mondlicht auf ihrer Haut tanzte. Vergeblich. Heftiges Verlangen stieg in ihr auf und schnürte ihr die Kehle zu. Sie schluckte.

Abby schaute sie unverwandt an, schüttelte dann aber den Kopf. »Zurück zu dir. Das ist spannender.« Ihr Lächeln schien die ganze Umgebung zu erhellen. »Bist du lesbisch, bi oder was anderes?«

»Von ganzem Herzen lesbisch.«

»Soso. Und was sagt dein Herz dir sonst so?«

Jordan grinste. »Frag mich im Oktober noch mal, wenn ich mit den Hochzeiten durch bin.«

Hatte sie das gerade wirklich laut gesagt? Das hatte mehr als zweideutig geklungen. Sie konnte sich offenbar nicht mehr sicher sein, dass sie die richtigen Worte wählte.

Abby lachte, aber klang es nicht ein wenig zögerlich? »Ich komme immer noch nicht drüber hinweg, dass du so lange keine Beziehung mehr hattest«, sagte sie nachdenklich. »Da bekommt der Spruch *mit dem Job verheiratet sein* eine ganz neue Bedeutung.«

»Pure Ironie.« Jordans Herz klopfte wie wild in ihrer Brust. Sie würde alles dafür geben, die letzten 30 Sekunden ungeschehen zu machen.

»Macht es dir denn gar nichts aus, dass die Frauen, denen du so nahekommst, gerade im Begriff sind zu heiraten?«

Abby machte es ihr ganz und gar nicht leicht. »Natürlich. Aber meine Arbeitszeiten sind lang und ich bin auch oft am Wochenende unterwegs. Außerdem stehe ich rund um die Uhr auf Abruf. Da bleibt nicht viel Zeit für mich. Oder für jemanden, mit dem man eine Beziehung führen will.«

Abby nickte nachdenklich. »Tut mir leid.«

»Muss es nicht. Marcus bezahlt mich gut.«

»Aber vermisst du es nicht, jemanden zu haben?«

Gab es darauf überhaupt eine richtige Antwort? »Manchmal. Es wäre schon schön, wenn nachts jemand im Bett auf einen wartet, auch wenn es zwei Uhr morgens ist.« Jordan stellte sich unwillkürlich vor, wie es wäre, zu Abby ins Bett zu kriechen, schob den Gedanken aber wieder von sich. »Bald wirst du das mit Marcus haben, darauf freust du dich bestimmt.«

Abby legte den Kopf in den Nacken und ließ sich mit der Antwort Zeit. »Manchmal habe ich Angst, dass es mir nicht gefallen wird. Vielleicht hätten wir es vorher probieren sollen. Das machen die meisten Paare doch.«

Jordan wusste, dass sie nicht zusammenlebten und das war schon ungewöhnlich. »Aber ein bisschen romantisch ist das schon.«

»Aber ist das nicht auch seltsam? Vielleicht sind wir ja aus einem bestimmten Grund bislang nicht zusammengezogen?« Sie hielt kurz inne, warf Jordan einen Seitenblick zu und seufzte dann. »Weißt du was, ignorier mich einfach. Ich bekomme wahrscheinlich nur kalte Füße. Marcus ist ein toller Mann und ich kann mich glücklich schätzen, dass ich ihn gefunden habe. Er wird ein großartiger Ehemann und Vater werden.«

Jordan schaute Abby bewusst nicht an. Diese Zweifel hatte sie früher schon gesehen und sie wusste, dass die Leute in diesen Situationen einfach ein bisschen Zeit zum Nachdenken brauchten. Die würde sie Abby geben.

Sie schwieg eine Weile, bevor sie antwortete: »Kalte Füße gehören einfach dazu. Am Schluss wird alles gut.«

~ ~ ~

Abbys Zweifel waren inzwischen so stark, dass sie sich fragte, warum sie ihr Gehirn nicht einfach abschalten konnte. Hatte sie womöglich zu viel getrunken? Warum sonst teilte sie so etwas mit einer Fremden?

Das stimmte nicht ganz, denn Jordan war keine Fremde mehr. Sie war beinahe eine Freundin. Eine Frau, die in Abbys Leben getreten war und den Finger zielsicher auf eine Wunde gelegt hatte, was Abby dazu brachte, ihre Beziehung zu Marcus zu hinterfragen. Und auch ihre eigene Sexualität.

Das hatte für dieses Wochenende nicht auf dem Plan gestanden. Verdammt, sie war hier, um ihren Junggesellinnenabschied zu feiern, und das war nicht die Zeit für große Zweifel. Sie sollte sich auf ihre Zukunft und auf Marcus konzentrieren. Nicht auf Gefühle, die sich einfach so angeschlichen hatten und sie nun vollkommen aus dem Konzept brachten.

»Ich habe mal mit einer Frau geschlafen.« Abby kniff die Augen erschrocken zusammen und stockte. Im Ernst? Nach dem Versprechen, dass sie sich selbst gerade abgenommen hatte, sprudelten diese Worte aus ihrem Mund? Hatte Jordan so etwas schon mal von einer Braut gehört? Aus irgendeinem unerfindlichen Grund hoffte Abby, dass sie die Erste war.

Jordans Zunge huschte über ihre Lippen, bevor sie antwortete. »Ich habe mal mit einem Mann geschlafen. Damit sind wir wohl quitt.«

Das entlockte Abby ein Lachen. »Danach nicht wieder?«

»Einmal war genug. Ich wollte einfach verstehen, warum alle so einen Aufstand darum machen.« Jordan zögerte. »Und du?«

»Ähnlich. Als wir noch studiert haben, bin ich mit Delta mal in einen Lesbenklub gegangen und habe dort eine Frau kennengelernt. Wir haben uns unterhalten und ich dachte, warum nicht? Sie war hübsch und man lebt schließlich nur einmal. Möglicherweise spielte Tequila dabei eine nicht unerhebliche Rolle.«

Jordan grinste. »Ah, Tequila. Jahrzehntelang der Auslöser für prägende Lebensereignisse.«

»So kann man es ausdrücken.« Abby erinnerte sich noch gut an die Mischung aus Schrecken und Erkenntnis, mit der sie am nächsten Morgen aufgewacht war. Und an den Gedanken, etwas Verbotenes getan zu haben; einen Schritt zu weit gegangen zu sein. Dieses Gefühl hatte sie bei Marcus nie gehabt. Damals hatte es ihr Angst gemacht, aber jetzt sehnte sie sich danach. Sie wollte noch einmal mutig sein. Ihre sorgfältig gezogenen Grenzen überschreiten. Direkt an einen Stromdraht heran. Wenn sie erst einmal *Ich will* gesagt hatte, war es aus und vorbei damit.

Sie schaute wie hypnotisiert zu Jordan. Die Versuchung war definitiv da.

»War auch Tequila im Spiel, als du mit Marcus zusammengekommen bist?«

Abby schüttelte den Kopf. »Der schmeckt Marcus nicht. Er ist der Meinung, dass man damit in der Regel schlechte Entscheidungen triff. Wahrscheinlich hat er recht.«

Jordans Blick schien sie zu durchbohren und das Mondlicht tat sein Übriges. »Und wie siehst du das?«

Abby verzog den Mund, zuckte dann aber mit den Schultern. »Manchmal sollte man die Dinge dem Zufall überlassen. Er kann einen auf einen anderen Pfad führen, als man geplant hat, macht aber deutlich mehr Spaß. Einen, der richtig ist. Irgendwie mache ich mir Sorgen, dass ich nach der Hochzeit keine Chance mehr haben werde, solche Wege zu gehen.«

Abby marschierte zur anderen Seite der Terrasse, blieb dort stehen und umklammerte erneut die Glaswand. Es war richtig, Abstand zwischen sich und Jordan zu bringen, denn allmählich wusste sie nicht mehr, was sie damit eigentlich bezweckte. Sie hatte zu viel Angst, um ernsthaft darüber nachzudenken, was sie empfand. Warum drohte ihr sorgfältig geplantes Leben jedes Mal aus den Fugen zu geraten, wenn sie allein mit Jordan war?

Der Abstand hielt nicht lange an. Binnen Sekunden stand Jordan wieder neben ihr und das Verlangen, dass Abby so tief in sich vergraben hatte, brach sich wieder Bahn, wie Wasser, das durch einen Riss eines Damms sickerte.

Gott, sie fühlte sich so sehr zu Jordan hingezogen. Und das war etwas, das Abby absolut nicht gebrauchen konnte. Nicht, wenn ihr Leben gerade in eine vorbestimmte Bahn gelenkt werden sollte.

Doch all diese rationalen Gedanken waren wie weggeblasen, als Jordan ihr eine Hand auf die Schulter legte. Abby hielt den Atem an, als Hitze durch ihren Körper strömte und sich in ihrem Schritt sammelte. Was machte Jordan nur mit ihr? Sie ließ Abby vergessen, wer sie war. Aber sie ließ Abby auch träumen, wer sie vielleicht sein konnte.

»Das sind alles vollkommen normale Gedanken. Heiraten ist ein großer Schritt im Leben. Sich einem anderen Menschen zu versprechen ebenso. Aber Marcus liebt dich.«

»Ich weiß«, sagte Abby. »Aber was, wenn ich eigentlich gar nicht mit Marcus zusammen sein sollte? Was, wenn ich zu jemand ganz anderem gehöre? Vielleicht sogar zu einer Frau?«

Jordan strich ihr über den Arm und Abby spürte, wie ihr Körper von Lust durchflutet wurde. Für einen Moment schloss sie die Augen. Dann atmete sie langsam aus, bevor sie sich von Jordan löste, um zumindest die körperliche Verbindung zu kappen.

Es war notwendig, auch wenn Jordans Finger sie nur am Arm berührt hatten. Das hatte schon ausgereicht.

»Es wird alles gut. Entspann dich und genieß dein Wochenende. Mein Rat? Lass die Finger vom Tequila.«

Jordans Lächeln versetzte Abby einen tiefen Stich ins Herz. Sie fühlte sich alleingelassen.

Rasch schüttelte sie den Kopf und verschränkte die Arme vor der Brust. »Du bist gut in so was.« Aber eine Sache wollte sie doch noch wissen. Aus irgendeinem

Grund musste sie es wissen. »Haben dir schon viele Bräute erzählt, dass sie mal mit einer Frau geschlafen haben?«

Jordan schüttelte den Kopf. »Du bist die Erste. Statistisch gesehen tun das aber mehr Frauen.« Sie schaute Abby erneut aus ihren wunderschönen Augen an. »Aber du bist die Erste, die es mir erzählt hat.«

Wärme breitete sich in Abby aus. Sie war die Erste.

Ihr Blick fiel auf Jordans weich geschwungene, rosige Lippen. Und zum ersten Mal erlaubte sich Abby die Vorstellung, sich nach vorne zu lehnen und Jordan zu küssen.

Sie hatte den Geschmack der letzten Frau vergessen, deren Lippen sie berührt hatte. Das spielte keine Rolle mehr. Aber sie wollte wissen, wie Jordan schmeckte. Wie sie sich anfühlte. Abby schloss die Augen, doch hinter ihren geschlossenen Lidern wirbelten weiterhin Gedanken und Bilder durcheinander.

Stopp.

Was machte sie hier? Jordan war ihre bezahlte Brautjungfer. Abby würde nächste Woche heiraten.

Sie öffnete die Augen wieder. Jordan hatte recht. Sie feierte nur einmal ihren Junggesellinnenabschied, und wenn sie den genießen wollte, musste sie mit vollem Herzen dabei sein. Und dazu gehörte nicht, Jordan zu küssen.

»Abby?« Sie hatte keine Schritte gehört, doch als sie sich umdrehte, ging ein Licht über der Terrasse an und die Helligkeit ließ sie blinzeln.

Da stand ihre Mutter in einem Seidentop und Shorts.

»Warum bist du denn noch auf? Wir sind schon vor einer ganzen Weile ins Bett gegangen.«

Abby ignorierte ihr hämmerndes Herz. Sie hatte nichts falsch gemacht und doch fühlte sie sich so an, als hätte ihre Mutter sie gerade in flagranti mit der Hand in Jordans Hose erwischt.

Der Gedanke verursachte ein kleines Erdbeben in ihrem Inneren.

Sie rang sich ein Lächeln für ihre Mutter ab, als sie auf sie zuging. »Wir gehen auch gerade ins Bett.« Abby hakte sich bei ihr unter und schob sie in Richtung Tür.

Dabei ignorierte sie geflissentlich die Frage in Glorias zweifelndem Blick. Ebenso die Tatsache, dass ihr Mutter Jordan einen Blick über die Schulter zuwarf.

Nichts davon war echt.

Ihre Hochzeit war echt.

Darauf würde sich Abby ab jetzt konzentrieren.

Von jetzt an würde sich Abby nur noch darauf konzentrieren.

Kapitel 15

Abby erwachte am nächsten Morgen schweißgebadet.

Sie hatte von Sex mit Jordan geträumt.

Als sie mit wild klopfendem Herzen die Augen aufschlug, wusste sie, dass sie sich zusammenreißen musste. Sie musste es schaffen, das Wochenende wie jede andere Braut zu genießen. Sich auf ihre Freundinnen und Familie konzentrieren, die ihre bevorstehende Hochzeit feierten, und nicht nur auf ihre engagierte Brautjungfer. Ihre unglaublich attraktive, engagierte Brautjungfer.

Kein Problem, oder?

Abby schob einen Finger in ihren Slip und schloss die Augen, als sie der Feuchtigkeit zwischen ihren Beinen nachspürte. Ihre Gedanken wanderten zurück zu dem Traum.

Jordan hatte einen knappen, roten Bikini getragen, der kaum etwas der Fantasie überließ. Ihr schlanker Körper war zum Sonnenbaden auf einer der Liegen drapiert gewesen. Abby war zu ihr gegangen und auf sie geklettert. Dabei hatte sie eine Hand in Jordans Bikini-Höschen geschoben, ähnlich, wie sie es jetzt bei sich selbst tat. Jordan war ebenso feucht gewesen wie Abby gerade.

Worte waren dabei nicht gefallen. Jordan hatte einfach die Beine ein wenig mehr auseinandergeschoben, damit Abby mit einem Finger in sie eindringen konnte.

Stopp!

Abby öffnete die Augen, nahm ihre Finger weg und wischte sie an ihrem Oberschenkel ab. Sie stieß einen zittrigen Atemzug aus, sprang dann aus dem Bett und ging zum Fenster, um die Jalousie zu öffnen. Über Cannes war ein wunderschöner Tag angebrochen. Doch Abby sah nur das Bild von Jordan in ihrem roten Bikini vor sich. Es war so real gewesen. Jordans Haut hatte sich so echt angefühlt. Sie hatte nach Sommer gerochen.

Abby schloss die Augen und ihr Herzschlag beruhigte sich langsam wieder. Ihre Klitoris pochte zwar immer noch sehnsüchtig, doch sie ignorierte es. Abby musste wieder eine normale Braut werden, auch wenn ihr nicht klar war, wie sie das anstellen sollte.

Heute stand ein Jacht-Ausflug auf dem Plan. Eine Bootsfahrt, raus auf das offene Meer mit Musik, Spaß und Freigetränken. Allerdings war es wohl besser, wenn sie sich mit dem Alkohol zurückhielt. Zum Glück hatte sie keinen Kater, nachdem sie es am Vorabend nicht übertrieben hatte. Es war gerade genug gewesen, um dummes Zeug zu Jordan zu sagen.

Abby schüttelte den Kopf, als sie sich daran erinnerte, wie sie Jordan vom Sex mit einer anderen Frau erzählt hatte. Ihr anvertraut hatte, dass sie vielleicht lieber mit einer Frau zusammen wäre. *Verdammte Scheiße.*

Sie musste sich für diesen Tag unbedingt eine andere Denkweise zulegen. Musste sich darauf konzentrieren, warum sie hier war und was sie zu tun hatte. Ihr Blick fiel auf den verwaisten Poolbereich direkt unterhalb der Terrasse. Kein Mensch in Sicht, doch ein Blick auf die Uhr verriet Abby, dass es auch erst viertel nach sieben war.

Würden ein paar Runden im Wasser ihr dabei helfen, sexuelle Anspannung und überschüssige Energie loszuwerden? Allemal besser als hier in ihrem Zimmer zu bleiben und zu grübeln.

Also marschierte Abby zu ihrem Koffer und holte ihren schwarzen Badeanzug heraus. Der war nicht dazu gedacht, Blicke auf sich zu ziehen. Für die Jacht hatte sie einen hübscheren Bikini mitgebracht, den sie in Gesellschaft tragen konnte.

Abby ging in die Küche, nahm sich eine Flasche Wasser aus dem Kühlschrank und trank wie jeden Morgen ein paar Schlucke. Diese Uhrzeit war ihr die liebste, weil der ganze Tag noch vor ihr lag. Später warteten sicher irgendwelche Dramen um Frisuren, Make-up, passende Kleidung und Partypläne auf sie. Doch im Moment war der Tag noch unberührt.

Sie stellte ihre Wasserflasche auf der Anrichte ab, durchquerte dann den Wintergarten und schob die großen Glastüren auf, um auf die ebenerdige Terrasse hinauszutreten. Der Ausblick war nach wie vor atemberaubend. Auf dem ganzen Hügel unterhalb der Villa waren Terrassen und Pools anderer Häuser zu sehen und das morgendliche Sonnenlicht schimmerte auf der Wasseroberfläche des Meeres.

»Guten Morgen, Cannes.« Ein Lächeln breitete sich auf Abbys Gesicht aus, als sie die Arme weit über den Kopf streckte und Muskel für Muskel in ihrem Körper erwachte. Einen kleinen, perfekten Moment lang vergaß sie alle Zweifel. Jetzt gerade gab es nur Abby, die Sonne und den Ausblick.

Sie legte den Kopf in den Nacken und schüttelte ihre dunklen Haare nach hinten aus. Dann ging sie über die angenehm warme Betonfläche zum Pool. Das schätzte sie so sehr, wenn sie nicht in Großbritannien war. Sie liebte warmes Wetter.

Das Wasser im Pool schlug kleine Wellen, als sie einen Zeh hineintauchte, ihn aber schnell wieder herauszog. Das war kälter, als sie gedacht hatte. Aber vielleicht sollte sie einfach kopfüber hineinspringen. Ähnlich wie bei diesem Wochenende. Sich dafür entscheiden, die Braut zu sein, die sie sein wollte. Selbstbewusst.

Genau das würde sie tun. Es würde beginnen, sobald sie in den Pool sprang. Projektmanagerin Abby übernahm. Und sie selbst war an diesem Wochenende das Projekt.

Der Schock des kalten Wassers ließ sie vollends erwachen und beinahe hätte sie aufgeschrien. Als ihr Kopf die Oberfläche wieder durchbrach, strampelte sie ein wenig. Doch dann, nach ein paar tiefen Atemzügen, streckte sie sich aus und schwamm los. Sie hatte die richtige Entscheidung getroffen. Das Wasser reinigte ihren Kopf und als sie ihre Muskeln mehr beanspruchte, schwanden auch ihre Sorgen zunehmend.

Abby brachte zehn Bahnen hinter sich und genoss dabei die Morgensonne auf ihrem Gesicht. Sie griff nach der Poolkante und strich mit den Fingern über die hellblauen Fliesen.

Würden Marcus und sie auch mal hierher kommen, wenn sie verheiratet waren? Marcus zufolge waren die Besitzer dieser Villa enge Freunde der Montgomerys. Der Gedanke, vielleicht öfter herkommen zu können, erfüllte sie mit Ruhe und Zufriedenheit. Sie könnten zusammen Yoga machen, dazu hatte sie Marcus schon länger überreden wollen.

Abbys Blick wanderte zum wolkenlosen Himmel. Ihre Ehe würde genauso werden. Wolkenlos.

Jemand räusperte sich in der Nähe und machte sie auf sich aufmerksam. Abby kniff die Augen zusammen, um die Person zu erkennen. Und traute ihnen dann kaum.

Denn dort, am Rande des Pools, stand Jordan. In einen roten Bikini gekleidet, der kaum etwas der Fantasie überließ. Genau wie in Abbys Traum.

So viel dazu, den Gedanken loszulassen. Stattdessen wurden nun schon ihre Träume wahr. Auf die schlimmste und zugleich beste Art.

»Nette Kraultechnik.« Jordan kam auf die andere Seite des Pools, wo Abby sich immer noch wie erstarrt an die Kante klammerte.

Kraultechnik? Jordan hatte ja keine Ahnung. »Danke. Ich habe nicht gemerkt, dass ich Zuschauer habe.«

»Zwei Dumme, ein Gedanke. Ich wollte zum Aufwachen ein paar Bahnen schwimmen, bevor die anderen herkommen. Wie ist das Wasser?« Sie streckte einen Fuß hinein, zuckte aber zurück. Dann zog sie die Schultern hoch und schnitt eine Grimasse. »Igitt. Das ist ja eiskalt.«

Abby holte tief Luft und riss sich zusammen. Sie konnte das schaffen. »Ja, im ersten Moment schon, aber dann ist es toll. Spring einfach rein. Mich hat es ordentlich wachgerüttelt.«

Jordan sah sie mit hochgezogener Augenbraue an und ihr Gesichtsausdruck verriet, dass sie Abby nicht glaubte.

Abby dagegen versuchte, nicht zu offensichtlich auf Jordans flachen, gebräunten Bauch zu starren. So hatte er auch in ihrem Traum ausgesehen.

Nein.

Die angehende Braut sollte so etwas definitiv nicht tun.

Jordan kletterte über die Metallleiter in den Pool und keuchte leise auf, als sie ins Wasser stieg, bevor sie zu Abby schwamm. Als sie auf gleicher Höhe mit ihr war, tauchte sie kurz mit dem Kopf unter und strich sich beim Hochkommen die blonden Haare aus dem Gesicht. Sie wischte sich das Wasser aus den Augen und grinste Abby dann an.

Diese musste prompt revidieren, was sie gerade gedacht hatte. Vielleicht schaffte sie das ja doch nicht. Jordans nasser Körper in ihrer Nähe machte alles nur noch schlimmer.

Abby spannte sich an und versuchte, an etwas Schreckliches zu denken. An alles, nur nicht an eine halb nackte Jordan.

Aal in Aspik. Knochenmark auf Toast. Prinz Charles.

Funktionierte nicht.

Sie sah immer noch Jordans hübsches Gesicht vor sich und Abbys ganzer Körper reagierte begeistert darauf.

»Hast du gut geschlafen?«

»Sehr gut.« Abby wurde rot und sie konnte die Hitze in ihren Wangen spüren.

Jordan wusste nichts von ihren Träumen. Abby schon. Ihr Körper wusste es auch. Beim Aufwachen war sie in Jordan gewesen. Verlangen schoss durch ihre Adern und traf direkt ihre Körpermitte.

»Ich auch, wie ein Stein. Bin erst aufgewacht, als ich dich hier draußen gehört habe.« Jordan machte eine kleine Pause. »Freust du dich schon auf unseren Jacht-Ausflug heute?«

»Auf jeden Fall. Gestern haben wir das Wochenende eher ruhig angehen lassen. Heute geht sicher die Post ab.«

Jordan schenkte Abby ihr strahlendes Lächeln. Das half ihr gerade nicht weiter. Abby klammerte sich noch immer an die Poolkante. Und den kläglichen Rest ihres gesunden Menschenverstands.

Jordan musterte sie, als wäre sie ein komplexes Kunstwerk. »Ich wollte dir nur sagen, dass ich alles, was du mir an diesem Wochenende erzählst, für mich behalten werde. Absolute Diskretion. Nur, falls du dich nach unserem Gespräch gestern Abend unwohl fühlst.«

»Ich kann es nicht mal auf den Tequila schieben.« Abby seufzte. »Nur Delta weiß noch, dass ich mit einer Frau geschlafen habe, und es wäre schön, wenn das so bleibt. Sollten Marcus' Cousinen davon erfahren, erzählen sie es ihm vielleicht. Oder noch schlimmer, Marjorie. Die hält sowieso schon nicht viel von mir.«

Jordan lächelte schief. »Wenn Sex mit einer Frau das Schlimmste ist, was du tun kannst, sollte Marjorie dringend mal ihren Horizont erweitern. Aber natürlich ist dein Geheimnis bei mir sicher. Das habe ich dir schon am ersten Tag gesagt. Alle Bräute können das von mir erwarten.«

Alle Bräute.

Weil das hier Jordans Job war.

Nichts weiter.

Das musste Abby sich endlich klar machen.

»Wie wäre es mit einem Wettschwimmen? Wer zuletzt am anderen Ende des Pools ist, muss Kaffee kochen.«

Abby grinste. »Die Wette gilt.«

Kapitel 16

Die Jacht entpuppte sich als ein kleines Paradies auf dem Wasser. Sie war eine Superjacht.

»Heilige Scheiße«, waren Jordans erste Worte, als sie an Bord ging und dabei das polierte Holz des Decks unter ihren Füßen bewunderte. So viel Luxus war Jordan nicht fremd, aber sich auf so einem Boot aufhalten zu dürfen, war trotzdem etwas Besonderes.

Taran kam von einem der unteren Decks nach oben geflitzt und packte Deltas Arm. »Du musst dir die Schlafzimmer unten anschauen«, sagte sie und zerrte Delta einfach mit sich. »Die sind unglaublich. Die weichen Polster! So viele Kissen! Und *überall* gibt es Spiegel.«

Jordan folgte Marcus' Cousinen Arielle und Martha einige Stufen hinauf aufs Mitteldeck. Die Sonne brannte bereits heiß auf ihren Rücken herunter und nun sah sie auch, wo die laute Beyoncé-Musik herkam. Hinter einem runden Tisch im Freien, an dem zehn Personen Platz fanden, gab es hinter großen Glastüren eine Lounge mit einer Bar im Inneren. Dort werkelte ein blonder Barkeeper bereits fleißig.

»Hoffentlich gibt es wenigstens einen kleinen Pool an Bord«, wandte Arielle sich an Martha. »Wir wollen ja nicht, dass dieser Trip in einem Desaster endet wie bei Cassandra, nicht wahr?«

Martha schüttelte sich. Sie deutete auf die geöffneten Glastüren. »Immerhin sieht der Barkeeper gut aus. Cassandras Jacht hatte keinen Pool und weibliches Barpersonal. Todesstoß für jeden Junggesellinnenabschied.«

In diesem Augenblick empfand Jordan echtes Mitleid mit Cassandra.

Weitere Stufen führten hinauf zum Oberdeck. Dort stand Gloria und war sichtlich beeindruckt. Sie winkte Jordan und Nikita zu sich heran. »Kommt, das müsst ihr sehen!« War ihr schottischer Akzent noch deutlicher geworden, seit sie an Bord gegangen war? »Da ist ein Pool! Auf einem Boot!«

Jordan und Nikita folgten der Aufforderung. Der kleine Pool schimmerte azurblau in der Mitte des Oberdecks und um ihn herum waren Loungemöbel und Liegen aufgestellt worden. Vielleicht würde Arielles und Marthas Urteil über dieses Wochenende gar nicht so schlecht ausfallen.

Jordan hatte als Barkeeper einen Pierre oder vielleicht Thierry erwartet, der sie mit einem sexy französischen Akzent bewirtete. Stattdessen musste sie sich mit einem Australier namens Travis zufriedengeben. Nicht, dass eine der Anwesenden von Travis' Charme und beeindruckenden Muskeln enttäuscht gewesen wäre.

Die Sonne strahlte vom Himmel herab und Jordan machte es sich auf einer der Sonnenliegen bequem. Das Boot war für zehn Leute mehr als groß genug, und sie würde ihr Bestes geben, den Tag in vollen Zügen zu genießen.

Neben Jordan sonnte Gloria ihre helle schottische Haut, die sie ihrer Tochter offenbar vererbt hatte. Wenn Abby ihrer Mutter auch im Alter noch ähnlich sah, hatte Marcus wirklich einen Volltreffer gelandet. Gloria trug einen schwarzen Bikini, der ihre langen, schlanken Beine und ausgeprägten Bauchmuskeln betonte, die ihr bereits von den restlichen Anwesenden bewundernde Blicke einbrachten.

»Verrat mir dein Geheimnis, Gloria. Wie kann man mit Ende 50 noch so gut aussehen, wie du.« Jordan hielt ihr Smartphone hoch. »Ich mache eine Liveschaltung auf *Instagram*, damit die Welt zusehen und von dir lernen kann.«

Gloria warf den Kopf in den Nacken und lachte schallend. »Square Sausage und Brown Sauce natürlich.« Sie grinste Jordan an. »Kennst du das?«

Jordan schüttelte den Kopf. Sie hatte nicht die leiseste Ahnung, wovon Gloria da sprach.

Gloria tippte Abby, die sich neben ihr niedergelassen hatte, auf den Oberschenkel. »Du musst die Frau mal auf Square Sausage einladen. Die isst man aber normalerweise zum Frühstück, also solltest du früh morgens kommen. Oder gleich über Nacht bleiben. Ihr habt euch nach der langen Zeit sicher viel zu erzählen, da wäre das doch nett, oder?« Sie zwinkerte ihnen verschmitzt zu.

Jordan schaute zu Abby, die ihre Mutter mit Blicken anbettelte, sie doch bitte nicht zu blamieren.

Jordan lächelte. Und konnte sich den Gedanken nicht verkneifen, die Nacht bei Abby zu verbringen, doch statt Frühstück kam in ihrer Fantasie eher Sex vor. Nackt zusammen aufzuwachen, ein bisschen klebrig und verschwitzt, wäre so aufregend neu.

Sie blinzelte ein paarmal, um das Bild zu verscheuchen. Damit konnten Square Sausages leider nicht konkurrieren.

Das gehört nicht hierher, du arbeitest gerade. Und wie Jordan hier arbeitete.

»Ich denke, Jordan wird es überleben, die nicht zum Frühstück serviert zu bekommen.« Abby setzte sich auf und schob sich die Sonnenbrille etwas höher.

Bildete Jordan sich das ein oder glitt Abbys Blick über ihren Körper? In ihrer Brust regte sich ein aufregendes Gefühl.

Nein, das war sicher Einbildung.

»Die Welt braucht mehr Square Sausages, junge Dame«, meinte Gloria. »Du solltest deine Wurzeln nicht verleugnen. Ja, heute Morgen gab es Eier, Avocado und Räucherlachs und das war sehr lecker. Aber manchmal muss es einfach eine Square Sausage sein.« Sie deutete auf ihre Brust. »Zumindest als stolze Schottin.«

Abby lachte, hielt den Blick aber weiterhin auf Jordan gerichtet. »Wenn wir wieder zu Hause sind, koche ich das mal für dich, okay? Mum hat recht. Das sollte man zumindest einmal im Leben gegessen haben.«

Verlangen sammelte sich in Jordans Bauch und sie konnte den Blick nicht von Abby in ihrem blauen, gepunkteten Bikini abwenden. Gott, sie hatte so schöne Beine.

»Ich bin immer für ein Abenteuer zu haben, von daher gerne.« Hatte ihre Antwort natürlich und locker genug geklungen?

Gloria schaute zwischen ihnen hin und her, als wollte sie etwas sagen, ließ es dann jedoch sein. »Aber Moment mal, wir sind schon seit 20 Minuten auf diesem Boot und niemand hat der Braut einen Drink gebracht!«

Jordan sprang umgehend auf. Verflucht, jetzt vergaß sie schon ihre Pflichten.

Doch Gloria schüttelte den Kopf. »Wie wäre es, wenn ihre anderen Brautjungfern mal ihre Pflicht erfüllen. Delta! Taran! Wir brauchen was zu trinken.«

Abby bückte sich und kramte in ihrer Tasche herum. Jordan nutzte den Moment, um den klaren, blauen Himmel zu betrachten. Das Gegenteil zu dem Chaos in ihrem Kopf.

»Könntest du mir den Rücken eincremen?« Abby wollte Gloria eine Flasche Sonnencreme geben.

Doch diese stand urplötzlich auf. »Ich muss zur Toilette. Schon eine ganze Weile, aber ich schiebe es immer auf. Warum eigentlich?« Sie warf Jordan einen Seitenblick zu. »Das kann Jordan für dich machen, oder?«

Jordan nickte, doch ihr Mund wurde staubtrocken. »Dazu bin ich da.«

Abby näherte sich Jordan und reichte ihr die Sonnencreme. »Danke.« Sie schien auch nicht zu wissen, ob das so eine gute Idee war.

Jordan räusperte sich und schaute sich unauffällig um. Die anderen waren nicht zu sehen. Kein Wunder, bei der Größe der Jacht. Niemand interessierte sich für Jordan und Abby.

Außerdem war es ja nur ein bisschen Sonnencreme. Die sie auf Abbys straffen, hellen Schultern verteilen sollte.

Jordan schüttelte die Flasche kräftig, bevor sie die Creme auf Abbys Rücken auftrug und versuchte, nicht zu genau darüber nachzudenken, was sie gerade tat. Ihre Fingerspitzen kribbelten dennoch, als sie über Abbys samtweiche Haut strich.

»Sieh zu, dass du alle Stellen erwischst«, sagte Abby. »Eine sonnenverbrannte Braut, bei der sich die Haut ablöst, ist kein besonders attraktiver Anblick.«

»Klar.« Jordan gab noch etwas mehr auf ihre Hände und verrieb es auf der Rückseite von Abbys Armen und an ihren Seiten. Dabei kamen ihre Fingerspitzen Abbys Brüsten gefährlich nahe, doch Jordan achtete sorgfältig darauf, dass sie sie dort nicht berührte.

Abby wandte den Kopf in ihre Richtung und hielt Jordans Blick einen Moment lang fest. »Soll ich den Bikini aufmachen?«

Darauf schossen Jordan so viele Antworten durch den Kopf, doch sie verneinte. »Das schaffe ich auch so. Keine Sorge, ist nicht mein erstes Mal.«

Und doch fühlte es sich auf vielen Ebenen so an.

~ ~ ~

Ein paar Stunden später genossen sie nach einer Runde auf den Jet-Skis ihr Mittagessen am großen Tisch, bevor sie es sich im vorderen Teil der Jacht gemütlich machten. Travis beschallte das Deck mit Partymusik und die Lautstärke war insgesamt deutlich angestiegen. Nikita und Erin erschreckten sich gegenseitig mit Imitationen von *Der Weiße Hai*. Gloria hatte beim Eincremen eine Stelle übersehen und nun Sonnenbrand im Nacken.

Währenddessen hatte Delta ihr Handy im Anschlag und ließ die Gäste in Zweierpaaren am Bug der Jacht »wie Leo und Kate in Titanic« posieren.

»Ich werde die Fotos zusammenschneiden und Celine Dion im Hintergrund singen lassen.« Delta schien ihren Liebeskummer für den Moment heldenhaft zu verdrängen und nahm ihre Rolle als Trauzeugin sehr ernst, was Abby durchaus beeindruckte. Heute gab sich ihre beste Freundin wirklich Mühe und sorgte dafür, dass die Gruppe immer gut unterhalten wurde.

Bislang hatte Taran die Rolle von Kate Winslet eingenommen und Gloria hatte bereitwillig den Leonardo di Caprio gegeben. Filmreif war die Szene jedoch eher nicht gewesen. Da Taran nach unten geschaut hatte, war ihr schwindelig geworden und sie hatte plötzlich Angst davor gehabt, ins Meer zu fallen und von Haien gefressen zu werden. Mit einem Aufschrei war sie nach hinten gestolpert und hatte Gloria zu Boden geschubst. Das wiederum hatte Glorias Bikini-Hose nicht überlebt, die am Hintern gerissen war und den Anwesenden mehr von der Brautmutter gezeigt hatte, als allen lieb war.

Noch immer lachten sie alle, während sie versuchten, den Anblick wieder zu vergessen.

»Okay, wer spielt als Nächstes Leo und Kate?« Delta ließ den Blick über die Gruppe schweifen. »Wie wäre es mit euch beiden?« Sie deutete auf Abby und dann auf Jordan.

Abby räusperte sich und schüttelte den Kopf. »Ich lasse gerne anderen den Vortritt.«

Jordan, die neben ihr saß, nickte. »Ich bin noch so voll vom Mittagessen.«

Delta schaute sie an, als hätten sie nicht alle Tassen im Schrank. »Ich verlange da keine Tanz-Choreo von euch. Ihr müsst euch nur da hinstellen, euch an der Reling festhalten und mir eure beste Hollywood-Imitation präsentieren. Abby, stell dir einfach vor, Jordan wäre Leo. Oder Marcus. Wer auch immer dir weiche Knie beschert.«

Jordan schaute zu Abby und gab mit einem Schulterzucken nach. »Ich wäre dabei, wenn du willst.«

Abby zögerte. Noch mehr Körperkontakt, nachdem sie vorhin bei der Aktion mit der Sonnencreme beinahe umgefallen wäre? Sie hatte extra dafür gesorgt, dass sie beim Mittagessen nicht nebeneinandersaßen, aber irgendwie landeten sie immer in der Nähe der anderen. Hauptsächlich, weil Jordan sich um Abbys Belange kümmerte. Sie war so unglaublich effizient in ihrem Job.

»Denk dran, Abby. Schau sie für die Kamera an, als wolltest du sie flachlegen!«

War Abby vorhin noch von Delta beeindruckt gewesen, wünschte sie sich jetzt, sie wäre wieder niedergeschlagen.

Jordan kletterte auf das Sofa und reichte Abby ihre Hand. Sie nahm sie an und gestattete sich einen Blick auf Jordans in der Sonne glänzende Haare und ihr atemberaubendes Lächeln. In diesem Moment wusste Abby genau, wer ihr die Knie weich werden ließ.

Ihre Blicke trafen sich und Jordan strahlte, bevor sie eine Hand um einen der weißen Pfosten der Bootsreling legte und eine entspannte Pose einnahm.

Erregung überkam Abby so plötzlich, dass ihr Atem stockte. Sie nutzte den Moment, um Delta zu geben, was sie sehen wollte, sehr zur Begeisterung der Anwesenden, als sie sich zwischen Jordan und die Reling quetschte. Abbys Herzschlag übertönte die Jubelrufe der anderen, als Jordan einen Arm um sie legte und sich ihre Körper aneinanderschmiegten.

In dem Moment, da Abby auf das Meer hinausschaute, wurde die Jacht von einer Welle getroffen. Sie schwankte ein wenig, doch Jordan fing sie auf.

»Alles okay?«

»Mehr als okay.«

»Perfekt, her mit dem Titelfoto! Arme in die Luft in drei, zwei, eins!«

Jordan trat dicht hinter Abby und hielt sie mit beiden Armen an Ort und Stelle. Abby vergaß darüber beinahe das Atmen. Sie lehnte sich nach hinten und genoss den Moment. »Ich bin der König der Welt!«, rief sie.

In diesem Moment glaubte sie es sogar.

Jubelrufe drangen von hinten an ihr Ohr, doch da wurde das Boot von einer weiteren Welle erfasst.

Dieses Mal verloren Abby und Jordan beide den Halt. Jordan fiel seitlich nach hinten und Abby landete mit ihr auf dem Sofa, das ihren Fall durch das weiche Polster abfederte.

Als Abby die Augen öffnete, waren ihre Lippen nur Zentimeter von Jordans entfernt. Die Luft zwischen ihnen schien sich aufzuladen. Spürte Jordan das auch? Die Verbindung? Abby hätte zu gerne gefragt. Aber jetzt war nicht der richtige Moment dafür.

Delta erschien neben ihnen. »Der Abschluss war zwar nicht geplant, aber das wird ein großartiges Video für meine Trauzeugen-Rede. Danke!«

Abby hatte ganz vergessen, dass sie gefilmt worden waren. »Großartig.«

Jordan schaute sie noch immer unverwandt an.

~ ~ ~

Obwohl die Sonne um vier Uhr nachmittags noch immer hoch am Himmel stand, war das Wasser kühler, als sie erwartet hatten. Abby kletterte die Aluminiumleiter an der Seite der Jacht hinunter und ließ sich dann rückwärts ins Meer fallen. Einen Moment lang empfand sie tiefen Frieden. Es gab nur sie, das Meer und ihre Gedanken.

Bis Delta mit einem Schrei neben ihr aufkam und den Moment zerstörte.

Das Salzwasser brannte in Abbys Augen und sie spuckte das, was in ihrem Mund gelangt war, wieder aus. »Du bist manchmal echt eine Nervensäge, weißt du das?«

»Das ist nichts Neues.« Lachend umfasste Delta Abbys Gesicht mit den Händen und gab ihr einen Kuss auf den Mund. »Lächeln, Süße. Du bist auf deinem Junggesellinnenabschied auf einer fantastischen Jacht und eine sexy Frau liest dir jeden Wunsch von den Augen ab.« Sie grinste. »Damit bin ich gemeint, nur falls du dich das gefragt hast.« Sie zwinkerte Abby zu, küsste sie auf die Wange und schwamm dann zu den anderen.

Abby schüttelte den Kopf und ihre Augen brannten noch immer. Als sie nach links schaute, entdeckte sie dort Jordan.

»Wettschwimmen bis zu der Höhle da«, sagte sie zum zweiten Mal an diesem Tag. Beim ersten Mal hatte Abby verloren und war nun fest entschlossen, das jetzt nicht zu tun.

Sie waren allen anderen voraus. Abby strengte sich an und sah vor sich nur klares Wasser, bis sie die Höhle erreichten. Über ihnen erstreckten sich unglaubliche Felsformationen, die die Natur dem Stein abgetrotzt hatte. Ohne die gleißende Sonne sank die Lufttemperatur beträchtlich und das Halbdunkel der Höhle umfing sie, als sie zum gegenüberliegenden Ende um die Wette schwammen.

Abby kam als Erste an, knapp vor Jordan. Sie holte tief Luft, tauchte aber gleichzeitig unter, was sich als überaus schlechte Idee entpuppte. Sie schluckte gefühlt literweise Salzwasser und durchbrach hustend wieder die Oberfläche.

Bevor sie wusste, wie ihr geschah, spürte sie Jordan hinter sich, die die Arme um Abbys Taille schlang, um Druck auf ihren Bauch auszuüben. Abby röchelte heftig und spuckte noch mehr Wasser aus. Jordan wiederholte das Prozedere und Abby hustete auch die letzten Reste des Wassers aus. Damit war es dann auch gut und Abby keuchte nur noch, während sie versuchte, ihre Sinne wieder zusammenzubekommen.

Jordan begab sich an Abbys Seite und legte einen Arm um ihre Schultern, um sie besser stützen zu können. »Geht's dir gut?«

Abby nickte schwach. »Das Wettschwimmen habe ich trotzdem gewonnen, auch wenn ich gerade das halbe Meer ausgetrunken habe und du mich retten musstest. Gibt sicher keine Punkte für Stil, aber gewonnen habe ich trotzdem.«

Jordan grinste nur. »Das hast du.« Ihr Blick wanderte kurz zu Abbys Dekolleté, bevor sie ihn hastig wieder hob.

In diesem Moment war sich Abby nicht sicher, was schlimmer war: dass Jordan ihr auf die Brüste, den Mund oder in ihre Augen schaute. Jeder Zentimeter ihres Körpers und die Luft zwischen ihnen war von Spannung erfüllt. Es war so aufregend, aber auch quälend.

Abby musste sich bewegen, konnte sich aber gleichzeitig nicht rühren. Außerdem lag ihr Arm so bequem um Jordans Nacken. Sie saß beinahe auf ihrem Schoß.

Denk an was anderes. »Netter Heimlich-Griff.« Abby konnte die anderen bereits hören, aber noch war niemand in Sicht.

Jordan lächelte. »Habe ich im Erst-Hilfe-Kurs für meinen alten Job gelernt und es ist bei Junggesellinnenabschieden manchmal ganz praktisch. Man glaubt gar nicht, wie viele Unfälle da passieren.«

Abbys Herz klopfte wild in ihrer Brust, als Jordans Stimme immer tiefer wurde und sie sich mit der Zungenspitze über die Lippen fuhr. Es wäre so einfach, sich nach vorne zu beugen und die vollen Lippen im Halbdunkel der Höhle zu küssen. Stattdessen stieß sie sich von der Wand ab, drehte sich auf den Rücken und schaute zu der Höhlendecke. Das beruhigte ihre Nerven deutlich mehr, als Jordans Mund zu betrachten.

Einen Moment später wurde die Stille vom Rest ihrer Partygruppe unterbrochen, als diese planschend in die Höhle kam und sie sich darüber ausließen, wie dunkel und kalt es hier war.

»War das eine Fledermaus?«, rief Taran.

Die anderen schrien erschrocken und spritzten mit Wasser um sich. Innerhalb von Sekunden hatten die meisten die Höhle wieder verlassen. Alle außer Delta, die nun zu Abby und Jordan schwamm und sie angrinste.

»Ach, ihr auch hier?« Delta sah sie mit erhobener Augenbraue an. »Wisst ihr, jedes Mal, wenn ich mich umdrehe, seid ihr zusammen.« Sie schaute erst Abby, dann Jordan forschend an. »Habt ihr was vor? Plant ihr eine Überraschung für den Rest von uns?«

Abby wäre nicht überrascht gewesen, wenn Deltas Blick ihr ein Loch in den Schädel gebohrt hätte, so forsch wie er war. »Wir sind hier reingeschwommen und ich habe eine Menge Wasser verschluckt.« Standen ihr die Schuldgefühle auf die Stirn geschrieben? Hoffentlich nicht. »Jordan hat mich gerettet. Wenn sie also was plant, dann zumindest nicht mein vorzeitiges Ableben.« Sie lachte, aber es klang selbst in ihren eigenen Ohren gekünstelt. Oder vielleicht lag das an der Akustik der Höhle.

Jordan rieb sich die Arme. »Können wir dann wieder zurück zur Yacht, jetzt, da ich den Tag gerettet habe? Bevor wir von Fledermäusen gefressen werden oder an Unterkühlung sterben?« Sie schwamm ein paar Meter, bevor sie sich noch einmal umdrehte.

»Das steht bestimmt nicht in deiner Tabelle, oder Wonder Woman?« Delta grinste Jordan an.

Kapitel 17

Jordan führte die Gruppe in eine Cocktailbar. Ihre Lautstärke nahm mit steigendem Alkoholpegel immer mehr zu und befand sich jetzt etwa auf dem Niveau eines Flugzeugtriebwerks. Delta und Erin lagen dabei ganz weit vorne, aber Gloria machte ihnen eindeutig Konkurrenz.

Die Superjacht war ein voller Erfolg gewesen. Abby war nicht ertrunken und Jordan hatte der Versuchung widerstanden, sie gegen die Höhlenwand zu pressen und um den Verstand zu küssen. Was wahrscheinlich auch besser so war.

Zurück in der Villa hatten sie sich umgezogen und waren Essen gegangen, bevor sie schließlich in dieser schicken Cocktailbar mit ihren schimmernden, goldenen Wänden und einer goldgeprägten Getränkekarte gelandet waren. Gloria hatte sie »einer Prinzessin würdig« erklärt. Also hatten sie der angehenden Braut kurzerhand den Spitznamen Prinzessin Abby verpasst.

»Was steht als Nächstes für Prinzessin Abby auf dem Plan?«, brüllte Delta in Richtung Jordan.

Diese warf einen Blick auf ihr Handy. Der Klub Orange war ihre nächste Anlaufstelle, doch Jordan war sich unschlüssig, ob Abby dort auch wirklich hinwollte. Sie informierte ihren Fahrer, dass sie abgeholt werden wollten, und lotste die Gruppe zu einer nahe gelegenen Haltebucht.

Wenige Minuten später traf ihr Minibus ein und Jordan öffnete die Schiebetür, bevor sie auf Französisch erklärte, wohin der Fahrer sie bringen sollte. Sie hatte die Sprache schon immer gemocht und freute sich, sie wieder einmal einsetzen zu können. Dass man damit auch gut Frauen beeindrucken konnte, war ein netter Nebeneffekt. Auch heute verfehlte es nicht die Wirkung.

»Du bist eigentlich nicht mein Typ, Jordan, aber ich könnte dir die ganze Nacht dabei zuhören, wie du dich mit dem Fahrer unterhältst. Selbst wenn du ihm nur den schnellsten Weg zum Klub erklärst oder um eine Pinkelpause bittest«, sagte Frankie.

Jordan lächelte sie an und nahm ihren Platz ein. »Ich kann ihn nachher auch fragen, wo der nächste McDonald ist.«

»Ich habe absolut keinen Appetit mehr. Außer vielleicht auf einen netten Franzosen namens Jacques.« Das kam von Gloria, die von einem Ohr zum anderen über ihren Witz grinste.

Der brachte ihr einen Klaps von Abby ein. »Mum! Was habe ich dir vorhin gesagt? Hör auf, so peinlich zu sein. Ein bisschen weniger Anzüglichkeiten über französische Männer, sonst filme ich dich dabei und schicke es Dad.«

»Martin hätte damit kein Problem. Ihr jungen Leute seid so verklemmt. Macht euch ein bisschen locker, lebt ein bisschen mehr! Ich habe auf meinem Junggesellinnenabschied mit vier Männern rumgemacht und es hat niemandem geschadet. Das gehört einfach dazu.« Sie tippte Abby mit dem Zeigefinger auf die Schultern. »Du hast noch mit gar keinem geknutscht.« Gloria sah Jordan fragend an. »Was meinst du, Jordan?«

Jordan drehte sich auf ihrem Sitz zu Gloria um. »Zu was?«

»Dass Abby heute Abend noch ein paar Männer küssen sollte. Steht das auf deinem Plan?«

Jordan lächelte und musterte erst Delta, dann Abby. »Das steht nicht in meiner Tabelle, aber man kann das Leben auch nicht immer vorplanen, oder?«

Dafür erhielt sie lautstarke Zustimmung.

Gloria stieß ihre Tochter mit dem Ellenbogen an. »Sagen wir ein rothaariger, ein blonder und ein dunkelhaariger Kerl im Klub Oraaaaange?« Sie sprach das *Orange* betont französisch aus, was Jordan lächeln ließ.

Noch mehr Zustimmung und Abby grinste nur schief. »Habe ich da ein Mitspracherecht?«

»Neeeeeiiiin!«, war die einstimmige Antwort.

»Aber Moment, gibt's in Frankreich überhaupt rothaarige Männer?« Das war Martha. »Ich habe hier noch nie welche gesehen.«

»Natürlich gibt's die. Man nennt die hier *roux*.«

»Gefällt mir!«, sagte Gloria. »Seid ihr bereit?«

»Bereit!«

~ ~ ~

Klub Orange war der Lieblingsklub der Reichen und Schönen in Cannes. Angehörige des belgischen Königshauses feierten hier ebenso wie die französische High Society. Und jetzt auch Abby Porter und ihr Junggesellinnenabschied. Das Licht war gedimmt, sie hatten eine eigene Sitzecke und gerade war eine Flasche Grey Goose-Wodka gebracht worden, die auf einem funkelnden Satinkissen ruhte.

»Feiert man so heutzutage in den Klubs? Ist ein bisschen anders als das Blackpool Ritzy, oder? Da hatte ich meinen Abschied. Ich sehe keinen einzigen *Küsse-umsonst*-Hut hier.« Gloria fielen fast die Augen aus dem Kopf, angesichts von so viel Dekadenz. Kellner eilten durch den Raum, versorgten sie mit Getränken und nachdem jeder eins in der Hand hielt, sprach Delta einen Toast über die dröhnende Musik hinweg aus.

»Auf einen erfolgreichen zweiten Abend«, rief sie, während der Bass von der Tanzfläche neben ihnen vibrierte. »Und natürlich auf Prinzessin Abby, die ihren Prince Charming heiratet und vorher noch einen französischen Kuss von einem Franzosen bekommt.«

Abby lachte herzlich, bevor sie einen großen Schluck aus ihrem Glas nahm und ihre Freundinnen dann aus zusammengekniffenen Augen ansah. »Wollen wir tanzen?«

Delta entpuppte sich als Tänzerin, die durch ihre ausladenden Gesten viel Platz brauchte. Nikita und Erin widmeten sich derweil der Aufgabe, die Tanzfläche nach geeigneten Knutschopfern abzusuchen, und der Rest der Gruppe hielt sich in Deltas Orbit auf. Ab und an mussten sie sich ducken und aufpassen, nicht einen Arm oder ein Bein abzubekommen. Jordan blieb in ihrer Sitzecke zurück und stellte über ihr Handy sicher, dass sie morgen früh ein aufwendiges Frühstück bekommen würden. Sonntags hatten die Hausangestellten frei, also hatte Jordan einen Lieferservice organisiert, der ihnen das Frühstück um zehn Uhr auf Silbertabletts servieren würde.

Ihr Blick wanderte wieder zu der Tanzfläche, wo Delta erneut eine ausladende Geste vollführte. Taran duckte sich rechtzeitig. Allerdings traf Delta Gloria an der Wange, wofür sie sich eine Kopfnuss einhandelte.

Jordan unterdrückte ein Lachen. Jeder Junggesellinnenabschied brauchte eine Gloria.

Auf einmal bugsierten Nikita und Erin einen blonden Mann zu Abby. Er blieb vor ihr stehen, sie schüttelten sich die Hand, und der Mann beugte sich vor, um Abby etwas zu sagen. Jordans Magen verkrampfte sich augenblicklich.

Das war normal für so ein Wochenende und doch fühlte es sich dieses Mal anders an. Sie wollte sich das nicht ansehen, wusste aber gleichzeitig, dass sie den Blick nicht abwenden konnte.

Jordan biss die Zähne zusammen, als Abby nickte und kurz zu ihr schaute. Sie schien sich zu vergewissern, dass sie da war. Ihre Blicke trafen sich und Jordan erstarrte. Aus einem Impuls heraus wollte sie Abby zurufen, dass sie diesen

Mann nicht küssen sollte. Selbst wenn es nichts bedeutete. Selbst wenn es nur ein harmloser Spaß war.

»Werdet lockerer!«, hatte Gloria gesagt.

Jordan wollte am liebsten über die niedrige Lehne des weißen Ledersofas springen, den Mann beiseite schubsen und Abby vor dem Bevorstehenden schützen. Aber das konnte sie nicht. Stattdessen schenkte sie Abby ein halbherziges Lächeln und einen Daumen nach oben.

Ein Daumen nach oben? Im Ernst? Wie alt war sie, zwölf?

Einen Moment später küsste Abby den Mann auf die Wange. Delta schüttelte den Kopf und hielt beide an den Armen fest. Jetzt mischten sich auch Erin und Nikita ein. Sie diskutierten.

Doch Abby schüttelte den Kopf, befreite ihren Arm und flüchtete die vier Stufen nach oben zu ihrer Sitzecke, ohne sich umzudrehen. Als sie fast oben angekommen war, verlor sie den Halt und stürzte.

Jordan ließ sich neben ihr auf die Knie sinken, als Abby sich mit schmerzverzogenem Gesicht wieder aufrichtete. Mit einer Hand umfasste sie ihren Knöchel.

»Alles okay? Was ist passiert?«

Abby zuckte zusammen. »Ich glaube, mein Absatz ist abgebrochen.« Sie zog sich den cremefarbenen Schuh aus und begutachtete ihn. Und tatsächlich, der Absatz hing nur noch am buchstäblichen seidenen Faden daran und wackelte lose von einer Seite zur anderen. Abby rieb sich die Seite, mit der sie auf dem Boden aufgeschlagen war. »Und das hat gerade echt wehgetan.«

»Kannst du den Arm bewegen?«

Abby versuchte es, zuckte aber erneut zusammen. »Es geht schon. Mein Knöchel ist schlimmer. Ich habe echt keine Lust, dass er mir das ganze Wochenende versaut.«

Jordan fasste Abby unter den Arm und half ihr auf eines der Sofas, als Delta, Gloria, Nikita und Erin zu ihnen kamen.

»Was zum Teufel ist passiert?«, fragte Delta besorgt.

»Mein Absatz ist abgebrochen und ich bin gestürzt.« Abby beugte sich nach vorn und betastete ihren Knöchel. Sie massierte ihn, hatte aber sichtlich Schmerzen. »Er ist nicht gebrochen, aber ich denke, ich werde zurück in die Villa fahren.«

»Neeeiiiin!«, jammerte Delta. »Wir haben doch gerade erst angefangen. Außerdem haben wir schon so viele Wünsche für dich angebracht.«

Abby sah auf. »Für Lieder oder Männer, mit denen ich knutschen soll?«

Delta grinste. »Beides.«

»Nur weil ich nach Hause gehe, müsst ihr ja nicht mitkommen. Ihr könnt zu meinen Lieblingsliedern tanzen und dann die Männer unter euch aufteilen. Wahrscheinlich wisst ihr das sowieso mehr zu schätzen als ich.«

»Unsinn!«, meinte Gloria. »Das ist dein Wochenende. Wenn du gehst, gehen wir alle.«

»Und als die Braut, die hier verabschiedet wird, bestehe ich darauf, dass ihr hierbleibt. Tanzt ein bisschen.« Abby deutete mit dem Kopf auf die Wodkaflasche. »Außerdem muss der Wodka alle werden und wir haben Champagner bestellt. Also trinkt den aus, amüsiert euch noch eine Weile und dann kommt nach Hause.« Abby schaute zu Jordan. »Du kannst mich nach Hause bringen und den Fahrer dann wieder herschicken, um den Rest zu holen, oder?«

»Natürlich. Was immer du willst.«

Abby nickte nachdrücklich. »Dann machen wir das so. Und wer hilft mir jetzt auf?«

Kapitel 18

Als Abby vom Taxi zur Eingangstür der Villa humpelte, konnte sie sich eine Grimasse nicht verkneifen. Zwar war der Schmerz nicht so schlimm, wie sie vorgegeben hatte, aber das war eine wunderbare Ausrede gewesen, um nicht noch mehr Männer küssen zu müssen. Insbesondere, nachdem Delta beschlossen hatte, dass Wangenküsse »keine richtigen Küsse sind«. Abby war froh, wieder in der Villa zu sein. Vor allem, weil Jordan sie begleitet hatte, die das genaue Gegenteil vom Rest ihrer Gruppe war: ruhig, besonnen und nüchtern.

Als sie auf die Terrasse traten, warf Abby Jordan einen Seitenblick zu. »Du hast doch gesagt, dass du dieses Wochenende alles für mich tust?«

Jordan nickte bedächtig.

»Ich würde gerne ein Glas Wein mit dir trinken und mich dabei ein bisschen entspannen. Das würde der Genesung meines Knöchels auch helfen.«

Jordan neigte den Kopf ein wenig zur Seite. »Normalerweise trinke ich keinen Alkohol, wenn ich arbeite. Aber ein Glas sollte in Ordnung sein. Behalt es für dich, okay?«

Abby tat, als würde sie einen Reißverschluss über ihren Lippen zuziehen, und anschließend den Schlüssel wegwerfen.

»Setz dich und warte hier auf mich.«

Sie salutierte spöttisch. »Ja, Ma'am.«

Wenig später kehrte Jordan mit zwei gefüllten Weingläsern zurück. »Wie geht's deinem Knöchel?«

Abby drehte ihn vorsichtig nach rechts und dann nach links. »Fühlt sich schon viel besser an.«

Jordan stellte die Gläser ab, bevor sie einen Stuhl heranzog und Abbys Fuß darauf platzierte. »Leg ihn hoch, das hilft gegen die Schwellung.« Sie runzelte die Stirn. »Soll ich dir einen Eisbeutel holen?«

Abby schüttelte den Kopf und nahm den Fuß wieder vom Stuhl. »Ich weiß, dass das besser wäre, aber weißt du, worauf ich wirklich Lust habe?« Wo dieser plötzliche Schub an Mut herkam, konnte sie sich selbst nicht erklären.

»Du hast mich schon dazu gebracht, mit dir was zu trinken.«

Abby zögerte und ihr Puls raste. »Wie wäre es, wenn wir unseren Wein mit in den Whirlpool nehmen? Wäre schade, wenn wir einen so schönen Sommerabend hier oben verschwenden, wenn da unten die Aussicht genauso gut ist.« Abby beobachtete Jordans Gesicht aufmerksam. Sich wieder halb nackt im Wasser in Jordans Nähe aufzuhalten, war riskant.

Das wusste sie.

Trotzdem konnte sie sich den Vorschlag nicht verkneifen.

»Wenn du nicht mitkommst, kann ich dir leider keine Lobeshymnen in die Referenz-Spalte deiner Website schreiben.«

Ein Lächeln huschte über Jordans Gesicht. »Na, das wollen wir doch nicht.«

Zehn Minuten später reichte Jordan ihr die Hand und Abby stieg vorsichtig in den Whirlpool, damit sie sich nicht erneut verletzte. Körperlich sollte das kein Problem sein, bei ihrem Herz war sie sich da nicht so sicher.

Jordan trug einen schwarzen Badeanzug, der deutlich konservativer war als ihr roter Bikini. Doch auch darin sah sie atemberaubend aus und erneut drohte Abby von ihrem Verlangen überwältigt zu werden.

Sie versuchte, ihre Gedanken wieder in die richtige Spur zu bringen, und ließ sich von Jordan ihr Weinglas reichen – stilecht aus Plastik, damit es im Whirlpool keinen Unfall gab. Jordan dachte wirklich an alles. Abby beugte sich nach vorne, drückte auf einen großen, weißen Knopf und nur Sekunden später begann das Wasser um sie herum zu blubbern.

»Noch acht Tage bis zur Hochzeit.« Jordan nippte an ihrem Wein, bevor sie das Glas auf dem Rand des Whirlpools abstellte. »Denkst du, dass du mit Marcus solche Dinge in euren Flitterwochen auf den Malediven machen wirst?

Abby nickte und ignorierte den Stein, der sich in ihrem Magen bildete. Sie konzentrierte sich stattdessen auf den Luftblasenstrom, der gerade ihren unteren Rücken massierte. »Ich denke schon.«

»Ich wollte schon immer mal auf die Malediven, aber es ist halt ein klassisches Reiseziel für frisch Verheiratete. Eine Freundin von mir ist mal hingeflogen und hat gemeint, dass es als Alleinreisende ziemlich anstrengend sein kann. Sie musste sogar einen Ehemann mit Lebensmittelvergiftung erfinden, um nicht ständig von einem der vielen Paare an deren Tisch eingeladen zu werden.« Jordans Lächeln wurde breiter. »Aber euch sieht man schon auf den ersten Blick die Flitterwochen an. Attraktiver Mann plus wunderschöne Frau.«

Abbys Magen vollführte einen Salto. Jordan fand sie schön? »Danke, oder so.«

Aus irgendeinem Grund erinnerte sie sich plötzlich an ein Gespräch über mögliche Vornamen ihres ersten Kindes, das sie kürzlich mit Marcus geführt hatte.

Marcus war für Namen gewesen, die Gloria wohl sofort in die Schublade »hält sich für was Besseres« stecken würde. Abby hatte keine Lust auf eine ausufernde Diskussion gehabt, aber darüber würden sie nach der Hochzeit noch mal intensiver sprechen müssen. Aber würden sie das auch tun? Würde sie am Schluss Kinder haben, die Penelope und Jasper hießen, anstatt Harper und Luke? Das konnte sie sich nicht vorstellen. Aber vielleicht begann es ja schon bei den Flitterwochen, die sie an einem Ort verbringen musste, der ihr von Anfang an nicht zusagte.

Kleinigkeiten, die viel aussagten.

»Du siehst nicht so aus, als würdest du dich auf deine Flitterwochen freuen, wenn ich das mal so ehrlich sagen darf.«

Abby trank einen Schluck Wein, bevor sie antwortete. »Doch schon, aber ich wollte nicht auf die Malediven. Ich hatte Paris vorgeschlagen, aber Marcus und Marjorie waren beide der Meinung, dass das nicht standesgemäß ist. Wie du schon gesagt hast: Alle fliegen auf die Malediven. Aber die sind auch ziemlich weit weg und nur mit dem Flugzeug erreichbar. Je weniger ich fliegen muss, desto besser für meine Nerven und mein Leben.«

»Hast du Marcus das gesagt?« Jordan runzelte die Stirn.

»Habe ich, aber er hat nicht zugehört. Er freut sich und denkt, dass alle Frauen das so wollen. Das Ironische daran? Er hat mir immer gesagt, dass er sich in mich verliebt hat, weil ich anders bin als die Frauen, mit denen er bis dato zusammen war. Aber sobald ich seinen Antrag angenommen hatte, hat das plötzlich keine Rolle mehr gespielt. Jetzt ist alles ein einziges Klischee: riesige Hochzeitsveranstaltung, klassische Hochzeitstorte, übertriebene Junggesellenabschiede. Er hat sich in all das reinziehen lassen und nichts davon entspricht meinen Wünschen. Wenn ich über die Zeremonie nachgedacht habe – und das kam in den letzten Monaten oft vor – habe ich mir immer so etwas wie St. Albans vorgestellt, wo meine Eltern wohnen. Oder vielleicht eine Trauung in Schottland, wo alles begann. Vielleicht sogar in einem Schloss an einem *Loch*.«

»Aber jetzt findet sie in einem Herrenhaus in Surrey statt.«

Abby ließ betrübt die Schultern hängen. »Ja. Die Trauung findet in einer Kirche statt, die Marcus' Familie immer besucht. Dann ist der Empfang auf dem Anwesen. Alles nur, weil Marcus und Marjorie sich zusammengetan und mich dazu überredet haben.«

Jordan schaute sie eindringlich an. »Hattest du nie eine Kiste unter dem Bett, in der du Zeitschriftenausschnitte gesammelt hast, wie dein Hochzeitskleid mal aussehen soll, oder so?«

Abbys Magen verkrampfte sich auf unangenehme Weise. »Scheiße, nein. Die hätte meine Mutter auch sicher entsorgt, weil sie der Meinung ist, dass man sich höhere Ziele stecken sollte als das Heiraten.«

Jordans tiefes, ehrliches Lachen hallte durch die laue Abendluft. »Hab ich schon mal erwähnt, wie sehr ich deine Mum mag?«

»Das tun die meisten Leute.« Auch Abby war froh, sie zu haben. »Sie bringt mich zum Altar, habe ich dir das schon erzählt? Mein biologischer Vater hat kein Interesse daran. Ich nenne Martin ja Dad, also habe ich ihn gefragt. Aber er sagte nur, dass Mum mich sechs Jahre lang allein großgezogen hat, bevor sie sich kennengelernt haben, weshalb ihr diese Ehre gebührt. Aber wie dem auch sei, ich habe nie von einer großen Hochzeit geträumt. Passt irgendwie nicht zu mir. Und doch bekomme ich jetzt eine.« Das sagte sie, während sie mit einer Frau im Whirlpool saß, die sie zunehmend anziehender fand. Doch das schluckte Abby hinunter und richtete den Blick auf den dunklen Nachthimmel, an dem jedoch kaum Sterne zu sehen waren. Als sie wieder zu Jordan schaute, funkelten deren Augen in dem gedimmten Licht wie Diamanten.

»Irgendwie habe ich so viel von dem vergessen, was ich mal wollte. Die Hochzeit, die ich wollte. Den Job, den ich wollte.« Abby atmete geräuschvoll aus. »Wenn man erst mal eine Karriere im Projektmanagement eingeschlagen hat, kommt man da nicht so leicht wieder raus. Man wird in die Kreise reingezogen, gewöhnt sich an das viele Geld und die Leute. Und je länger man auf diesem Weg bleibt, desto schwieriger ist der Absprung. Ich wollte immer etwas machen, das anderen etwas zurückgibt. Projektmanagement hat wie etwas geklungen, das den Leuten helfen kann. Aber jetzt erinnere ich mich wieder daran, dass das nicht mein Traumjob war. Verkaufe ich damit nicht meine Seele?« In dem Moment, als sie es laut aussprach, kam es ihr genau so vor.

Jordan schüttelte den Kopf. »Nicht doch. Du kannst den Job jederzeit wechseln, wenn du willst. Und was deine Hochzeit angeht: Du hast dich verliebt und gibst den Wünschen deines Partners nach. Das tun viele Menschen. Allerdings ist es meistens der Mann, der sich den Wünschen der Frau anpasst.«

Jordan kam ihr im Wasser ein wenig näher und Abby spürte ihre Hand an ihrem hochgelegten Fuß. Sie warf Abby einen warnenden Blick zu, bevor sie vorsichtig nach dem Knöchel griff. »Das ist die verletzte Seite, oder?«

Abby nickte. Das war sie definitiv. Auch wenn es ihr dank Jordans Berührung schlagartig besser ging.

»Du solltest ihn weiter hochlegen. Wenn du ihn auf meinen Schoß legst, ist der Winkel wahrscheinlich ganz gut.«

»Klar«, entgegnete Abby.

Jordans Finger geisterten über ihre Haut. Abby schloss die Augen und stellte sich diese Finger vor, wie sie langsam Kreise über die Innenseiten ihrer Oberschenkel zogen. Sich langsam weiter über ihren Bauch nach oben wagten. Von ihrem Hals bis zum Ohrläppchen strichen.

Abby legte den Kopf in den Nacken und gab sich einen Moment lang der Fantasie hin, bevor sie sich in die Realität zurückzwang. Sie zuckte zusammen und öffnete die Augen wieder.

Jordan betrachtete sie einen Moment lang stumm und ihre Mundwinkel bogen sich zu einem kleinen Lächeln nach oben. Etwas in Abby veränderte sich. Etwas, dass ihr Unwohlsein noch mehr verstärkte.

Vielleicht war das hier doch keine gute Idee gewesen. Sobald Jordan sie berührte und sie mit diesem Blick ansah, hatte Abby Mühe, sich zu konzentrieren. Es gab nur noch Jordans Hand auf ihrer Haut. Gefolgt von ihrer Zunge. Und wieder dachte Abby an den Traum, in dem sie in Jordan eingedrungen war.

Sie verlagerte ihr Gewicht auf der Sitzbank im Whirlpool und wandte den Blick ab, bevor sie noch einen großen Schluck aus ihrem Glas nahm. Was würde sie gerade dafür geben, ein bisschen beschwipster zu sein. Vielleicht würde das ihre Gefühle ein wenig dämpfen.

Plötzlich hörte das Blubbern der Luftblasen auf und Stille breitete sich zwischen ihnen aus. Ebenso wie das Verlangen und die Panik in Abby, ganz langsam, aber unaufhaltsam.

Sie suchte verzweifelt nach den richtigen Worten. Etwas Unverfänglichem. »Ich spüre deine Hände gerne auf mir.« *Oh, mist. Das war das Falsche.*

Seit sie Jordan kennengelernt hatte, warf Abby regelmäßig ihre eigenen Regeln über Bord.

»Das freut mich.«

Abby versuchte, sich wieder in sicheres Fahrwasser zu bringen. Aber das war gar nicht so leicht, weil Jordan immer noch ihren Fuß festhielt. »Wie oft hast du dieses Spielchen von wegen *die Braut muss einen Haufen Männer küssen* schon gesehen?«

»Schon ein paarmal.« Jordans Stimme klang wie flüssiger Honig. Sie fuhr sich mit der Zunge über die Unterlippe.

Abbys Blick folgte ihr, huschte dann aber schnell wieder zu Jordans Augen.

Mit einem Mal loderte heiße Erregung in ihr auf.

»Aber es war mir noch nie so unangenehm, die Braut dabei zu beobachten. Weil du nicht einfach irgendeine angehende Braut bist. Oder irgendeine Frau. Da hat Marcus absolut recht. Du bist etwas Besonderes, Abby.« Jordan wandte den Blick ab. »Und ich sollte das nicht sagen, also werde ich jetzt den Mund halten.« Sie schüttelte den Kopf. »Ignorier mich einfach«, flüsterte sie, als würde sie mit sich selbst sprechen.

Für Jordan war Abby etwas Besonderes. Hieß das etwa, dass sie Abby auch mochte? Und wenn ja, was bedeutete das?

»Würde es die Sache erträglicher machen, wenn ich dir sage, dass ich keine andere Person küssen wollen würde, wenn du im selben Raum bist?«

Jordan erstarrte, sah dann aber auf. »Würdest du nicht?«

Abbys Puls beschleunigte sich, als Jordan vorsichtig auf der Bank des Whirlpools näher zu ihr rutschte.

Das Wasser schwappte auf Höhe von Jordans Dekolleté.

Abby sog scharf Luft ein und zwang sich, den Blick abzuwenden. Wie gerne sie mit dem Wasser tauschen würde. »Es hat sich falsch angefühlt. Als würde ich jemanden betrügen. Dich betrügen.« Sie senkte den Kopf und ihr Herzschlag klang überlaut in ihren eigenen Ohren.

Was zum Teufel redete sie da?

Aber jetzt, da Jordan neben ihr saß und sie quasi mit Blicken fesselte, konnte Abby einfach nicht anders. Sie war wie besessen. Es fühlte sich an, als hätte Jordan ein Wahrheitsserum in den Wein gekippt.

Hier, im Whirlpool an diesem lauen Sommerabend in Cannes, hingen ihre Worte schwer zwischen ihnen. Am liebsten hätte Abby sie rückgängig gemacht. Sie im Wasser verschwinden lassen. Aber einmal ausgesprochen, konnte man sie nicht mehr zurücknehmen. Selbst wenn man es noch so sehr versuchte, würden sie immer wieder auftauchen und einem dabei ins Gesicht schwappen.

»Betrügen?« Jordan deutete sichtlich verwirrt mit einem Finger auf sich. »Mich?«

Abby schluckte. Was sie jetzt sagte, würde alles entscheiden, oder? Würde sie lügen oder die Wahrheit preisgeben?

Alarmglocken schrillten in ihrem Kopf. Abby ignorierte sie.

Sie war kurz davor, eine Grenze zu überschreiten, aber eins wusste sie ganz genau: Die letzten Monate und die Hochzeitsvorbereitungen hatte sie wie eine Schlafwandlerin erlebt. Bis sie Jordan kennengelernt hatte, die sie auf so viele Arten wachrüttelte.

»Ich weiß, dass das keinen Sinn ergibt«, gestand Abby. »Ich bin mit Marcus verlobt und hier auf meinem Junggesellinnenabschied, aber es ist die Wahrheit.« Abby schüttelte den Kopf und rieb sich mit dem linken Handballen über die Stirn. Sie schaute Jordan wieder in die Augen.

Der schockierten, wunderschönen Jordan.

»Ich habe Gefühle für dich, Jordan. Und die kann ich nicht ignorieren. Auch wenn ich mir Marcus verlobt bin, der ein toller Mann ist.« Sie gestikulierte zwischen ihnen hin und her. »Das hier ist die pure Qual. Weil wir beide halb nackt und allein sind. Mein Knöchel schmerzt nicht mal wirklich. Ich habe das nur als Gelegenheit genutzt, um mit dir allein zu sein. Als ich diesen armen Kerl küssen musste, habe ich die ganze Zeit gedacht: *Ich wünschte, das wäre Jordan.*« Abby vergrub das Gesicht in den Händen. Wann hatte sie ihr Weinglas abgestellt?

Jetzt hatte sie es ein für alle Mal versaut, oder? Hätte sie doch einfach den Mund gehalten. Wäre sie doch nur im Klub geblieben und hätte mehr Wodka getrunken.

Als hätte er ein eigenes Bewusstsein und die Lage verstanden, sprang der Whirlpool in diesem Moment wieder an.

Jordan hatte ihr fasziniert zugehört und war dabei immer näher gekommen. Jetzt zuckte sie zurück, als die Luftblasen wieder um sie herum blubberten.

Abby schnappte sich erneut ihr Weinglas und schwenkte es, nur um etwas zu tun zu haben. Sie warf Jordan einen vorsichtigen Blick zu. »Sag bitte was. Auch wenn es nur ein Kommentar ist, dass ich eine dumme Braut bin und dir das in deinem Job ständig passiert. Tu was gegen das Chaos in meinem Kopf. Du hast keine Ahnung, wie durcheinander mein Oberstübchen gerade ist.« Sie tippte sich gegen die Schläfe.

Jordan atmete tief durch und griff dann nach Abbys Hand. Diese Geste ließ Abby vollkommen erstarren.

»So was passiert mir tatsächlich zum ersten Mal. Du bist die erste Braut, die mir sagt, dass sie mich küssen will.« Jordan senkte den Blick auf Abbys Lippen. »Du bist auch die erste angehende Braut, die ich küssen will. Aber das habe ich verdrängt, weil ich einen Job zu erledigen habe. Und in meiner Jobbeschreibung steht nichts davon, dich zu küssen.«

Lust durchflutete Abbys Körper und ein unsägliches Glücksgefühl breitete sich in ihr aus. Gefolgt von Fassungslosigkeit, als ihr die Tragweite dieser Worte bewusst wurde.

Abby wollte Jordan küssen. Jordan wollte Abby küssen. Würden sie das jetzt auch tun?

»Du willst mich auch küssen?«

»Ja. Gestern Abend. Heute im Meer. Schon als du dein Brautkleid anprobiert hast.« Sie legte den Kopf in den Nacken und schaute zum Himmel hinauf. »Aber du weißt, dass wir das nicht tun können, oder?«

Abbys Schultern sackten. »Ich weiß.«

Aber das ist so unfair, hätte sie am liebsten gebrüllt, tat es jedoch nicht.

Jordan beugte sich zu ihr und hob Abbys Hand an ihre Lippen. Sie drückte einen unendlich zarten Kuss darauf und legte sie dann zurück auf ihren Schoß.

»Egal, wie sehr wir uns zueinander hingezogen fühlen, es muss dabei bleiben.«

Abby nickte abwesend, denn sie war noch immer damit beschäftigt zu verarbeiten, dass Jordan gerade ihre Hand geküsst hatte. »Natürlich.« Sie hatte noch nie in ihrem Leben so dreist gelogen.

»Ich wurde von dir und deinem Verlobten engagiert. Mein Job ist es, dich an einem Stück zum Altar zu bringen. Glücklich. Zufrieden.«

»Das hast du schon allein durch deine Anwesenheit versaut.«

Jetzt war es an Jordan, den Kopf zu schütteln. Die Luftblasen verstummten erneut und das Wasser wurde ruhig. Das Schweigen zwischen ihnen wurde dieses Mal noch lauter.

»Wir dürfen das nicht tun«, setzte Jordan an, näherte sich Abby aber weiterhin.

»Ich weiß.« Auch Abby bewegte sich über die Bank, bis sie direkt neben Jordan saß.

»Du heiratest jemand anderen.«

Wie in Zeitlupe nickte Abby.

»Ich weiß.« Sie legte eine Hand an Jordans Gesicht, ihre Beine berührten sich. »Aber warum denke ich dann immer nur an dich, seit wir uns zum ersten Mal getroffen habe? Wenn ich ins Bett gehe, wenn ich aufstehe … Ich träume von dir, Jordan. Auch letzte Nacht.«

Sie hatte keine Ahnung, woher sie den Mut dafür nahm. Oder wie sie ihn sich für die Zukunft bewahrte, denn sie würde ihn brauchen, wenn sie das hier wirklich durchzog.

»Abby …« Jordans Tonfall sagte das eine. Der Hunger in ihren Augen etwas ganz anderes.

»Sag nichts mehr«, flüsterte Abby und lehnte sich nach vorn. Endlich würden ihre Träume Realität werden. Sie würde Jordan küssen, die Frau, die sie endlich aufgeweckt hatte.

»Abby! Jordan!«

Die Stimme ihrer Mutter durchbrach diesen Moment der Zweisamkeit gnadenlos und löste somit auch Abbys Traum in Luft auf.

Abby zuckte so heftig zusammen, dass sie mit dem Kopf schmerzhaft hart an Jordans stieß. Benommen hielt sie sich die Stirn und versuchte, wieder klar im Kopf zu werden.

»Autsch, verdammt!«, fluchte Jordan.

Als Abby durch ihre Finger zu Jordan spähte, sah sie, dass diese sich zur anderen Seite des Whirlpools zurückgezogen hatte und sich ebenfalls den Kopf hielt. Auch Abby wich zurück und warf einen vorsichtigen Blick auf ihre Hände. Kein Blut.

Aber jetzt musste sie sich konzentrieren, weil sie schon Geschnatter und Gelächter von der oberen Terrasse herunterschallen hörte.

»Ich dachte, du wärst fußlahm?«, rief Delta, halb über der Glaswand hängend. »Und da sitzt du im Whirlpool und trinkst Wein.« Sie drohte ihr mit einem Finger. »Ich hätte wissen sollen, dass du dich nur vorm Tanzen drücken willst.« Sie musterte Jordan und Abby und schwenkte dabei die *Grey Goose*-Flasche durch die Luft. »Wir wollten dich nicht allein lassen, also haben wir den Schnaps mitgebracht. Redet ihr über alte Zeiten?«

Hinter Abbys Stirn breiteten sich zunehmend stechende Kopfschmerzen aus. Hatte Deltas letzter Satz irgendwie wissend geklungen? Abby war noch zu perplex, um weiter darüber nachzudenken.

»Bleibt, wo ihr seid! Ich ziehe mich schnell um und komme mit rein!«, sagte Delta.

»Okay!«, antwortete Abby mit einem Seitenblick zu Jordan.

Die hatte den Kopf in den Nacken gelegt und betrachtete die Sterne.

Sie hatten etwas begonnen, es aber nicht beendet und das war wohl auch besser so. Aber das hatte offenbar niemand Abbys Herz gesagt.

Kapitel 19

Jordan erwachte etwas desorientiert. Ihr Kopf brauchte einen Moment, um sich zu ordnen.

Im Fegefeuer, da war sie gelandet. Auch bekannt als Cannes, die französische Stadt der Träume. Im Moment eher ihre Albtraumstadt.

Sie drehte sich um und öffnete langsam ein Auge. Wenigstens fand sie nicht Abby neben sich vor. Das wäre ein noch viel größeres Problem gewesen.

Vielleicht kam ihr ihre natürliche Zurückhaltung an dieser Stelle mal zugute. Vermutlich war es aber vor allem die Unterbrechung durch Delta, Gloria und die anderen gewesen, die sie davor bewahrt hatte, einen der größten Fehler ihres Lebens zu begehen. Einen, der Jordan den Job gekostet hätte.

Und womöglich auch den Verstand. Ja, diese Situation war auch für sie vollkommen neu, doch es war offensichtlich, wie diese Geschichte enden würde. Das hatte sie schon zu oft in Büchern, Filmen und im realen Leben gesehen.

Regel Nummer eins: Nie das letzte Abenteuer vor der Hochzeit werden.

Regel Nummer zwei: Wenn eine von beiden verlobt ist und bald heiratet, geht das für gewöhnlich nicht gut aus.

Leider änderten diese Regeln nichts an ihren Gefühlen. Zudem hatte Abbys Geständnis, dass sie immer wieder an Jordan denken musste, einen starken Eindruck hinterlassen.

Jordan schloss die Augen und Bedauern und Erleichterung vermischten sich in ihr wie die Luftbläschen eines Whirlpools.

Bedauern, weil sie Abby nicht geküsst hatte. Erleichterung, weil es nicht so weit gekommen war.

Ihr Handy vibrierte. Jordan drehte sich auf die andere Seite und griff danach. Eine Nachricht von Karen.

Wie läuft's in Cannes? Hoffe, du hast den heißen roten Bikini schon ordentlich ausgeführt.

Wenn Karen wüsste.

Es läuft gut. Spannend. Ich hätte gestern Abend beinahe die Braut geküsst.

Ihr Finger schwebte einen Moment über dem *Senden*-Feld. Sollte sie draufdrücken? Bevor sie weiter darüber nachdenken konnte, schickte sie die Nachricht ab.

Die Antwort kam prompt.

Waaaaaaas?! Wie? Warum?

Was hätte Jordan nicht alles dafür gegeben, diese Frage direkt und ehrlich beantworten zu können. Konnte sie aber nicht.

Sie hat mir gesagt, dass sie Gefühle für mich hat. Ist ein einziges Durcheinander. Wir waren allein im Whirlpool. Aber wir haben uns nicht geküsst. Ich muss das heute klären. Drück mir die Daumen.

Dieses Mal dauerte es ein paar Sekunden, bis sie eine Antwort erhielt.

Viel Glück. Denk einfach dran, dass sie nicht die Richtige für dich ist. Geh in eine Bar, vögel mit irgendeiner anderen. Um sie aus dem Kopf zu kriegen. Vögel nur nicht mit ihr.

Jordans Wangen wurden warm bei dem Gedanken, wie gefährlich nah sie dieser Möglichkeit gekommen war. Wie sehr die Grenzen in der Hitze des Augenblicks verschwammen, wenn sie mit Abby allein war. Sie waren buchstäblich nur Millimeter davon entfernt gewesen und noch immer konnte sie Abbys Atem auf ihren Lippen spüren.

Werde ich nicht. Muss los.

Jordan warf ihr Handy auf das Bett und schwang die Beine über die Kante, um die Füße auf den Parkettboden zu setzen. Zum Glück war ihr Zimmer klimatisiert. Die Temperaturen in Cannes und ihr kleines persönliches Problem hätten sie ansonsten sicher bereits durchgeschmort.

Mission Schadensbegrenzung würde in einer halben Stunde beginnen. Sie warf einen Blick hinaus zum Pool. Niemand zu sehen. Ein Frühaufsteher zu sein, hatte auch seine Vorteile.

Rasch schnappte sie sich im Bad ihren roten Bikini und zog ihn über. Eine halbe Stunde Schwimmen würde sie sicher so gut es ging für den Tag wappnen.

~ ~ ~

Als Jordan später in die Küche schlenderte, brannten ihre Muskeln ordentlich. Sie nahm die Obstplatte aus dem Kühlschrank, die George, der Koch, gestern Abend noch vorbereitet hatte. Die große tickende Uhr an der makellosen Küchenwand sagte ihr, dass sie noch eine Stunde Zeit hatte, bevor ihr opulentes Frühstück geliefert wurde. Genug Zeit also, um das Obst auf Zimmertemperatur zu bringen, zu duschen und anschließend den Kaffee aufzusetzen.

Sie reihte zehn weiße Kaffeetassen auf der Anrichte neben der Kaffeemaschine auf, sortierte Besteck und Servietten vor und platzierte feine Porzellanteller daneben. Zufrieden betrachtete Jordan ihr Werk und verließ dann die Küche.

Nur um prompt in Abbys Arme zu laufen. Diese trug knappe Jeansshorts und ein weißes T-Shirt, das nichts der Fantasie überließ. Sie schien keinen BH zu tragen.

Jordan zwang sich, den Blick auf Abbys Gesicht zu richten. So früh am Tag war sie noch ungeschminkt, was Jordan sehr gefiel.

»Hey.« Jordan hatte beim Schwimmen bereits im Kopf geübt, was sie zu Abby sagen wollte. Doch nun, da sie vor ihr stand, herrschte in ihrem Kopf absolute Leere. Abby hatte immer diese Wirkung auf sie.

»Hey.« Doch Jordan hörte kaum, was Abby zu ihr sagte. Sie war viel zu sehr damit beschäftigt, Abbys Blicken zu folgen, die sie von oben bis unten betrachteten.

Jordan hatte gehofft, dass sie es zurück in ihr Zimmer schaffen würde, bevor die anderen aufstanden, um sich umziehen zu können. Diese Partygesellschaft schlief gerne mal ein bisschen länger. Also trug sie immer noch nur ihren roten Bikini. Sie hätte genauso gut auch nackt sein können.

Abby schien es für den Moment die Sprache verschlagen zu haben.

Jordan deutete mit dem Kopf auf die Tür. »Ich wollte mich gerade umziehen. Bevor das Frühstück geliefert wird.«

Ihre Zehen krümmten sich, als die Sekunden verstrichen. Abby straffte die Schultern.

»Ich sollte dann mal …« Vorsichtig schob sich Jordan an Abby vorbei und ging den Flur weiter hinunter, bevor Abby sie aufhalten konnte. Die breite, auf Hochglanz polierte Treppe hinauf. Sie hörte die Schritte hinter sich. Als sie sich umdrehte, war Abby ihr dicht auf den Fersen.

»Geh weiter.« Abby bugsierte Jordan in ihr Zimmer, schloss die Tür hinter ihnen und lehnte sich dagegen. Sie atmete tief durch und wirkte dabei, als wäre sie jetzt lieber ganz woanders. »Ich wollte nur kurz über gestern Abend reden. Wir sind ins Bett gegangen, ohne das klären zu können, und ich wollte nicht, dass es heute komisch zwischen uns wird.«

Jordans Herz hämmerte wie wild in ihrer Brust. Hier vor Abby nur mit einem Bikini bekleidet zu stehen, war kein guter Ausgangspunkt für dieses Gespräch. Sie ging auf die andere Seite des Betts, um etwas mehr Abstand zwischen sie zu bringen. »Es ist gut, dass wir es ausgesprochen haben. Aber wie du schon gesagt hast, wir haben uns einfach hinreißen lassen. Nichts ist passiert. Wir können immer noch wie bisher zusammenarbeiten.«

Abby nickte, als wäre das eine gute Idee und nicht nur leere Worte, mit denen Jordan versuchte, die Risse zu kitten. Als wären sie beide Meister im Verputzen und dieser Plan wasserdicht. Abby rieb sich mit beiden Händen über den Bauch und sog ihre Wangen nach innen. »Dann ist alles in Ordnung zwischen uns? Wir bleiben einfach weiter Freundinnen?«

Jordan nickte mit zusammengebissenen Zähnen. »Natürlich. Freundinnen und Kolleginnen. Ich bin deine bezahlte Brautjungfer.«

Abby schaute sie an, als hätte Jordan ihr gerade einen Schlag in die Magengrube verpasst. Jordan hatte sie nicht verletzen wollen, aber vielleicht war es sogar besser so. Die harten Fakten darzulegen, sodass sie beide auf Distanz blieben.

Irgendwo im Haus schlug eine Tür zu und das Geräusch ließ sie beide zusammenzucken.

»Du solltest gehen.« Jordan verschränkte die Arme vor der Brust. »Bevor deine Mum oder Delta hier reinkommen und Verdacht schöpfen.«

»Die Wahrheit mitbekommen.« Abby sah aus, als würde sie die Worte am liebsten sofort wieder zurücknehmen. »Was für ein Chaos.« Sie schüttelte den Kopf.

Jordan umrundete das Bett. »Abby.« Sie griff nach einer von Abbys Händen. »Noch ist es nicht so schlimm und das muss es auch nicht werden. In ein paar Wochen erinnerst du dich mit einem Lachen daran. Jetzt gerade solltest du mich duschen lassen, damit ich mich um den reibungslosen Tagesablauf kümmern kann. Wir werden frühstücken, dann eine Wein-Tour machen und eine Menge Spaß dabei haben. Ich will dir auf keinen Fall das Wochenende verderben. Du feierst nur einmal Junggesellinnenabschied, also versuch bitte, ihn zu genießen. Dir zuliebe, aber auch für alle anderen, die das hier mit dir teilen.« Jordan drückte ihre Hand. »Kannst du das?«

»Ich werd's versuchen.«

Jordan ließ die Hand sinken. Sie wollte Abby so gerne in die Arme nehmen und mit sich aufs Bett ziehen. Doch weder das stand auf dem Plan noch war in ihrer Tabelle verzeichnet, sich in die Braut zu verlieben. Und Jordan war ihre Planungstabelle heilig.

»Ich gehe jetzt duschen. Du gehst nach unten und setzt Kaffee auf. Um zehn wird unser Frühstück geliefert. Man kann seine Tage deutlich schlechter verbringen, auch wenn es sich gerade nicht so anfühlt.«

~ ~ ~

Sie steuerten gerade die letzte Station der Wein-Tour an und alle waren ein bisschen betrunken. Abby eingeschlossen. Okay, Abby war mehr als nur ein bisschen betrunken. Sie warf Jordan immer wieder traurige, seelenvolle Blicke zu. Jedes Mal rutschte Jordan noch nervöser auf dem Beifahrersitz des Minibus' herum. Sie befürchtete, dass Abby jeden Moment etwas Unangebrachtes sagen würde. Manchmal hasste Jordan Alkohol zutiefst und die Wirkung, die er auf Menschen hatte.

Gloria hatte auf einem der vorderen Sitze Platz genommen. Das Motto-Shirt des Wochenendes – weiß mit den aufgedruckten Worten *Bride Squad* in goldenen Buchstaben – stand ihr ausgezeichnet. Das Radio dudelte die letzten Zeilen von Bruno Mars' *Marry You* und die Gruppe grölte lauthals den Refrain mit. Das Lied war an diesem Wochenende ständig gelaufen und inzwischen konnte Jordan es nicht mehr hören. Doch sie lächelte tapfer, als die professionelle Reiseleiterin, die sie war.

»Wie viele Wein-Stationen haben wir noch vor uns, Jordan?«, fragte Gloria.

»Noch eine, bevor wir zur Villa zurückfahren und unser letztes Abendessen auf der Terrasse unter den Sternen genießen dürfen.«

»Klingt echt romantisch«, lallte Abby. Sie fuhr herum und starrte Jordan direkt in die Augen. »Ich will neben meiner besten ältesten Freundin Jordan sitzen.«

Jeder Muskel in Jordans Körper spannte sich an. Die Szene im Whirlpool kam ihr wieder in den Sinn. Sie hatten sich beinahe geküsst und jetzt tönte Abby so herum? Schöpfte vielleicht jemand Verdacht? Jordan ließ den Blick über die anderen schweifen. Es sah nicht so aus.

»Du hast alles so toll organisiert.« Gloria schenkte Jordan ein strahlendes Lächeln.

Jordans Wangen wurden heiß. Wenn die nur wüsste …

»Das Frühstück heute Morgen war großartig. Und diese Wein-Tour mit eigenem Bus und Guide herausragend. Das Mittagessen war auch unglaublich.«

Das stimmte, es hatte selbst Jordans Erwartungen übertroffen. Auf dem dritten Weingut hatten sie mit Ausblick auf die Weinberge ein köstliches mediterranes Mittagessen genossen. Auch der Wein war exzellent gewesen. Jordan hatte sich so weit wie möglich von Abby entfernt platziert und die Gelegenheit genutzt, um deren ehemaligen Kommilitoninnen besser kennenzulernen. Es war beinahe entspannt gewesen, bis auf die zweimal, die sie Abbys Blicke aufgefangen hatte. Beide Male war ihr Herz ins Stocken geraten und die Welt um sie herum schien zu verblassen.

Das überraschte sie im Grunde nicht besonders. Sie hatten die Tür zu etwas aufgestoßen. Und so sehr es Jordan auch missfiel, dieses *Etwas* war nicht verschwunden. Es war noch in vollem Gange und sie hatte keine Ahnung, wie sie es aufhalten sollte. Nicht in der einen Woche, die sie noch bis zur Hochzeit Zeit hatte. Eine Woche, in der sie jeden Tag mit Abby und Marcus arbeiten musste.

Dennoch versuchte sie, nicht weiter darüber nachzudenken, sonst würde sie am Ende noch ein Magengeschwür bekommen. Sie hatte schon einmal eins gehabt, als ihre Eltern sich hatten scheiden lassen. Auf eine Wiederholung war sie nicht sonderlich scharf.

»Du bist so gut, du solltest das beruflich machen«, fügte Delta hinzu und zwinkerte Jordan zu. Ihre Kommentare konnte sie sich wohl nie verkneifen.

Trotzdem war Delta gerade Jordans kleinstes Problem und es gab immer jemanden, dem ihre Anwesenheit nicht passte. Wenn sie nicht aufpasste, würde sich die ganze Gruppe gegen sie wenden.

Der Radiomoderator sagte etwas auf Französisch und dann ertönten die ersten Takte des nächsten Lieds.

Jordan erstarrte. *Drops of Jupiter*. Sie hatte Abby erzählt, wie sehr sie diesen Song mochte. Hoffentlich hatte sie das schon wieder vergessen. Mit etwas Glück …

»Jordan!«, rief Abby viel zu hoch.

Zu spät.

»Dieses Lied erinnert Jordan an ihre erste große Liebe. Hat sie mir neulich erzählt, nicht wahr? Sie war mal verliebt. So wie ich und Marcus!« Ihr Tonfall glich eher einem Singsang.

Jordan schloss die Augen, um die Welt für einen Moment auszusperren, doch das funktionierte nicht.

Abby versuchte, mitzusingen, kannte aber offenbar den Text nicht richtig. Sie wollte gerade lauthals in den Refrain einstimmen, als der Bus vor dem letzten Weingut hielt.

Jordan beugte sich vor und schaltete das Radio aus, bevor sie Abby einen strengen Blick zuwarf. Nicht, dass diese viel davon mitbekam.

Die Gruppe kletterte gut gelaunt aus dem Bus. Taran lehnte sich breit grinsend von außen gegen den Bus, das Handy am Ohr. Sicher war Ryan am Telefon. Nikita, Frankie, Delta und Erin ließen mit Abby einen Abend ihrer Studentenzeit wieder aufleben, an dem sie zu viel Rotwein getrunken und irgendjemandem ein Glas übergekippt hatte.

»Rotwein?«, fragte Arielle und verzog das Gesicht. »Ich hoffe, die Person hatte kein weißes Shirt an.«

»Doch, hatte sie«, sagte Nikita grinsend.

Abby strahlte, während sie gemeinsam zu der aufgebauten Verkostungstheke gingen, an der zu beiden Seiten je fünf Hocker aufgestellt worden waren, auf denen sie nun Platz nahmen. »Das war noch nicht mal das Schlimmste. Es tat mir so leid, dass ich das Top dieser Frau ruiniert habe und ich hatte irgendwo gelesen, dass Weißwein ein großartiges Mittel ist, um Rotweinflecken zu entfernen. Also bin ich sturzbetrunken mit ihr auf die Toilette gegangen und habe ihr ein Glas Weißwein übergeschüttet.«

Gloria versteckte das Gesicht hinter ihren Händen. »Hat sie dich angeschrien?«

Abby runzelte die Stirn. »Ich weiß nicht mehr so richtig, was sie gesagt hat, aber vielleicht habe ich dabei auch geschrien.«

»Okay, es gibt ein paar Dinge, die Mütter wirklich nicht wissen müssen.«

»Dann sollten wir definitiv nicht über Abbys Uni-Eroberungen sprechen«, stichelte Delta schon wieder.

Das ließ Jordan aufhorchen.

Abby warf Delta einen finsteren Blick zu, schüttelte dann aber den Kopf. »Nein, sollten wir nicht. Das ist mein Junggesellinnenabschied und ich denke, dass wir mehr Wein brauchen.« Sie hob eine Hand. »Wer ist für mehr Wein?«

Zustimmender Jubel ertönte aus der ganzen Gruppe, als der Barkeeper zehn auf Hochglanz polierte Gläser aufstellte und ihnen großzügig eingoss. Jordan beugte sich vor und legte ihre Hand mit einem Kopfschütteln über das zehnte Glas.

»Letztes Weingut, Jordan. Jetzt kannst du doch was mittrinken.« Das war Abby, die Jordan einen herausfordernden Seitenblick zuwarf.

Aber Jordan würde nicht nachgeben. Es war erst vier Uhr nachmittags und der Tag damit noch jung. »Ich setze diese Runde aus.«

»Wer ist die Braut?« Abby lächelte sie wissend an. »In der Grundschule warst du noch keine Miss Perfect.« Sie tippte gegen den Stil von Jordans Glas. Der Barkeeper hatte die Flasche noch immer im Anschlag. »Nur einen Schluck. Für mich.«

Jordans ohnehin schon strapazierte Nerven meldeten sich, doch ihr blieb kaum eine andere Wahl. »Okay. Ein Schluck. Für dich.«

Der Barkeeper goss ihr ein wenig Wein ins Glas, bevor er es Jordan zuschob.

Abby wandte sich auf ihrem Hocker um und fasste gerade noch rechtzeitig mit der rechten Hand an die Sitzfläche, um nicht runterzurutschen. »Hoppla!«, meinte sie. »Wackelig hier.«

Jordan fasste sie am Arm, um sie zu stützen. »Alles klar?«

Abby schaute ihr in die Augen und nickte, während sie nach ihrem Glas griff. Jordan seufzte. Je schneller sie wieder zur Villa zurückkehrten, desto besser.

»Hört mal her!« Abby schwenkte ihr Glas durch die Luft.

Jordan verzog das Gesicht und trat einen Schritt von ihr zurück.

»Ich wollte mich bei euch bedanken, dass ihr zu meinem letzten Wochenende als freie Frau gekommen seid.« Sie zupfte an ihrem Oberteil. »Und ich liebe meine T-Shirts. Cheers!«

Begeisterte Jubelrufe folgten und sie prosteten einander zu.

Als sie bei Jordan ankam, zögerte Abby kurz und stieß dann mit ihr an. Dann setzte sie zum Trinken an, verfehlte aber ihren Mund und kippte sich den Großteil des Rotweins über ihr weißes Shirt, auf dem nur *Bride* stand.

Erschrocken sprang sie auf, doch die plötzliche Bewegung ließ noch mehr Wein aus dem Glas schwappen, der ihr über die Unterarme lief und auf den Oberkörper spritzte. Sie sah aus, als würde sie jeden Moment in Tränen ausbrechen.

Jordan nahm ihr das Glas aus der Hand und der Barkeeper reichte ihnen Servietten, um das Gröbste abzuwischen.

»Soll ich noch Weißwein nachkippen, Abs?«, rief Delta von ihrem Platz aus.

Abby warf ihr einen wütenden Blick zu, doch dann huschte ein Lächeln über ihr Gesicht. »Auf gar keinen Fall.« Dann sackten ihre Schultern nach unten. »Seht euch nur mein Braut-Shirt an.«

Jordan tupfte ihr mit einer Serviette über die Arme und das Oberteil. Als sie eine ihrer Brüste berührte, sah Abby auf und Jordan holte tief Luft.

»Sollen wir eben auf die Toilette gehen?«

»Wäre wohl besser.«

»Möchtest du dich bei mir unterhaken?«, bot Jordan an.

»So betrunken bin ich nicht«, entgegnete Abby mit einem Stirnrunzeln.

Jordan musste sehr an sich halten, um ihr nicht zu widersprechen.

Gloria sprang von ihrem Hocker. »Soll ich euch helfen?«

»Bleib ruhig und genieß deinen Wein. Wir sind gleich wieder da«, entgegnete Jordan kopfschüttelnd.

Die Toilettenräume waren großzügig und luxuriös mit weichen Händehandtüchern, brennenden Kerzen und großen Spiegeln ausgestattet, in denen sie das Unglück begutachten konnten.

Abby betrachtete ihr Spiegelbild und verzog das Gesicht. »Wenigstens ist es nur mein Motto-Shirt.«

Jordan zog sich einen Stuhl heran, ließ Abby darauf Platz nehmen und befeuchtete die Ecke eines Handtuchs. »Genau. Jetzt betreiben wir erst mal Schadensbegrenzung. Du bekommst die Flecken leichter wieder raus, wenn wir jetzt schon mal das Gröbste entfernen.«

Sie beugte sich über Abby und tupfte über ihr Oberteil, während sie gleichzeitig versuchte, sie nicht anzufassen, was sich als Ding der Unmöglichkeit erwies. Abby dagegen strich über Jordans Haare.

»So blond, so wunderschön.« Sie wickelte sich eine von Jordans Haarsträhnen um die Finger. »So eine schöne Frau, die genau zum falschen Zeitpunkt in mein Leben treten musste.«

Jordan erstarrte. Was sollte sie jetzt machen? Das war vollkommen unbekanntes Terrain für sie.

»Abby.« Sie hoffte, dass ihr warnender Tonfall Abby aufhalten würde. »Das ist kein guter Zeitpunkt. Ich versuche, dich wieder herzurichten.«

Abby grinste sie durchtrieben an. »Klappt nicht, solange du mich nicht anfasst, oder?« Sie griff nach Jordans Hand und drückte sich das Handtuch auf eine Brustseite. »So macht man das sauber, Jordan.« Sie erhöhte den Druck. »Ich brauche eine starke Hand.«

Jordan biss die Zähne zusammen und kämpfte gegen das Verlangen an, das direkt in ihre Körpermitte wanderte. Sie musste hier ihren Job machen. Insbesondere jetzt, da Abby wieder nach ihrem Gesicht tastete und mit einem Finger gegen Jordans Nase tippte.

»So perfekt, wie ein Model.« Erneut hatte ihre Stimme einen Singsang-Klang angenommen. »Aber nicht für mich, weil verboten.« Sie schmollte.

Jordan schnappte sich Abbys Hände und drückte sie seitlich nach unten, bevor sie sich auf Augenhöhe mit ihr begab. »Hör mir zu. Ich werde dir jetzt wirklich nur helfen, dieses T-Shirt wieder sauber zu machen. Du musst aufhören, mich anzufassen, damit ich das erledigen kann, okay? Die anderen sind nicht weit weg und ich muss meine Arbeit erledigen.«

Abby nickte und ein Lächeln breitete sich auf ihrem Gesicht aus, als sie beide Hände demonstrativ in die Luft hob. »Kein Anfassen mehr, versprochen. Nicht erlaubt. Obwohl du so hübsch bist. Und deine Haare …« Wieder streckte sie eine Hand danach aus.

»Abby!« Jordan wurde deutlich lauter.

Abby setzte sich aufrecht hin, ließ die Hand sinken und salutierte knapp mit der anderen. »*Yes, Sir!*«

Jordan schüttelte den Kopf und musste sich aber ein Lächeln verkneifen. Sie befeuchtete das Handtuch erneut und zögerte dieses Mal nicht. Sie rieb Abby trocken, so gut sie konnte, während Abby sie ansah, als hätte sie ihr den Mond vom Himmel geholt. Zu einem anderen Zeitpunkt, an einem anderen Ort wäre Jordan vielleicht darauf eingegangen. Aber nicht hier; nicht in diesem Toilettenraum.

»So streng«, sagte Abby.

Jordan ignorierte sie und ließ den Blick über ihren Oberkörper schweifen. Nein, sie würde sich dabei nicht auf ihre Brüste konzentrieren.

Doch Abby hatte offensichtlich andere Pläne, denn sie legte Jordan eine Hand an die linke Wange. »Ich frage mich, ob du im Bett auch so streng bist? Aber ich werde es wohl nie erfahren, weil ich dann ein schlechter Mensch wäre.« Sie blickte Jordan direkt in die Augen.

Dieses Mal ließ Jordan es zu.

»Ich bin kein schlechter Mensch, Jordan.«

»Ich weiß.«

»Ich will dich nur küssen. Ist das so schlimm?« Abby neigte den Kopf zur Seite und der Ausdruck in ihren Augen war so traurig, ihr Mund so einladend.

Verlangen rauschte durch Jordans Körper. Sie trat einen Schritt zurück und reichte Abby eine Hand, die sie annahm und auf ihre miteinander verbundenen Finger schaute. Doch Jordan würde ihr keine Zeit geben, darüber nachzudenken, denn schon zog sie Abby auf die Beine.

»Komm, gehen wir zurück, bevor die anderen einen Suchtrupp losschicken.«

Kapitel 20

Abby erwachte abrupt und kniff die Augen fest zusammen. Gott, ihr Kopf schmerzte fürchterlich. Sie presste sich einen Handballen gegen die Stirn, in der schwachen Hoffnung, dass es helfen würde.

Tat es nicht. Abby seufzte laut auf und tastete nach ihrem Handy, das sie neben sich aufs Bett gelegt hatte. 2:30 Uhr morgens. Sie hatte gestern eindeutig zu viel getrunken. Tagsüber Alkohol zu trinken war nie eine gute Idee. Man konnte es als Wein-Tour, als kulturelle Aktivität tarnen, aber es blieb, was es war: eine Ausrede für ein ausgiebiges Trinkgelage. Nicht, dass sie sich währenddessen beschwert hatte. Erst jetzt, Stunden später, als sie mit brennendem Durst aufwachte, hinterfragte sie ihre Entscheidungen.

Sie rollte sich vom Bett, kam schwankend auf die Beine und griff dann nach einem T-Shirt und ihren Jeans-Shorts. Ihr weinbeflecktes Shirt hing über einer Stuhllehne.

O Gott. Weinflecken. Der Toilettenraum mit Jordan. Abby erinnerte sich noch schemenhaft daran, aber sie wusste beim besten Willen nicht mehr, was sie gesagt hatte. Sie war ziemlich aufdringlich geworden und hatte Jordans Gesicht und Haare angefasst.

Scheiße.

Abby schloss die Augen, als Übelkeit in ihr aufstieg. Ein oder zwei Gläser Wasser würden ihr helfen.

Rasch schlüpfte sie in ihre Flipflops und schlurfte möglichst leise in die Küche, ohne das Licht anzumachen. Ob sie damit Erfolg haben würde, während sie sich die Wand entlangtastete, war allerdings fraglich. In der Küche schaltete sie das Licht über dem Esstisch ein und entschied, dass das ausreichte, um ihr den Weg durch den Raum zu leuchten. Sie wollte es nicht zu hell haben und nur ein Glas Wasser holen.

Die Überreste der gestrigen Küchenschlacht waren überall deutlich zu sehen: Gläser, leere Weinflaschen, Schälchen mit Chips und Nüssen standen überall auf den Arbeitsflächen herum. Abbys Magen knurrte. Ein Gastkoch hatte ihnen ein großartiges Abendessen gezaubert, aber sie war immer noch hungrig. Abby öffnete den Kühlschrank und erspähte tatsächlich übrig gebliebene Schickimicki-Kartoffeln – nannte man die nicht Hasselback? Oder war das der Kerl aus Baywatch? Nein, das war Hasselhoff. Nannte man die Dinger Hasselhoff-Kartoffeln?

Sie schüttelte den Kopf und musste über sich selbst grinsen. Schnell verschwand die erste Kartoffel in ihrem Mund und Abby öffnete kauend auf der Suche nach einem Glas einige Schränke. Beim dritten Versuch wurde sie schließlich fündig. Prinzessin Abby kannte sich hier nicht aus. Sie war das ganze Wochenende über bedient worden, von ihren Freundinnen und deren Anführerin, Captain Jordan.

Dieser Gedanke beschwor ein Bild von Jordan in Matrosenuniform mit eng geschnalltem Gürtel und gestärktem, weißen Stoff vor ihrem inneren Auge herauf. Abby schluckte. Es wäre besser, sich auf das Glas Wasser zu konzentrieren. Wenn sie nicht so auf Jordan stehen würde, hätte sie sich wahrscheinlich nicht so betrunken. Andererseits war sie die angehende Braut, dafür war dieses Wochenende doch gedacht, oder? Sie befolgte nur das Protokoll. Genau, wie sie es tun würde, wenn Jordan in Uniform vor ihr stehen und ihr Befehle erteilen würde.

Als sie aufsah, machte ihr Herz einen Satz und ihr Atem stockte. Jordan stand im Türrahmen der Küche, wenn auch zum Glück nicht in Matrosenuniform. Das wäre dann doch zu viel für Abby gewesen. Stattdessen trug sie ein orangefarbenes Spaghetti-Top und dunkelblaue Shorts und sah ziemlich verschlafen aus.

»Warum bist du wach?« Abby warf einen Blick auf die Uhr. »Es ist mitten in der Nacht.« Das wiederum änderte nichts an der Tatsache, dass sie im Halbdunkel sogar noch attraktiver aussah. Als Abby zu ihr ging, erkannte sie einen Kissenabdruck auf Jordans Wange. Ihre Haut war vom Schlaf wahrscheinlich noch ganz warm.

»Ist mir klar.« Jordan ging direkt zum richtigen Schrank. »Wasser«, sagte sie und füllte sich ein Glas mit Leitungswasser. Sie trank ein paar Schlucke, bevor sie auf die andere Seite der großen, weißen Kücheninsel ging.

Genug Sicherheitsabstand.

»Wie geht's deinem Kopf?« Jordan musterte Abby aus zusammengekniffenen Augen.

»War schon mal besser. Zum Glück habe ich viel Wasser getrunken, nachdem wir wieder hier waren, sonst wäre es wahrscheinlich deutlich schlimmer.«

»Wie bei Delta und Nikita?« Jordan holte sich einen Lappen und wischte etwas von der Arbeitsoberfläche weg.

Abby lächelte. »Ja, so in etwa.« Sie zögerte kurz. »Sind sie in ihre eigenen Zimmer gegangen?« Zu Unizeiten hatten sie öfter mal was miteinander gehabt, auch wenn sie – soweit Abby wusste – seit Jahren nicht mehr miteinander im Bett gewesen waren.

»Würde mich überraschen.«

Das ließ Abbys Lächeln noch breiter werden. Wenigstens hatten die beiden ihren Spaß an diesem Wochenende. »Dafür bin ich mit dem Gedanken aufgewacht, wie sehr ich mich vor dir auf der Damentoilette dieses Weinguts blamiert habe. Nachdem ich den Wein verschüttet hab.« In ihrem Magen breitete sich ein flaues Gefühl aus, als ihr Blick auf Jordans traf. Abby rührte sich nicht von der Stelle, als ihr Sichtfeld verschwamm. Sie hört nur noch das Ticken der Küchenuhr und das Pochen ihres Herzens.

Jordan schüttelte den Kopf, wobei ihre blonden Haare über ihr Schlüsselbein strichen. Wie würde es sich anfühlen, wenn man daran entlangleckte und …

Stopp.

»Du hast dich nicht blamiert. Du warst nur ein bisschen angetrunken.« Jordan schwieg einen Moment. »Und ein bisschen süß dabei, wenn ich ehrlich bin.« Sie verzog das Gesicht. »Was ich gerade echt nicht sein sollte.«

Abby leckte sich über die Lippen. Jordan fand sie süß. Sexy süß oder nervig süß? »Wir sind beide zu ehrlich, das ist unser Problem. Die meisten Briten hätten so eine Situation von Anfang an einfach vermieden, oder?«

»Zweifellos. Liegt in unserer Natur, oder? Ich frage mich, was die Franzosen wohl tun würden?«

Abby klopfte auf die Oberfläche der Kücheninsel. »Hier Sex haben und danach eine Kippe rauchen?«

Jordans Lachen durchschlug Abbys Schutzschilde wie eine abgefeuerte Kugel. »Da hast du wahrscheinlich recht. Die ganze Nation ist ein bisschen mehr *carpe diem*. Wir kehren die Dinge lieber unter den Teppich und hoffen, dass sie von allein wieder verschwinden.«

Das klang nur allzu vertraut. »Das Problem ist nur, dass ich genau das den Großteil meines Lebens über getan habe.« In dem Moment, als die Worte Abbys Mund verließen, erkannte sie, wie viel Wahrheit in ihnen steckte.

Rasch trank sie noch ein paar Schlucke Wasser. Ihr Kopf fühlte sich immer noch an, als sei er mit Watte gefüllt.

»Ich werde dich vermissen, wenn wir wieder zu Hause sind.«

»Wirst du nicht. Ich arbeite immer noch bis zur Hochzeit für dich.«

»Ich weiß. Aber es ist nicht das Gleiche wie morgens mit dir schwimmen zu gehen. Abends was mit dir zu trinken. Oder die Gespräche im Whirlpool.«

Jordan zog eine Augenbraue nach oben. »Nicht zu vergessen die mitternächtlichen Wasser-Sessions.« Sie schaute Abby nachdenklich an. »Ist wohl besser so.«

Abby *sollte* ihr zustimmen, aber sie tat es nicht.

Jordan füllte ihr Glas erneut und ging dann zu Abby. Sie blieb neben ihr stehen. »Kommst du?«

Abby sah auf und als sich ihre Blicke trafen, breitete sich heiße Erregung in ihr aus. Im gedämpften Licht waren Jordans Augen nicht länger eine Einladung, sich ins Meer zu stürzen. Aber ihr Ausdruck war immer noch so unglaublich lebendig und er lockte Abby. Ebenso wie Jordans Körper. Sie konnte seine Wärme spüren und die Funken, die zwischen ihnen flogen.

Einem spontanen Impuls folgend, streckte Abby langsam eine Hand aus. Sie konnte nicht anders. Sie musste es wissen. Musste wissen, wie Jordan schmeckte. Wie sie sich in ihren Armen anfühlte. Sie umfasste Jordans Taille und zog sie dicht zu sich heran.

Carpe diem.

Jordan war die Überraschung deutlich anzusehen, doch sie sagte nichts.

Abby schaute ihr tief in die Augen, senkte den Blick dann jedoch auf Jordans Mund. Und dann, bevor sie es sich selbst noch ausreden konnte, lehnte sie sich nach vorne und drückte ihre Lippen auf Jordans.

Sie hatte das Gefühl, als würde ein Blitz in ihren Körper einschlagen. Abby bebte am ganzen Körper, als sie dem Gefühl von Jordans Mund nachspürte.

Davon hatte sie geträumt. Aber die Realität war um Längen besser.

Jordan packte sie an der Hüfte und zog sie näher zu sich. Ihre Brüste wurden gegeneinander gepresst.

Abby stöhnte, als das Verlangen ihre Körpermitte erreichte und als Jordans Zunge sich schließlich in ihren Mund vorwagte, verlor sie beinahe den Verstand.

Was hatte sie damit eigentlich bezwecken wollen? Sie hatte sich eingebildet, einfach nur beenden zu wollen, was sie im Whirlpool angefangen hatten. Ein Kuss. Nur einer. Nur, um zu wissen, wie es sich anfühlte, damit sie es abhaken konnte.

Aber jetzt erkannte sie, dass sie sich selbst belogen hatte. Denn nun war aus dem Glimmen und Glühen in ihrem Inneren ein hell loderndes Feuer geworden.

Abbys Herz machte einen Satz und Gier überfiel sie vollkommen unerwartet. Dieser Kuss war pures Dynamit. Pure Lust. Die Zunge in Jordans Mund zu schieben war *unglaublich.*

Abbys Finger tasteten nach Jordans Brüsten, neckten ihre Nippel durch den dünnen Baumwollstoff. Sie atmete Jordans warmen Schlafgeruch ein. Das hier sollte nie aufhören.

Der Kuss hätte genauso gut zwei Minuten wie auch einen Tag lang andauern können. Abby hatte jedes Zeit- und Raumgefühl verloren, seit sich ihre Lippen berührten. Die animalische Lust wich jedoch bald einem langsamen, zärtlichen Kuss. Abby war vollkommen durch den Wind. Die Geräusche ihrer Lippen aufeinander, ihr Herzschlag, die bewusste Intensität dieser Verbindung. Das war beinahe zu viel für sie.

Jordan musste das gemerkt haben, denn sie löste sich von ihr.

So standen sie sich eine gefühlte Ewigkeit außer Atem und mit geöffneten Lippen einander gegenüber. Bis Jordan blinzelte und ein wenig zurückwich. Damit war der Bann gebrochen. Sie waren wieder in diesem Raum. Neben der Kücheninsel. Bei den Chipsschüsseln und ihren verwaisten Wassergläsern.

Abby senkte den Blick, als sie sich vollständig voneinander lösten. Ihre Füße waren auf einmal schrecklich interessant. Sie schluckte, ihr Herz hämmerte immer noch gegen ihren Brustkorb und die Schmetterlinge in ihrem Bauch flatterten weiter ziellos umher. Als sie schließlich doch wieder aufschaute, sah sie, dass Jordans Gesicht gerötet war und der Kissenabdruck deutlicher hervortrat.

Was dachte sie gerade? Einerseits wollte Abby es wissen, andererseits auch wieder nicht. Also schaute sie ihr nur einen Moment lang in die Augen, bevor es ihr zu viel wurde. Sie wusste, dass sie sich ihr wieder nähern würde, wenn sie einen Blick zu Jordan riskierte. Wenn sie zu ihr ging … Ja, nein, das durfte nicht noch einmal passieren.

Schluss jetzt. Sie konnte es abhaken. Zumindest konnte sie sich das einreden.

»Ich weiß nicht, was ich sagen soll.« Sie drehte einen ihrer Füße mitsamt Flipflop auf dem Boden hin und her.

Jordan war barfuß. Ihre Füße waren wirklich hübsch, so wie der Rest von ihr.

»Wir sollten ins Bett gehen.« Jordan biss sich auf die Unterlippe. »Ich glaube nicht, dass ein Gespräch jetzt noch viel bringt. Du?«

Abby schüttelte den Kopf. Reden hatten sie bereits hinter sich gelassen. Jetzt waren sie auf einer ganz neuen Ebene angekommen.

Jordan wandte sich zum Gehen, doch Abby legte ihr rasch eine Hand auf den Arm. Wieder kribbelte ihr ganzer Körper, als sie die Haut unter ihrer Berührung spürte.

»Es tut mir leid. Das war absolut mein Fehler. Wir klären das, wenn wir wieder zu Hause sind.«

Der Blick, den Jordan ihr zuwarf, war so heiß, dass er ein Brandzeichen auf ihrer Haut hätte hinterlassen können. Dann verließ sie endgültig den Raum.

Abby musste sich an der Kücheninsel festhalten. Das war der Scheideweg. Entweder ein Neuanfang oder eine Vollbremsung. Plötzlich erfüllte ein Rauschen ihr Gehirn. Sie stieß sich in Richtung Tür ab und löschte das Licht.

War das gerade wirklich passiert?

Sie stieg die Treppe hinauf und warf Jordans Zimmertür im Vorbeigehen einen Blick zu. Dann berührte sie ihre noch warmen Lippen. Ja, das war passiert.

Kapitel 21

Während des Frühstücks herrschte eine unangenehme Stimmung. Jordan konzentrierte sich darauf, dass alle zu Essen und Trinken hatten, sie sprach mit den Hausangestellten und gab ihnen Trinkgeld oder lauschte betont aufmerksam Glorias Geschichten. Zum Glück hatte niemand bemerkt, was zwischen Abby und ihr passiert war. Erstens, weil ohnehin niemand einen Verdacht hegte. Und zweitens, weil Delta und Nikita die Nacht miteinander verbracht hatten, was nun das Hauptthema war. Delta war Jordans neue beste Freundin.

Mit Abby war sie freundschaftlich, aber professionell umgegangen. Auch wenn ihre Nerven und Gefühle dabei vollkommen verrücktspielten.

Jordan wusste, was sie wollte. Aber sie war sich auch bewusst, dass das etwas Unerreichbares war.

Jetzt waren sie wieder auf dem Heimweg. Als Jordan die kurze Treppe nach oben ins Flugzeug stieg, das sie zurück nach London bringen würde, rauschten ihr immer wieder Eindrücke des Wochenendes durch den Kopf. Doch jedes Mal, wenn sie die Fragmente sortieren und zusammensetzen wollte, führte es zu nichts.

In ihrem Kopf passten sie perfekt zusammen, aber auch nur dort.

Sie hatte Abby noch ein Stück besser kennengelernt und hatte ihre Wünsche und Träume mit ihr geteilt. Und dann hatte sie die Braut geküsst. Das war keine Sonderleistung, mit der sie auf ihrer Website werben sollte.

Jordan umfasste den Handlauf fester und folgte Glorias straffem Hintern weiter nach oben. Wie die Mutter, so die Tochter.

Nicht hilfreich.

»Guten Nachmittag, Ladys!«, begrüßte Captain Michelle sie mit einem breiten Lächeln. »Ich hoffe, dass Sie eine tolle Zeit in Cannes hatten und hier einen denkwürdigen Junggesellinnenabschied verbracht haben?« Diese Frage war an Abby gerichtet, die vor ihrer Mutter als Erstes die Stufen erklommen hatte.

Abby nickte. »Es war großartig«, sagte sie und warf einen Blick über die Schulter. »Mum, Delta, Jordan, alle.« Ihr Blick blieb an Jordan hängen und sie errötete. »An dieses Wochenende werde ich mich noch lange erinnern.« Damit ging sie in das Innere des Flugzeugs.

Jordan konnte dieser Zusammenfassung nicht widersprechen. Jetzt mussten sie nur noch die Heimreise hinter sich bringen, damit sie endlich wieder ein bisschen Abstand voneinander bekamen und herausfinden konnten, wie sie mit der Situation umgehen sollten. Eine Anleitung gab es dafür nicht. Die würden sie selbst schreiben müssen.

Jordan nickte Michelle im Vorbeigehen zu und musterte ihre gestärkte Uniform und auf Hochglanz polierten Schuhe. War sie beim Militär gewesen, bevor sie in die zivile Luftfahrt gewechselt war? Oder bekam man ein ähnliches Verhalten auch auf der Pilotenschule beigebracht?

Diese Gedanken halfen ihr dabei, sich auf etwas anderes zu konzentrieren als die Überforderung, die sie an diesem Wochenende konstant empfunden hatte. Doch diese verpufften, sobald Jordan das Flugzeug betrat, in dem Abbys blumiges Parfum in der Luft hing.

Sie blieb im vorderen Teil des Flugzeugs stehen, unsicher, welche Seite sie wählen sollte.

»Du kannst gerne zu deiner Mum wechseln, wenn du möchtest.« Jordan lächelte Gloria an und schaute dann den Gang hinunter zu der Sitzreihe, wo Delta es sich neben Nikita bequem gemacht hatte. Sie wirkten sehr wie das Paar, das sie angeblich nicht waren. »Sieht aus, als hätte ihre Sitznachbarin sie im Stich gelassen.«

Gloria lächelte und klopfte sich ihr Reisekissen zurecht. »Ich würde nicht neben mir sitzen wollen.« Sie deutete auf das Kissen. »Ich habe meinen treuen Freund hier und werde nachher die Armlehne hochklappen, um mich für den Flug hinzulegen.« Sie tippte Jordan gegen den Arm. »Setz dich ruhig zu Abby. Du weißt, wie sie beim Start ist. Du kannst ihre Hand halten.« Sie zwinkerte Jordan zu und richtete sich dann auf den Plätzen häuslich ein.

Nun war Jordans ganze Professionalität gefragt. Sie warf Abby einen Seitenblick zu, die damit beschäftigt schien, ihr Handgepäck in den Fächern über ihren Sitzen zu verstauen und Jordan dabei geflissentlich zu ignorieren.

Vielleicht klappte es ja so. Wenn sie sich darauf einigen konnten, sich über die Dauer des Flugs zu ignorieren, würden sie ihn problemlos hinter sich bringen.

»Möchtest du ans Fester oder den Gang?« Jedes Wort an Abby kam ihr angestrengt vor. Als würden sie unterschiedliche Sprachen sprechen. Als gäbe es keine Gemeinsamkeiten.

Abby verharrte kurz in der Bewegung. »Ich nehme den Gang.« Sie setzte sich und schaute stur geradeaus.

Jordan verstaute ihr Handgepäck und ließ sich neben ihr nieder, bevor sie auf ihrem Handy herumtippte. Karens Nachrichten, in denen sie fragte, wie es mit der *heißen Braut* lief, wischte sie dabei weg, ohne sie zu öffnen. Am liebsten hätte Jordan mit einem schreienden Emoji geantwortet, aber das hätte sie Karen dann genauer erklären müssen. Es war einfacher zu warten, bis sie zu Hause war, um ihrer besten Freundin die ganze Misere erklären zu können.

Dann konnte sie ihr sagen, dass sie das Falsche getan hatte. Dass sie nicht wusste, wie sie es wieder richten sollte und dass sie nicht einmal wusste, ob sie es überhaupt richten wollte.

Jordan schaltete ihr Handy in den Flugmodus und schob es dann in die Halterung an der Wand vor sich. Sie streckte die Beine aus und wackelte mit den Zehen, während das ohrenbetäubende Schweigen zwischen Abby und ihr weiter andauerte. Nach all den Gesprächen, die sie bereits miteinander geführt hatten. Sie hatten so viel gelacht.

Und dann ein Kuss.

Der nichts davon zurückließ.

Gefühle wallten in Jordan auf, was sie überraschte. Sie vermisste schon jetzt, was sie davor verbunden hatte und was an diesem Wochenende zwischen ihnen gewachsen war, egal wie kurz es angedauert hatte. Denn es hatte sich echt angefühlt. Ein Vertrauensverhältnis, ein Knistern. Eine Verbindung. Nach dem Kuss war sie nur noch stärker geworden. Aber das durfte sie nicht.

Jordans Herz lag in Scherben. Es gab keine Medizin, keine Wunderkur, mit der sie sich besser fühlen würde. Das war das Problem am Liebeskummer, egal wie groß oder klein. Man konnte sich den Gefühlen nicht entziehen. Es gab kein Heilmittel.

Neben der Person zu sitzen, die einem das Herz gebrochen hatte, war auch definitiv nicht hilfreich. Aber Jordan hatte keine andere Wahl.

Michelle kündigte über die Lautsprecher an, dass sie bereit zum Abflug waren und die Maschine rollte in Richtung Startbahn.

Erneut schaute Jordan zu Abby. Sie war leichenblass und ihr Blick immer noch starr nach vorne gerichtet. Ihre Finger umklammerten die Armlehnen so fest, dass ihre Knöchel weiß hervortraten. Auf dem Hinflug hatte Jordan zu diesem Zeitpunkt Abbys Hand in ihre genommen. Aber jetzt gab es diese unsichtbare Mauer zwischen ihnen, die sie daran hinderte.

Doch das hier war auch immer noch Arbeit für Jordan. Sie wurde immer noch bezahlt, um Abbys Wochenende so angenehm wie möglich zu gestalten. Eine Grenze hatte sie dabei bereits überschritten. Vielleicht sollte sie jetzt auch die unsichtbare Mauer überwinden, um den Flug ein bisschen erträglicher für Abby zu machen. Sie redeten vielleicht nicht miteinander, aber sie konnten trotzdem kommunizieren.

Jordan atmete tief durch und umfasste Abbys Finger mit einer Hand.

Abby zuckte zusammen und zog ihre Hand weg. Jordan ließ sie gewähren. Sie würde sich ihr nicht aufdrängen, wenn Abby nicht wollte.

Doch nur Sekunden später suchte Abby ihren Blick. Verlangen und Verzweiflung breiteten sich in Jordan aus. Sie schenkte Abby ein trauriges Lächeln.

Abby erwiderte es und schloss dann die Finger um Jordans, um sie fest zu drücken. So verharrte sie, bis das Flugzeug in der Luft war, und klammerte sich fest an Jordan, bis diese das Gefühl hatte, dass ihre Finger bald absterben würden. Dennoch sagte sie kein Wort. Nach dem Start lockerte Abby ihren Griff ein wenig, ließ ihre Hand aber, wo sie war.

Der Rückflug verlief deutlich stiller, weil die Gruppe nach dem ereignisreichen Wochenende müde war. Als Jordan sich umdrehte, sah sie, dass alle die Augen geschlossen hatten und sich vom gleichmäßigen Dröhnen der Flugzeugmotoren einlullen ließen. Gavin kam zu Jordan und tippte sie leicht an.

»Soll ich mit dem Wagen kommen? Alle anderen schlafen entweder oder ruhen sich zumindest aus und ich möchte sie nicht stören.«

»Nein, ist nicht nötig. Wenn sie etwas brauchen, können sie Sie ja per Knopfdruck rufen.«

Gavin nickte. »Kann ich Ihnen etwas bringen?«

Jordan warf Abby einen fragenden Blick zu, die jedoch den Kopf schüttelte. »Wir brauchen nichts, danke.«

Als Abby begann, mit dem Daumen über Jordans Handrücken zu streicheln, drückte Jordan den Kopf fester gegen die Sitzlehne. Ihre Erregung war wie ein Auto, das mit laufendem Motor am Straßenrand wartete und nun aufheulte. Während Abby ihren Daumen von rechts nach links bewegte, breitete sich ein Kribbeln in Jordan aus, das in ihrem Schoß begann, bald jedoch in ihrem ganzen Körper zu spüren war. Verdammt, sie hatte ein gewaltiges Problem.

Als sie zu Abby schaute, wich diese ihrem Blick nicht aus. Jordans Augen wurden jedoch von Abbys Lippen angezogen, bevor sie sich zusammenriss und den Kopf schüttelte. Sie durfte sich nicht zu sehr hineinziehen lassen. Aber Abby hatte schließlich angefangen, oder? Oder war Jordan es gewesen?

Letzten Endes spielte das keine Rolle mehr. In Abbys Augen konnte sie deutlich lesen, dass es ihr ebenso erging. Was immer dieses »Es« war, es erschuf eine Verbindung zwischen ihnen, die mit jedem Moment stärker wurde. Jordans Blut schien zu kochen und plötzlich wurde ihr alles zu viel.

Das Anschnallzeichen über ihren Köpfen erlosch. Jordan öffnete ihren Gurt, erhob sich und warf Abby einen gequälten Blick zu. Sie musste sich beruhigen und auf Abstand gehen.

Also atmete sie tief durch und ging mit wackeligen Knien den Gang hinunter, an dem Rest ihrer Gruppe vorbei, die noch immer nichts von alldem ahnte.

Als Jordan sich noch einmal umdrehte, sah sie, dass auch Abby sich erhoben hatte und in ihre Richtung blickte. Und dann kam sie auf Jordan zu.

~ ~ ~

Abby hatte keine Ahnung, was zum Teufel sie da gerade tat.

Es war, als würden ihre Beine ein Eigenleben führen und sich ohne ihr Zutun oder ihre Zustimmung bewegen. Als hätte sich ihr gesunder Menschenverstand verabschiedet. Eine höhere Macht schien hier am Werk zu sein. Etwas, das mehr wusste als sie selbst.

Jordan war dabei, die Toilettentür zu öffnen, riss jedoch erschrocken die Augen auf, als sie sich noch einmal umdrehte. »Was hast du …«

Abby folgte ihr jedoch einfach in den Toilettenraum und schloss die Tür hinter sich, was Jordan verstummen ließ.

Verlangen rauschte durch Abbys Adern, als sie das Schloss mit einer energischen Bewegung verriegelte. Das Geräusch klang überlaut und entschieden. Das war das Schloss, das ihr Schicksal besiegelte.

Ihre Lippen hatten sich noch nicht berührt, doch schon jetzt war sich Abby Jordans Nähe so sehr bewusst. Die hellblauen Augen beobachteten sie. Aufgeregte Anspannung erfüllte die Luft. War das hier ein Fehler? Sie wusste es nicht. Sie wusste nur, dass sie es satthatte, sich schlecht zu fühlen. Insbesondere, wenn es ihr mit Jordan so gut ging.

Ihre Blicke verschränkten sich miteinander wie zwei Magneten, die voneinander angezogen wurden. Dann trafen sich ihre Lippen, gierig, aber so wundervoll.

Jordan küsste sie wild, genauso wie Abby es wollte. Sie hatte genug davon, dass sie umeinander schlichen. Wenn sie das jetzt nicht machte, würde sie es nie tun. Das war ihr Junggesellinnenabschied. Ihre letzte Gelegenheit zum Träumen. Die letzte Gelegenheit, noch einmal ihre Grenzen zu testen, bevor sie sesshaft wurde.

Sie würde mit einem letzten großen Hurra gehen.

»Abby.«

Ihr Name aus Jordans Mund jagte ihr heißkalte Schauer über den Rücken.

Abby hinderte sie mit einem gierigen, brennenden Kuss daran, weiterzusprechen. »Ich will dich«, antwortete sie schließlich. »Du mich auch?«

Jordan nickte.

Rasch schob sie Jordans Oberteil nach oben und öffnete den Verschluss ihres BHs. Ihre Brüste waren direkt vor Abbys Nase. Genau wie im Whirlpool. Aber dieses Mal würde sie sich nicht zurückhalten.

Abby nahm eine von Jordans Brustwarzen zwischen die Lippen und saugte daran. Erregung durchflutete sie und sie musste sich einen sicheren Stand suchen, um nicht vollkommen abzuheben, auch wenn es sich bereits so anfühlte. Die Leidenschaft schien sie mit sich zu reißen, auf eine völlig neue Ebene. Sie ließ die Zungenspitze um Jordans Nippel kreisen.

Jordan sog scharf Luft ein und Abby hob den Kopf, um ihr in die Augen zu sehen.

Dann griff sie nach dem Knopf und Reißverschluss von Jordans beigen Shorts, um sie zu öffnen und ihr den Stoff über die Beine nach unten zu schieben. Darunter trug sie einen schwarzen, spitzenbesetztem Slip, den Abby nicht bei ihr erwartet hatte. Doch das goss nur noch mehr Öl ins Feuer.

Sie ließ einen Finger unter den Saum gleiten und schob ihn tiefer in Jordans Schritt.

Jordan keuchte, doch Abby küsste sie noch einmal und zog ihr dann auch den Slip aus, um Jordans Oberschenkel weiter auseinanderzuschieben. In diesem Moment ließ sie sich allein von ihrem Instinkt und der animalischen Anziehung zwischen ihnen leiten. Sie wollte Jordans intimste Geheimnisse erfahren. Sie in- und auswendig kennenlernen. Und dafür gab es nur eine Möglichkeit.

Abby löste sich kurzzeitig von Jordans Mund, um ihr in die Augen zu sehen. Dann drang sie mit zwei Fingern in sie ein, wie sie es in ihrem Traum getan hatte.

Nichts hätte sie auf diesen Moment vorbereiten können. Jordan war so erregt, so feucht. Genau wie Abby. Sie hatten sich das ganze Wochenende über dagegen gewehrt und das aus gutem Grund. Doch jetzt, in diesem Moment, war es das einzig Richtige, was sie tun konnten. Abby versank noch tiefer in Jordan und ihre Lippen fanden sich aufs Neue. Inzwischen hatte sich auch der letzte Rest von Abbys Kontrolle verabschiedet.

Sie hatte keine mehr.

Während ihre Finger in Jordan verweilten und ihre Zunge in Jordans Mund, fühlte sie sich tatsächlich wie die Königin der Welt. Ihr ganzes Leben schien sie einzig und allein zu diesem Moment geführt zu haben, ohne dass sie es bemerkt hatte.

Jordan klammerte sich an ihr fest und legte ihr das rechte Bein um die Hüfte, während sie sich im Einklang miteinander bewegten. Abby bewegte ihre Finger und Jordan ihr Becken, bis sie schließlich den Rücken durchbog und leise aufschrie, bevor ihr anscheinend einfiel, wo sie sich gerade befanden.

Ihre Blicke trafen sich.

Kurz huschte der Gedanke durch Abbys Kopf, dass sie damit aufhören sollten, bevor sie erwischt wurden. Doch dann fiel ihr Blick auf den großen Wandspiegel. Sie konnte nicht aufhören. Sie steckte schon zu tief drin. Buchstäblich und im übertragenen Sinn.

Jordan packte Abby und zog sie zu sich, um ihren Kopf auf ihrer Schulter ruhen zu lassen.

»Du fühlst dich so gut an«, raunte sie. Dann griff sie nach unten und platzierte Abbys Daumen über ihrer Klitoris, wo sie ihn in kleinen Kreisen bewegte. Sie schloss die Augen und stieß ein kaum hörbares Ächzen aus. »Genau so«, murmelte sie und nahm ihre Hand wieder weg.

Abby brauchte keine zweite Aufforderung. Bei jeder Bewegung ihrer Hand genoss sie, was ihre Finger mit Jordan anstellten und wie wunderschön sie in diesem Moment war. Noch nie hatte Abby sich so lebendig gefühlt. So präsent. So wie sie selbst.

Sie ließ den Daumen erneut über Jordans Klitoris wandern, wurde langsam schneller und passte sich dabei den Stößen von Jordans Becken an. Sie war so perfekt.

Einen Augenblick später krümmte Abby ihre Finger in Jordan und beobachtete wie der Orgasmus sie überwältigte. Jordans Körper spannte sich um sie herum an und Abby musste feststellen, dass sie sich geirrt hatte: *Das* war perfekt.

Jordan keuchte und ihre geröteten Wangen und die zerzausten Strähnen, die ihr Gesicht umrahmten, betonten ihre Schönheit. So würde sie Jordan von jetzt an in ihren Träumen vor sich sehen. Noch immer konnte sie nicht begreifen, dass ihre Fantasie nun Realität geworden war. Oder dass sie so ganz nebenbei nun Mitglied des Mile High Clubs geworden war.

Abby küsste Jordan noch einmal und wieder breitete sich ein aufregendes Kribbeln in ihr aus. Genau das hatte ihrem Leben gefehlt. Sie zog ihre Hand langsam zurück, ohne den Blick von Jordans Augen abzuwenden. Sie konnte in ihnen eine wilde Mischung aus Verlangen, Sehnsucht und zu vielen Fragen erkennen.

Fragen, auf die Abby keine Antworten hatte. Sie wusste nur, dass sie Jordan gerne die restlichen Kleider vom Leib reißen und sich am liebsten erneut auf sie stürzen würde.

Nach ein paar Minuten löste sich Jordan von ihr und musterte Abbys Gesicht. Sie war immer noch halb ausgezogen und stützte sich nun am Waschbecken ab, bevor sie den Kopf in den Nacken sinken ließ. »Verdammte Scheiße, Abby. Was machst du nur mit mir?«

Auch darauf fand Abby keine Antwort. Sie wusste gar nichts mehr. Also ließ sie eine Hand über die Rückseite von Jordans Oberschenkeln nach oben wandern, über ihren festen Hintern und dann ihren Rücken hinauf, bevor sie sich vorbeugte und ihre Brüste küsste.

Jordan blickte sie wieder an.

»Ich habe keine Ahnung«, sagte Abby. »Aber das war unglaublich. Ich will das noch mal machen. Und noch mal.«

Ein Klopfen an der Tür unterbrach ihr Gespräch. Jordan fuhr erschrocken zusammen.

Abby dagegen erstarrte. Alarmglocken schrillten in ihrem Kopf. Sie warf Jordan einen Blick zu und entdeckte dabei ihr eigenes, entsetztes Gesicht im Spiegel.

»Abby? Bist du da drin?« Es war ihre Mutter.

Jordan bückte sich und zog sowohl ihren Slip als auch ihre Shorts wieder hoch, wobei sie sich den Kopf am Waschbecken stieß. Das musste wehgetan haben, doch sie gab keinen Ton von sich. Wahrscheinlich hielt sie sogar den Atem an.

Das konnte Abby schlecht leugnen. »Bin gleich fertig.«

Sie klang so unbeschwert. Als würde nicht gerade ihre ganze Welt um sie herum zusammenbrechen. Vorhin hatte sie es noch für die beste Entscheidung ihres Lebens gehalten, doch nun fragte sie sich, ob es nicht vielleicht die schlechteste gewesen war. Sie hatte gerade auf ihrem Junggesellinnenabschied mit einer ihrer Brautjungfern geschlafen. In Hörweite ihrer Familie und Freunde. Wer zum Teufel war sie? Was hatte sie sich dabei gedacht? Und wie sollte sie das gleich ihrer Mutter erklären?

»Ist alles in Ordnung?«, fragte Gloria hörbar besorgt. »Du warst ziemlich lange weg.«

Hatte ihre Mutter vorhin nicht geschlafen? »Alles gut. Mir war ein bisschen schlecht. Jordan hat mir was für meinen Magen gebracht.« Die Lüge kam ihr wie selbstverständlich über die Lippen, was sie selbst schockierte.

Jordan nickte ihr zu. Als hätte sie zu viel Angst zu sprechen.

»Wir sind gleich wieder da. Du kannst schon mal zu deinem Sitzplatz zurückgehen.«

Kurzes Schweigen. »Bist du dir sicher?«

»Ja, Mum.« *O Gott, o Gott, o Gott, o Gott.*

Was hatte sie getan? War es schlimm, dass sie es trotz allem noch mal tun wollte? Abby drehte sich um und ließ sich gegen die Tür sinken. Glaubte ihre Mutter ihr? Darauf würde sie keine Antwort bekommen, bis sie Gloria in die Augen sah.

»Denkst du, sie hat es geschluckt?«

Jordan nickte. Sie schaute in den Spiegel und zupfte ihre Haare zurecht. »Warum sollte sie auch nicht? Es sei denn, du vögelst regelmäßig in 10.000 Meter Höhe mit anderen Frauen?«

»Tue ich nicht.« Abby stieß ein lang gezogenes Seufzen aus. »Bist du okay?«

Jordan wandte sich zu ihr um und griff nach ihrer Hand. »Ich ...« Sie zögerte. »Ich weiß nicht, was ich bin. Erregt. Verwirrt. Überfordert. Das war genau das, was wir das ganze Wochenende über vermieden haben, oder?«

»Ja.« Das konnte Abby nicht leugnen. Beinahe hätte sie es geschafft, doch dann war der Gedanke daran, Jordan zu verlieren, unerträglich gewesen.

Es war ihre Schuld und nun musste sie sich etwas überlegen, um das wieder in Ordnung zu bringen. Abby griff um Jordan herum, nahm sich etwas Seife aus dem Spender und wusch sich die Hände. Es fühlte sich nicht richtig an, das soeben Erlebte einfach wegzuwaschen, aber es brachte sie endgültig auf den Boden der Tatsachen zurück.

»Und was nun? Arbeiten wir weiterhin miteinander?« Ein Schatten zog über Jordans Gesicht.

»Ich hoffe es?« Doch Abby konnte nichts mit Sicherheit sagen. Das war nicht Teil ihrer Zusammenarbeit gewesen. Rasch schnappte sie sich ein Papierhandtuch. »Ich weiß es nicht. Erst mal müssen wir hier raus. Lass uns morgen darüber reden. Kommst du nach London?«

»Das war der Plan.«

»Okay. Dann lass uns zusammen Mittagessen.« Noch einmal beugte Abby sich nach vorne und küsste sie. Erst sanft, dann mit mehr Nachdruck. Bis Abby erneut die Hände in Jordans Haar vergrub und sich dazu zwingen musste, sie wieder freizugeben.

»Ich will dich nicht gehen lassen. Ich kann dich nicht gehen lassen.«

Jordan schloss die Augen. »Du musst.«

»Ich weiß. Aber ich will, dass du weißt, dass das noch nicht vorbei ist.«

»Das muss es, Abby. Es führt doch zu nichts.«

Abby schüttelte den Kopf, das wollte sie nicht hören. Ihre Gefühle waren zu stark. »Ich verliebe mich in dich Jordan. Wir können das nicht einfach so beiseiteschieben. Ich weiß, dass es dir auch so geht.«

Jordan schaute sie lange an. »Das stimmt«, flüsterte sie.

»Das Problem ist nur, dass ich demnächst heiraten werde, nicht wahr?«

Darauf musste Jordan nicht antworten.

Kapitel 22

Abby betrat ihre Wohnung im ersten Stock des Gebäudes und ließ die Tür hinter sich ins Schloss fallen. Nur ihr eigenen Atemzüge und der Fernseher der Nachbarn waren zu hören. Das ältere Ehepaar ließ ihn immer auf voller Lautstärke laufen. Abby war inzwischen so daran gewöhnt, dass sie es meist komplett ausblendete. Das würde sie allerdings nicht vermissen, wenn sie nach der Hochzeit bei Marcus einzog.

Ihr Herz setzte bei diesem Gedanken für einen Moment aus.

Nicht jetzt.

Die Luft in der Wohnung war abgestanden, obwohl sie nur ein paar Tage lang weg gewesen war. Die benutzten Kaffeetassen standen immer noch zusammen mit zwei kleinen Tellern auf der Anrichte. Sie ging zu ihrer grauen Couch und klopfte die Sofakissen zurecht. Dann ordnete sie ihre drei Fernbedienungen auf dem Couchtisch nebeneinander an und stapelte dann die Ausgaben von *BBC Good Food* sauber daneben zusammen. Das Abo für die Zeitschrift hatte Abby in der Hoffnung abgeschlossen, ein paar der Rezepte auszuprobieren. Das hatte sich noch nicht ergeben, aber immerhin weckte es ihren Ehrgeiz ein wenig.

Danach schlenderte sie zur Küchenzeile am anderen Ende des Raums und wischte ein paar Krümel von der Arbeitsfläche. Der Wasserkocher war schnell aufgesetzt, doch ein Blick in den Kühlschrank verriet ihr, dass sie keine Milch mehr hatte, also musste es schwarzer Kaffee sein. Und sie würde so tun, als sei sie Italienerin. Das schaffte sie.

Zehn Minuten später saß sie zusammengesunken auf dem Sofa und ihr Kaffee wurde kalt. Sie wollte ihn nicht. Sie wollte gar nichts. Abgesehen von einer bestimmten Sache.

Abby rieb sich mit beiden Händen über das Gesicht. Ganz schwach konnte sie noch Jordans Geruch an ihren Fingern wahrnehmen. Sich noch an das Gefühl erinnern, in ihr zu sein.

Aufregend. Erregend. Wundervoll.

Sie schüttelte den Kopf.

Auf dem Heimweg im Taxi hatte sie sich die ganze Zeit gefragt, was sie nun tun sollte. Ein paarmal hatte sie ihr Handy aus der Tasche geholt und Jordans Nummer angestarrt, es dann aber wieder weggesteckt. Was sollte sie ihr denn schreiben? *War nett, dich im Flugzeug flachzulegen. Ach, und was die Blumen für meine Hochzeit betrifft* ... Nein, das würde wohl nicht funktionieren.

Aber gerade funktionierte ohnehin nichts mehr, das war das Problem.

Sie konnte nicht einmal Marcus anrufen und ihn bitten, vorbeizukommen, damit sie sich unterhalten konnten. Allein der Gedanke fühlte sich seltsam an. Sie unterschieden sich *so sehr* von Taran und Ryan.

Vielleicht konnten sie die Hochzeit verschieben und ihr damit ein bisschen Bedenkzeit verschaffen. Aber das würde ihn verletzen. Er würde den Grund dafür wissen wollen. Und den konnte sie ihm nicht nennen. *Weil ich mich in meine bezahlte Brautjungfer verliebe, du weißt schon, die, die du angeheuert hast?*

Das würde ihn umbringen und Abby auch. Abgesehen davon würde sie sich mit Marjorie auseinandersetzen müssen. Und allen anderen.

Abby stieß einen langen Atemzug aus. Was für ein Durcheinander. Das Treffen mit Jordan am kommenden Tag sollte eigentlich dazu dienen, ihre Hochzeitsrede zu besprechen. War das überhaupt möglich? Wenn sie sich das nächste Mal begegneten, ging es um ihre geschäftliche Beziehung. Aber was würde dann passieren? Konnte sie sich selbst trauen? Bislang hatte sie sich immer für einen kompetenten Menschen gehalten. Eine Person, die Kontrolle über ihr Handeln hatte. Aber dann war die Sache im Flugzeug passiert.

Dann war sie Jordan begegnet.

Dank Jordan sah sie die Welt mit anderen Augen. Am vergangenen Wochenende war eine Verbindung zwischen ihnen entstanden. Abby hatte über Dinge gesprochen, die sie seit Jahren nicht mehr beschäftigt hatten; die ihr in ihrem vollgepackten Leben entgangen waren. Sie hatte für eine gemeinnützige Organisation arbeiten wollen; hatte die Welt verändern wollen – und hatte sich stattdessen in der Welt der Großkonzerne verloren. Wann war ihr das eigene Leben so entglitten?

Abby griff nach ihrem Arbeitshandy und überprüfte ihre E-Mails. 152. Nicht schlecht für vier Tage Abwesenheit. Eine davon stach ihr ins Auge, weil sie von ihrem Vorgesetzten war. Sie tippte darauf und las, dass er sie um ein Meeting morgen Mittag bat, weil er *etwas Wichtiges* mit ihr zu besprechen hatte. Vielleicht ging es um das Projekt, auf dessen Leitung sie hoffte.

Doch sie stockte. Morgen? Da wollte sie sich doch mit Jordan treffen.

Verdammt.

Bevor sie Jordan begegnet war, wäre Abby vollkommen aus dem Häuschen über die E-Mail ihres Chefs gewesen. Jetzt war das nicht mehr der Fall. Sie würde sich erkundigen müssen, ob Jordan auch abends Zeit hatte, denn sie vermisste sie jetzt schon so sehr.

Ein Klopfen an ihrer Tür ließ sie zusammenzucken.

Als sie sie öffnete, wurde ihr das Herz schwer. Ihr war sehr wohl bewusst, dass das nicht die Reaktion beim Anblick ihres Verlobten sein sollte. Marcus' war hinter dem riesigen Strauß roter Rosen kaum zu erkennen, den er in einer Hand hielt. In der anderen trug er eine Geschenktüte. Abbys Herz zog sich noch mehr zusammen. Verflucht, hatte er ihr etwa ein Geschenk von seinem Junggesellenabschied mitgebracht? Sie hatte ihm nichts zu geben, außer einem riesigen Berg an Schuldgefühlen. Sie war so ein schlechter Mensch.

Marcus kam auf sie zu, umarmte sie und reichte ihr mit einem Kuss auf die Wange die Blumen. »Hallo, zukünftige Mrs. Montgomery.« Er grinste und ging an ihr vorbei, um eine Vase von der Küchenanrichte zu holen. Nachdem er sie mit Wasser gefüllt hatte, nahm er ihr den Blumenstrauß wieder ab, um ihn hübsch zu arrangieren. Marcus hatte eindeutig ein besseres Händchen für Blumenarrangements als sie. Das hatten sie schon sehr früh in ihrer Beziehung festgestellt. Das war einer der Gründe, warum Delta immer wieder wegen Marcus' Sexualität stichelte. Aber er war nicht homosexuell. Nur kreativ.

Abby dagegen …

»Wie war's denn? Ist die Villa nicht großartig?«

Abby nickte und zwang sich zu einem Lächeln. Immer wieder tauchten Bilder vor ihrem inneren Auge auf, wie sie Jordan küsste, doch sie schob sie beiseite. Das musste sie, wenn sie das hier überleben wollte. »Es war wundervoll. Wir hatten so viel Spaß und Jordan hat für einen absolut reibungslosen Ablauf gesorgt.« Das war noch nicht mal gelogen. Sie legte Marcus eine Hand auf den Arm, als er begann, die unteren Blätter der Rosen zu entfernen und die Stiele einzukürzen.

Ordentlich. So war Marcus.

»Und bei dir? Wie war dein Wochenende?«

Marcus zuckte mit den Schultern und wich ihrem Blick aus. »Du weißt schon, das Übliche. Zu viel Alkohol und derbe Witze. Und …« Er zögerte, warf ihr einen Seitenblick zu und ließ die Blumen dann auf die Arbeitsfläche fallen, bevor er tief durchatmete. »Sie haben eine Stripperin engagiert. Ich habe ihnen vorher gesagt, dass ich das nicht will, aber du weißt ja, wie Philip ist, wenn er sich etwas in den Kopf gesetzt hat. Johnny auch. Natürlich haben sie Fotos gemacht, deswegen wollte ich, dass du es weißt, falls die mal auftauchen sollten. Ich habe ein wirklich schlechtes Gewissen deswegen.« Er verstummte und reichte ihr dann die Geschenktüte. »Für dich. Das soll jetzt nicht meine Schuldgefühle wiedergutmachen. Ich hätte dir sowieso was mitgebracht.«

Abby schluckte und konnte sich nicht von der Stelle rühren. Marcus fühlte sich wegen einer Stripperin schlecht?

In der Tüte befand sich ein Schmuckkästchen und als sie es öffnete, entdeckte sie ein zauberhaftes Silberarmband, das offenbar mit Diamanten besetzt war. Das verdiente sie nicht, aber das konnte sie ihn ja schlecht wissen lassen.

Also schaute sie ihm in die Augen. »Das ist wunderschön, aber es wäre wirklich nicht nötig gewesen.« Sie war ein furchtbar schlechter Mensch.

»Ich weiß, aber ich wollte es. Es war mein Junggesellenabschied, aber ich habe dich trotzdem vermisst. Ist das kitschig?« Grinsend warf er die Hände in die Luft. »Ist mir egal, ob es das ist, es ist nun mal die Wahrheit. Außerdem: Wenn man keine kitschigen Sachen sagen darf, wenn man seine beste Freundin heiratet, wann dann?«

Abby erwiderte sein Grinsen, trotz des flauen Gefühls in ihrem Magen. Das war nicht einfach. Als würde man versuchen, sich kreisend über den Bauch zu reiben und mit der anderen Hand auf den Kopf zu klopfen.

»Ich habe es dir gekauft, um dir zu sagen, dass ich dich liebe, aber auch, weil ich dich um einen Gefallen bitten will. Meine Eltern haben uns morgen Abend zum Essen eingeladen. Kein besonderer Anlass, nur ein Essen, um etwas Zeit miteinander zu verbringen und ihre Schwiegertochter in spe besser kennenzulernen. Ich habe schon zugesagt, weil ich davon ausgegangen bin, dass du am Dienstagabend nichts vorhast? Ist das in Ordnung für dich?«

Ihre Laune erreichte einen neuen Tiefpunkt. »Morgen Abend?« Sie hatte gehofft, sich mit Jordan treffen zu können, aber nun hatte sie weder mittags noch abends Zeit.

Doch sie konnte seine Bitte nicht ablehnen, oder? Nicht, wenn Marcus sie mit diesem Hundeblick anschaute. Sie zwang sich zu einem Lächeln. »Klar, morgen Abend geht in Ordnung.«

Marcus musterte ihren Gesichtsausdruck. »Gut gespielt. Du wirst immer besser.« Er grinste erneut. »Danke.«

Ihr Handy piepste und während sie zur Couch ging, um danach zu sehen, nahm Marcus seine Arbeit mit den Blumen wieder auf. Es war eine Nachricht von Jordan.

Abby schluckte. Sollte sie das Display mit der Hand abschirmen oder gleich ins Schlafzimmer gehen? Nein, das war doch albern. Sie öffnete die Nachricht.

Hoffe, du bist gut nach Hause gekommen. Steht unser Mittagessen morgen noch? Um deine Rede und alles andere zu besprechen?

Abby biss die Zähne zusammen. Jordan würde denken, dass sie sie abwimmeln wollte, aber was sollte sie machen?

Tut mir echt leid, aber mir ist was dazwischen gekommen. Ich schreib dir im Lauf der Woche, um einen neuen Termin zu vereinbaren.

Sie las die Nachricht noch einmal durch. Klang das unterkühlt? Rasch löschte sie den Text, schaute zu Marcus und schrieb ihn dann erneut. Sie hatte keine Zeit, um sich Gedanken darüber zu machen. Lieber erklärte sie es Jordan, wenn sie sich sahen.

Abby tippte auf *Senden*, und sofort breitete sich ein ungutes Gefühl in ihrem Bauch aus. Sie hatte gerade ein Treffen mit Jordan verschoben und musste stattdessen auch noch ein Essen mit Marcus und seinen Eltern ertragen.

»Alles in Ordnung?«, fragte Marcus. Er gesellte sich zu ihr und gab ihr einen Kuss auf den Mund.

Abby musste sich in diesem Moment schwer zusammenreißen. »Alles bestens.«

Doch eines wusste sie jetzt.

Sie wollte nur noch von Jordan geküsst werden.

Kapitel 23

Jordan konnte sich nicht daran erinnern, jemals so schnell und wie eine Besessene gejoggt zu haben, aber heute brauchte sie das. Sie hatte Karen bereits abgehängt, als sie die Strandpromenade von Brighton erreichte. Selbst die Möwen, die über ihr kreisten, mieden sie. Jetzt im Juni kletterte das Thermometer bereits in den hohen 20er-Bereich, aber so nah am Meer wehte eine leichte Brise, bei der man gut laufen konnte. Doch selbst die Sonne auf ihrem Gesicht konnte ihre Stimmung nicht aufhellen. Sie rannte, um zu vergessen.

Erst als sie stehen blieb, schien ihr Körper sich daran zu erinnern, dass sie keine trainierte Joggerin war und sie rang keuchend nach Luft. So fand Karen sie wenige Augenblicke später vor: vornübergebeugt und nach Luft schnappend. Ihre Mitbewohnerin führte sie zu einer der verwitterten Bänke mit Blick aufs Meer. Sie setzten sich und warteten, bis Jordans Atem sich wieder beruhigt hatte.

Erst dann sagte Karen: »Was ist los mit dir? Wir sehen uns fünf Tage lang nicht, dann willst du plötzlich Joggen gehen und rennst los wie Paula Radcliffe. Und wir beide wissen, dass du keine Marathonläuferin bist. Also, was hat dich geritten? Warum willst du direkt nach deinem Wochenendtrip einen neuen Weltrekord aufstellen?« Karen schirmte ihre Augen mit einer Hand gegen die Sonne ab. »Ich gehe mal davon aus, dass das was mit einer gewissen heißen Braut zu tun hat?«

Jordan verzog missbilligend das Gesicht. »Nenn sie nicht so.«

»Wie soll ich sie denn dann nennen?«

»Problem.«

»O je.« Karen beugte sich nach vorne. »Erzähl's mir.«

»Wir haben uns geküsst.« Jordans Tonfall war nüchtern, als hätte das nichts zu bedeuten. Doch das Gegenteil war der Fall. Bevor Karen allerdings etwas dazu sagen konnte, fuhr Jordan fort: »Dann hat sie mich auf der Flugzeugtoilette gevögelt.«

Ihr Körper reagierte genau so darauf, wie sie erwartet hatte. Sie fühlte sich, als ob Abby hier bei ihr wäre und ihre Finger erneut in sie schieben würde. Es war noch zu frisch. Zu aufregend. Zu viel. »Und jetzt sagt sie Verabredungen ab und ich weiß nicht, ob ich noch einen Job oder ein Unternehmen habe, weil ich es mir vielleicht auf ganzer Linie versaut habe. Und wofür?« Jordan stützte sich mit den Ellenbogen auf den Oberschenkeln ab und vergrub das Gesicht in den Händen.

Die letzte Nacht hatte sie allein verbracht und versucht, sich einzureden, dass ihre Situation gar nicht so schlimm war. Aber jetzt, da sie es laut aussprach, klang es noch viel schlimmer.

»O scheiße«, antwortete Karen. »Abgesehen von dem ganzen *Du hast die Braut geküsst*-Kram, bleibe ich bei dem *Sex auf dem Flugzeugklo* hängen. *Sie* hat *dich* gevögelt?« Das schien Karen am meisten zu überraschen. »Dann ist der kleine Sonnenschein doch gar nicht so hetero wie gedacht?«

»Offenbar nicht.« Jordan seufzte. »Aber das ist nicht der Punkt. Fazit ist: Jetzt habe ich eine Braut, die in …« Sie hielt eine Hand mit abgespreizten Fingern hoch. »… fünf Tagen heiratet. Jemanden, von dem ich beauftragt wurde. Außerdem einen One-Night-Stand mehr auf meiner Liste. Ausgerechnet mit der Person, mit der ich eigentlich keine einmalige Sache haben wollte. Das ist keine gute Situation.«

»Ist es nicht. Ich weiß, dass wir Witze darüber gemacht haben, bevor du gefahren bist, aber ich habe wirklich nicht erwartet, dass etwas passiert. Was ist an ihr so besonders?«

Diese Frage quälte Jordan, seit sie sich am Flughafen von Abby getrennt hatte. Während des kompletten Heimwegs. Die ganze Nacht lang, die sie schlaflos im Bett verbracht hatte. Warum hatte sie sie in der Küche geküsst? Und ja, Abby hatte im Flugzeug die Initiative ergriffen, aber Jordan hätte auch Nein sagen können. Sie hätte sie aufhalten können, was sie aber nicht getan hatte.

Sie hatte Abby ebenso sehr gewollt, wie Abby sie.

Sie wollte Abby immer noch.

Aber sie musste damit aufhören.

»Ich weiß es nicht. Wir hatten so viel Spaß am Wochenende, haben uns so viel besser kennengelernt. Sie geht mir unter die Haut. Es hat gefunkt, aber ich wusste nicht, ob sie das auch so empfindet. Bis wir zusammen im Whirlpool saßen. Da haben wir uns beinahe geküsst. Hinterher habe ich gedacht, dass wir es schaffen und professionell miteinander umgehen können. Bis zum letzten Abend, an dem wir uns dann geküsst haben. Und dann im Flugzeug … Ich kann es nicht erklären. Es ist einfach passiert.«

Das klang so sehr nach einem schlechten Klischee. Um das zu merken, musste sie Karen nicht einmal ins Gesicht sehen. Jordan hatte in ihrem Leben oft genug die *Ich-bin-einfach-so-in-ihrer-Vagina-gelandet*-Sprüche zu hören bekommen, um zu wissen, dass sie bloß nach einer Ausrede klangen. Aber zum Schluss war die

Situation tatsächlich außer Kontrolle geraten und sie wusste einfach nicht, wie es dazu gekommen war.

»Aber jetzt sind wir wieder da und müssen uns um geschäftliche Angelegenheiten kümmern. Um die Hochzeit. Aber sie hat mir geschrieben, dass ihr etwas dazwischengekommen ist und sie unser geplantes Treffen absagen muss. Deswegen weiß ich nicht, woran ich gerade bin.« Sie schaute mit zusammengekniffenen Augen zum Himmel hinauf. »Es ist ein einziges Chaos. Das ist das Einzige, was ich mit Sicherheit weiß.«

»Wow.« Karen streckte die Arme über den Kopf aus und warf Jordan einen vielsagenden Blick zu. »Ich meine, das hast du wirklich gründlich und auf ganzer Linie versaut.«

Auf Karens direkte Art konnte man immer zählen.

»Die Braut zu küssen ist eine Sache. Keine *gute* Sache. Aber mit ihr Mitglied im Mile High Club zu werden, ist noch mal was ganz anderes.«

Jordan erhob sich. Hier zu sitzen und darüber zu reden, verstärkte nur das Durcheinander in ihrem Kopf. Joggen war besser. Da musste sie sich nur auf die Sonne auf ihrer Haut und den Wind in ihrem Haar konzentrieren. Die Natur konnte mitunter so tröstlich sein.

»Lass uns weitergehen und reden. Oder vielleicht joggen und reden.«

Karen nickte und sie setzten ihren Weg mit langen, schnellen Schritten entlang der Promenade fort. Vor ihnen hatte eine Frau alle Mühe, ihren Husky unter Kontrolle zu halten. Zu ihrer Rechten freute sich ein kleiner Junge in rotem T-Shirt so sehr über sein Eis, dass er prompt mit dem Gesicht voran hineinfiel.

»Sieh es doch positiv. Immerhin hattest du mal wieder Sex.«

Das brachte Jordan zum Lächeln. »Man sollte meinen, dass ich mich darüber ein bisschen mehr freue, oder? Normalerweise komme ich mit One-Night-Stands gut klar. Ich bin darauf vorbereitet. Habe die Kontrolle. Aber dieses Mal nicht. Außerdem stehen mein Job und mein Ruf dabei auf dem Spiel, da steht Vögeln nicht so weit oben auf der Prioritätenliste.« Sie zog das Tempo an. Zu viele Gedanken in ihrem Kopf. Sie musste sich ablenken.

»Wie bist du mit Abby verblieben?« Dieses Mal hielt Karen mit Jordan mit.

Das war eine gute Frage. Wieder geisterten Bilder durch Jordans Kopf. Wie sie Abby im Whirlpool streichelte. Ihr eigener Orgasmus im Flugzeug und wie sie den Kopf zurückgeworfen hatte, als sie gekommen war. Das Gefühl von Abbys Lippen auf ihren.

Funken entzündeten das Feuer in ihr aufs Neue. Abby war noch immer da, das spürte Jordan. Oder war der Moment im Flugzeug nur Abbys verzweifelter

Versuch gewesen, noch ein letztes großes Abenteuer zu erleben, bevor sie ihre Heiratsurkunde mit Marcus unterschrieb? Hatte sie Jordan benutzt, um das für sich abzuhaken? So hatte es sich zu dem Zeitpunkt zwar nicht angefühlt, aber rückblickend konnte sie die Augen nicht vor dieser Möglichkeit verschließen.

Sie blieb abrupt stehen, stützte die Hände auf die Oberschenkel und versuchte, wieder zu Atem zu kommen. Ihr Herz hämmerte so schnell, dass es ihr beinahe aus der Brust sprang.

Wie hatte sie nur so dumm sein können? Sie schaute verzweifelt zu Karen hinüber. Es war hoffnungslos, oder?

»Ich weiß nicht, wie wir verblieben sind. Sie hat gesagt, dass wir uns zum Mittagessen treffen und weiter miteinander arbeiten. Aber jetzt zieht sie sich zurück und sagt ab.«

Sanft rieb Karen über Jordans Rücken. Eine beruhigende Berührung, die sie gerade dringend brauchte. Das ergab doch alles keinen Sinn. Die Welt um sie herum begann sich zu drehen und schien außer Kontrolle geraten zu sein.

Jordan hatte die Kontrolle verloren und sie hasste das Gefühl.

»Kann ich dir irgendwie helfen?«

Jordan schüttelte den Kopf. Das war ihr Schlamassel und sie musste sich einen Weg überlegen, wie sie wieder rauskam.

»Dann gebe ich dir jetzt einen guten Rat, bevor wir ein Wettrennen nach Hause machen. Bereit?«

Jordan stellte sich wieder aufrecht hin. »Ich bin ganz Ohr.«

»Du musst dich mit ihr treffen und reden. Du musst herausfinden, was sie über die Sache denkt und dir dann einen ordentlichen Plan zurechtlegen. Ob du weiter mit ihr arbeiten kannst oder nicht. Wenn du weitermachst, braucht ihr Regeln und eine Notbremse. Wenn du dich dafür entscheidest, den Job bei ihr zu kündigen, einigt ihr euch auf eine Ausrede – ein Notfall in der Familie oder so was. So was kann passieren. Aber auf jeden Fall brauchst du Klarheit. Und sie auch. Sie ist immerhin diejenige, die heiraten wird.«

»Ich weiß.«

»Lass uns nach Hause joggen, dann kannst du sie anrufen und ein neues Treffen mit ihr ausmachen. Wenn sie nicht rangeht, fahr einfach nach London. Sie macht hier nicht die Ansagen. Für dich steht auch einiges auf dem Spiel. Übernimm die Führung. Okay?«

Karen hatte recht.

Jordan brauchte einen Plan. Sie musste ihre Braut in die gewünschte Richtung lenken, nicht umgekehrt.

Kapitel 24

Abby saß ihrem Chef in dem grünen Konferenzzimmer des Unternehmens gegenüber. Er lächelte sie auf eine Art an, die sie nicht recht deuten konnte. Außerdem trug er schon wieder zu viel Aftershave und eine fuchsiafarbene Krawatte, die verboten werden sollte. Hatte Neil eigentlich Hobbys? Das hätte sie wirklich zu gerne gewusst.

Er war ein anständiger Vorgesetzter, behandelte sie nicht herablassend, ignorierte ihre Meinung nicht und versuchte auch nicht, ihre Lorbeeren für sich zu ernten. Aber im Verlauf des letzten Jahres hatte Abby immer weniger Sympathie empfunden, weil er von ihr verlangte, dass sie jeden Tag zur Arbeit erschien und den Job machte, für den sie bezahlt wurde. Sie dachte wieder an den Moment, als Jordan ihr gesagt hatte, dass sie ihre Träume nicht vergessen durfte. Dass sie den Wünschen folgen sollte, die sie als Achtjährige in ihrer imaginären gemeinsamen Kindheit Jordan mitgeteilt hatte.

Diese Kindheit war vielleicht erfunden gewesen, aber ihre Gegenwart war ziemlich real. Tatsächlich war Abby zum ersten Mal seit Langem wieder froh, zur Arbeit gehen zu können und sich von ihr ablenken zu lassen.

Seit einem Tag war sie nun wieder zurück und ignorierte sowohl Jordans Anrufe als auch ihre Textnachrichten. Auch vermied sie jegliche Gedanken an sie oder an das, was passiert war.

Neil besprach gerade etwas mit ihr, doch sie hörte nicht zu. War er wirklich der Meinung, dass diese Krawatte in Ordnung war? Hatte er heute Morgen in den Spiegel gesehen und sich gedacht: *Hey, das sieht gut aus?* Sie warf einen Blick auf seinen Ringfinger. Neil war nicht verheiratet und er hatte auch keine Beziehung. Vielleicht brauchte er ja eine, damit ihm jemand mit Rat und Tat bei der Kleidungsauswahl zur Seite stehen konnte.

Obwohl er aus ihrer Sicht sehr gut daran tat, nicht zu heiraten. Man musste sich schon sehr sicher sein, dass man die Person auch wirklich heiraten wollte, mit der man verlobt war. Außerdem sollte man sichergehen, dass keine Brautjungfer angeheuert wurde, die man selbst attraktiv fand. Und man musste zweifellos vermeiden, mit besagter Brautjungfer auf dem Heimflug Sex zu haben.

Abby schloss die Augen.

Sie riss sich zusammen und merkte, dass Neil sie anlächelte. »Und, was denken Sie?«

Abby setzte sich aufrecht hin. Worüber? Mist, jetzt musste sie einen Weg zurück ins Gespräch finden. »Das klingt großartig. Können Sie mir noch einmal die Details erläutern?«

Ihre Antwort schien Neil zufriedenzustellen. Das war ein guter Anfang. »Das ist fantastisch!« Er lehnte sich etwas nach vorne und faltete die Hände auf dem ovalen Tisch zusammen, an dem locker acht Leute Platz fanden. »Dann übernehmen Sie die Teamleitung für das Projekt?«

Abby blinzelte überrascht. Die Teamleitung für das Projekt? Sie musste Neil wirklich zuhören. »Das Asset-Management-Projekt?«

Neil runzelte die Stirn. »Natürlich. Oder haben Sie sich noch auf ein anderes vorbereitet?«

Wow. Neil beförderte sie und sie bekam das Projekt. Möglicherweise konnte sie über seine Krawattenwahl hinwegsehen, zumindest dieses Mal.

»Nein!«, antwortete sie. »Das ist toll! Ich meine, großartig, natürlich würde ich das gerne übernehmen.«

»Und die vielen Dienstreisen sind kein Problem für Sie? Oder Konferenzanrufe spät abends? Sie werden die Leitung übernehmen, Abby. Dieses Projekt wäre ganz allein Ihres. Es liegt dann in Ihrer Verantwortung und Sie müssen auch die Konsequenzen von Fehlern tragen.«

Abby kaute auf der Innenseite ihrer Wange herum. Sie wartete noch darauf, dass die Euphorie einsetzte.

Aber das tat sie nicht.

Stattdessen hatte sie nur das Gefühl, zu ertrinken. Als wäre das nicht mehr ihr schönes Leben. Vor zwei Monaten wäre sie nach dieser Neuigkeit durch ihr Büro getanzt. Sie wäre voll in der Verantwortung aufgegangen und hätte sich auf die Herausforderung gefreut.

Doch jetzt? Jetzt sah sie nur die nächtlichen Telefonate vor sich, zu Zeiten, in denen sie eigentlich schlafen sollte. Unnötigen Stress. Mehr Verpflichtung in einem Job, den sie eigentlich nie wirklich hatte haben wollen.

Und außerdem mehr Flugreisen, bei denen ihr niemand die Hand halten würde. Nicht, wie Jordan es getan hatte.

Das blieb unterm Strich übrig, oder? Jordan.

Neil wartete noch immer auf ihre Antwort.

Und obwohl er Abby eigentlich reichlich egal war, nickte sie dennoch. »Natürlich. Absolut. Ich übernehme die Verantwortung.«

Damit erhob sich Neil. Wollte er sie umarmen? *O Gott.* Neil war so *nett.* Also ließ sie seine Umarmung zu und erstickte beinahe an seinem Aftershave.

Er öffnete die Tür des Konferenzraums und ließ ihr den Vortritt. Plötzlich ertönte ein Knall, dann noch einer und Luftschlangen flogen durch die Gegend.

Abby entfuhr ein erschrockener Aufschrei und sie fasste sich an die Brust. Sie hasste Überraschungen.

Allerdings schaute die komplette Bürobelegschaft sie erwartungsvoll an, also setzte sie ein Lächeln auf. Sie brauchte einen Moment dafür, schaffte es dann aber, auch wenn es nicht leicht war.

Denn dort auf ihrem Schreibtisch stand ein großer Kuchen mit weißem Guss, Glitzer und den Worten »Herzlichen Glückwunsch!« in pinker Zuckerschrift. Außerdem hatte jemand ein Foto von ihr und Marcus an ihren Bildschirm geheftet. Es war an Silvester entstanden. Sie hatte gerötete Augen, weil sie zu viel getrunken hatte.

Ihr Stuhl war voller kleiner, roter Herzchen und neben dem Kuchen lag eine Karte. Eine Hochzeitskarte, die wahrscheinlich alle unterschrieben hatten. Vielleicht gab es dazu einen Gutschein für John Lewis oder Selfridges.

Sie biss sich auf die Innenseite ihrer Wange, als die Gefühle sie zu überwältigen drohten. Wann war ihr Leben zu diesem *Theater* hier geworden? In der Woche ihrer Hochzeit wurde sie auch noch befördert.

Doch das Problem war, dass sie nichts davon wollte.

Abby schluchzte und wischte sich mit dem Handrücken übers Gesicht. Ihre Wangen waren feucht. Oh verdammt. Was zur Hölle? Jetzt heulte sie auch noch im Büro.

»O Abby! Ich hoffe, das sind Freudentränen«, sagte ihre Officemanagerin Maisy.

»Natürlich! Kuchen bringt mich immer zum Weinen!«

Neil legte ihr erneut einen Arm um die Schultern und drückte sie leicht. »Wir waren der Meinung, das wäre der perfekte Moment dafür. Ihnen steht nun ein großes Projekt bevor und Sie werden heiraten. Das ist ein fantastischer Moment in ihrem Leben. Da dachten wir, dass Glückwünsche angebracht sind.« Er schaute die anderen Teammitglieder an, die Abby anstrahlten. »Eine Runde Applaus für unsere großartige Abby!«

Der Applaus war ohrenbetäubend.

Und Abby weinte immer noch.

Kapitel 25

Neil bestand darauf, dass Abby früher Feierabend machte, damit sie früher zu Hause war. Er wollte sie damit vermutlich auf die langen Arbeitstage und -nächte vorbereiten, die vor ihr lagen, indem er ihr ein paar Stunden freigab. Aber unabhängig von seinem Motiv war Abby ihm trotzdem dankbar für die kleine Auszeit.

Es war ein so absurdes Gefühl, mit einem riesigen Kuchen, auf dem »Herzlichen Glückwunsch!« stand, ihre Wohnung zu betreten. Na ja, einem halben Kuchen, nachdem die Belegschaft sich bedient hatte. Nun stand da nur noch »Herzlichen«. Trotzdem.

Ihr war gerade nicht nach Feiern zumute.

Abby stellte den Kuchen auf der Küchenanrichte ab und ging dann zum Sofa, auf das sie sich fallen ließ.

Das war nicht die Vorfreude, von der sie in den Hochzeitszeitschriften gelesen hatte. Gleichzeitig war sie sich aber auch sicher, dass keine von diesen Bräuten mit ihrer Brautjungfer geschlafen hatte. Sie lehnte sich nach vorne und angelte sich eine Ausgabe von *Perfect Bride* von dem Stapel auf ihrem Couchtisch. Die hatte sie kurz nach Marcus' Antrag gekauft, fest entschlossen, die perfekte Hochzeit zusammenzustellen. Nach einer Weile hatte sie jedoch das Interesse verloren und Marcus hatte die Organisation übernommen. Er war der perfekte Bräutigam. Er verdiente die perfekte Braut. Konnte Abby das noch sein?

Ihr Handy vibrierte und signalisierte eine neue Nachricht. Jordan.

Das inzwischen vertraute Zittern erfasste ihren Körper.

Wir müssen reden. Ich bin in deiner Straße. Welche Hausnummer hast du?

Abbys Herz schlug ihr bis zum Hals und sie hechtete vom Sofa, direkt zum Erkerfenster, um hinaus zu spähen. Auf der gegenüberliegenden Straßenseite stand Jordan und sah sich um, bevor sie den Blick auf ihr Handy senkte und unruhig von einem Fuß auf den anderen trat. Abby konnte ihr nicht aus dem Weg gehen, wenn sie direkt vor ihrer Tür stand.

Dann schaute Jordan plötzlich auf und ihre Blicke trafen sich. Abby explodierte beinahe vor Freude. Was für eine Heuchlerin sie doch war.

Sie war nicht wie der Mann, den sie heiratete. Sie musste dem ein Ende setzen, ihre Beförderung annehmen und Mrs. Montgomery werden. Alles war geregelt. Sie schuldete es sich selbst und ihren zukünftigen Träumen. Außerdem war eine Heirat mit Marcus nun wirklich nicht das Schlechteste, was ihr passieren konnte. Für alle anderen auf der Welt war es wohl sogar das Beste.

Abby musste das für sich wieder geraderücken. Doch Jordan hatte recht. Vielleicht würde ihr ein Gespräch dabei helfen, wieder klarer zu sehen.

Abby deutete auf die Eingangstür zu ihrem Gebäude und atmete dann tief durch. Sie klopfte ein paar Sofakissen zurecht, auch wenn sie sich ziemlich sicher war, dass Jordan das kaum interessieren würde. Dann rannte sie zum Spiegel und strich sich die Haare glatt. Sie trug noch ihr Büro-Outfit. Gab ein rotes Kostüm eine gute Rüstung ab? Abby hatte da so ihre Zweifel. Ihre Augen waren immer noch etwas geschwollen, doch sie hatte ihr Make-up bereits im Büro gerichtet. Das musste reichen.

Als sie die Tür öffnete, war ihre Vernunft wie weggeblasen. Wie konnte sie klar denken, wenn Jordan so unglaublich schön war? Ihr Haar schimmerte im Sonnenlicht. Ihre Lippen luden zum Küssen ein. Und daran erinnerte sich Abby nur zu gut. Sie wollte sich nach vorne lehnen und es wieder tun.

Sie wollte nur das tun, sonst nichts.

Doch stattdessen trat sie einen Schritt zurück. Jordan biss sich auf die Lippen.

»Komm rein«, forderte Abby sie auf. »Geradeaus die Treppe hoch.« Zwar konnte man ohnehin nirgendwo anders hingehen, aber sie sagte es trotzdem jedes Mal dazu.

Es war ein seltsames Gefühl, Jordan in ihrer Wohnung zu wissen. Sie passte nicht so recht hierher. Das war Abbys Zuhause. Nicht ihres und Marcus'. Nicht ihres und das irgendeiner anderen Person. Die Wohnung war Abbys Rückzugsort. Aber Jordans Nähe beunruhigte Abby, nicht zuletzt wegen der engen Jeans, die ihren runden Hintern so wunderbar betonten.

»Setz dich doch bitte.«

Jordan ließ sich auf der Kante des Sofas nieder.

»Wie hast du mich gefunden?«

»Du hast mir erzählt, dass du in der Charity Street wohnst, also habe ich nachgesehen, wo die ist.«

»Das hast du dir gemerkt.«

Jordan sah ihr fest in die Augen. »So lange ist das noch nicht her. Ich erinnere mich an alles.«

Abby wurde unter ihrem Blick unwohl zumute. Auch sie erinnerte sich an alles. »Willst du eine Tasse Tee?« Abby hatte keine Ahnung, was sie da redete. Sie fühlte sich wie auf Autopilot gestellt.

Ein Kopfschütteln folgte. »Ich denke, wir sollten uns unterhalten. Wenn du also mit den Höflichkeiten durch bist, komm bitte her und setz dich zu mir auf die Couch.«

Jordan war sehr bestimmt. Streng. Das milderte Abbys Verlangen nicht gerade. Wenn sie heulend hier aufgetaucht wäre, hätte sie das vielleicht abgestoßen. Aber das hier tat es nicht.

Abby gehorchte.

Jordan schaute sie lange an, doch es lagen weder Wärme noch Sehnsucht in ihrem Blick. Nur Härte. Jordan meinte es todernst.

Abby setzte sich etwas gerader hin und versuchte, sich auf das Gespräch einzustellen.

»Du hast meine Anrufe und Nachrichten ignoriert.«

»Ich habe dir zurückgeschrieben, um das Mittagessen abzusagen.« Das konnte Jordan nicht von der Hand weisen.

»Einmal«, sagte Jordan. »Aber hier geht es nicht nur um uns, Abby, oder um das, was am Wochenende passiert ist. Hier geht es auch um unsere Arbeit. Meinen Ruf als Geschäftsfrau. Ich kann so kurz vor dem Ziel nicht einfach aus deiner Hochzeit aussteigen. Die Leute reden über so was. Also selbst wenn du auf persönlicher Ebene nichts mehr mit mir zu tun haben willst, müssen wir immer noch entscheiden, wie es auf der professionellen weitergeht. Entweder ziehen wir das durch oder wir einigen uns darauf, das hier und jetzt zu beenden. Dann müssen wir uns eine passende Geschichte ausdenken.«

Alles, was Jordan sagte, ergab Sinn. Aber das änderte nichts daran, dass sie sich im Inneren fühlte, als würde sie entzweigerissen werden.

Sie musste das Richtige tun. Aber was war das Richtige? Alle hatten ihr gesagt, dass Marcus der ideale Mann für sie war. Die konnten sich doch nicht alle irren, oder?

»Ich weiß. Ich hatte nur so viel zu tun, seit ich wieder zu Hause bin. Und dann ist Marcus gestern spontan über Nacht geblieben.« *Warum hatte sie das gesagt?* Sie hatten ja nicht einmal Sex gehabt.

Zu spät.

Jordans Unterlippe begann zu zittern, doch der Rest ihres Gesichts wirkte wie aus Stein gemeißelt. Ihr Blick verfinsterte sich und ihre himmelblauen Augen nahmen einen eisigen Schimmer an.

Abby wurde schlecht. Sie hatte Jordan nie verletzen wollen, aber sie wusste auch nicht, wie sie das vermeiden sollte. »Dann habe ich heute auch noch eine Beförderung bekommen. Die, von der ich dir erzählt habe?«

»Herzlichen Glückwunsch.«

»Danke.« Abby fühlte sich, als wäre sie nur eine leere Hülle. »Mein Team hat mich mit einem Kuchen überrascht. Und Marcus holt mich um sechs zum Abendessen mit seinen Eltern ab.« Sie hob die Hände. »Ich bin dir nicht aus dem Weg gegangen, Jordan, aber ich kann die Richtung, die mein Leben eingeschlagen hat, nicht einfach so ändern. Es ist zu spät. Der Ball ist ins Rollen geraten und ich kann ihn nicht aufhalten.« Sie wollte nach Jordans Hand greifen, überlegte es sich dann aber anders. Es war besser, wenn sie sich nicht berührten.

Ihre Kehle war staubtrocken. Glaubte sie wirklich, was sie da sagte? Das spielte keine Rolle mehr. Sie musste das sagen. Ihr blieb keine andere Wahl.

»Was wir am Wochenende getan haben, war ein Fehler.« Sie schluckte hart. »Ich heirate Marcus. Es tut mir leid, dass du dabei verletzt wurdest. Aber ich kann nicht einfach dem Leben den Rücken kehren, das ich mir jahrelang aufgebaut habe. Dem Mann, dem ich ein Heiratsversprechen gegeben habe. Dem Job, für den ich hart gearbeitet habe.«

Jordan blickte sie noch immer schweigend an. Dann holte sie tief Luft, stand auf und ging zum Erkerfenster, zu dem gleichen Platz, an dem Abby vor ein paar Minuten gestanden hatte. Zu der Stelle, an der ihr Herz explodiert war, als sie Jordan gesehen hatte. Darüber durfte sie nicht näher nachdenken.

»Was ist mit den Sachen, über die wir in Cannes gesprochen haben?« Jordan wandte sich zu ihr um. Ihr Blick machte Abby bewegungsunfähig. »Deinem neuen Berufsweg? Dass du dich in mich verliebt hast. Vergisst du das jetzt einfach? Kannst du vergessen, was zwischen uns passiert ist?«

Nun erhob sich Abby ebenfalls. »Ich kann mein Leben nicht wegen einem Fick über den Haufen werfen.« Sobald die Worte ihren Mund verlassen hatten, wollte sie sie wieder zurücknehmen. Sie wegsperren und auf einem hohen Regal verstecken, wo niemand sie je entdecken oder hören würde. Doch das konnte sie nicht. Abby hatte sie ausgesprochen und sie hatten Jordan tief getroffen. Das konnte sie in ihrem Gesicht lesen.

»Tut mir leid«, ruderte Abby zurück. »Das war falsch.«

Jordan schüttelte den Kopf. »Du hast recht. Es war nur ein Fick. Eine einmalige Sache in einem Flugzeug. Wer würde dafür sein Leben aufgeben? Ich jedenfalls nicht.«

Abby wollte die Hand ausstrecken, doch sie zwang sich, sie unten zu lassen. Das konnten sie nicht riskieren.

Jordan verschränkte die Arme vor der Brust. »Allerdings bleibt die Frage, wie wir bezüglich der Hochzeit vorgehen. Ich bin jetzt auch deine Hochzeitsplanerin. Da kann ich nicht komplett aussteigen. Vielleicht könnte ich mich etwas zurückziehen? Ich gebe dir eine Liste, was noch erledigt werden muss. Eventuell kann Delta einen Teil übernehmen.«

Allein der Gedanke, dass Jordan nicht dabei sein würde, war pure Folter. Aber Abby wusste, dass sie unfair war. »Gibt es irgendeine Möglichkeit, dass du weitermachst? Wenn es ums Geld geht, kann ich dir mehr bezahlen.«

Ein angewiderter Ausdruck huschte über Jordans Gesicht. »Im Ernst? Es geht nicht ums Geld, Abby. Darum ging es nie. Zumindest nicht für mich.«

Abby senkte den Blick und biss sich auf die Lippe. Jedes einzelne Wort, das gerade aus ihrem Mund kam, klang falsch.

»Kann ich dich mit nichts überzeugen? Ich weiß, dass Marcus dankbar wäre. Und Marjorie. Alle. Wir alle mochten dich am Wochenende so gerne, Jordan.«

»Ich weiß. Einige mehr als andere.«

Abby fühlte sich vollkommen leer. »Es tut mir leid, dass es sich so entwickelt hat, aber würdest du vielleicht noch mal drüber nachdenken? Wenn du gehen willst, verstehe ich das. Ich werde dafür sorgen, dass Marcus dir die volle vereinbarte Summe zahlt. Aber bitte, kannst du nicht die letzten Tage noch bleiben? Wenn schon nicht für mich, dann für Marcus? Ich weiß nicht, wie ich das sonst erklären soll. Ich verspreche dir, dass er dich jedem weiterempfehlen wird.«

~ ~ ~

Jordan hätte Abby am liebsten ins Gesicht gebrüllt: *»Hier geht's nicht ums Geschäft oder um Geld. Hier geht's um Gefühle. Um uns. Darum, dass wir nicht einfach aufgeben!«*

Aber sie hatte einen Job zu erledigen und sie war immer professionell.

Immer.

Konnte sie das zu Ende bringen? Abby vor den Traualtar bringen, wie sie es Marcus versprochen hatte? Trotz allem mochte Jordan ihn. Außerdem wollte sie ihre Arbeit gut machen. Das lag in ihrem Blut.

Abbys Türklingel ertönte. Sie fuhr herum, dann wieder zurück und ein panischer Ausdruck erschien auf ihrem Gesicht. Nach einem Blick auf ihre Armbanduhr fluchte sie leise. »Das könnte Marcus sein.« Sie zog die Schultern nach oben. »Er ist früh dran. Ich öffne ihm.«

Jordan nickte. Natürlich war es Marcus. Konnte der Tag eigentlich noch schlimmer werden?

Marcus trug ebenso wie Abby seine Bürokleidung. Selbst Jordan musste zugeben, dass sie zusammen das perfekte Paar abgaben. Das hatten sie schon immer. Doch das war gar nicht das Problem. Abbys Liebesgeständnis hatte Jordan aus der Bahn geworfen und nun wollte sie dennoch an ihrem Plan festhalten und Marcus heiraten.

Gefühle änderten sich nicht schnell, das war Jordan nur allzu bewusst.

Sie schluckte und setzte ein Lächeln auf, das hoffentlich überzeugend genug wirkte. Äußerlich merkte man ihr sicherlich nichts an, doch in ihrem Innern zerbrach ihr Herz gerade langsam in tausend Stücke.

»Jordan! Wie geht's dir?« Marcus kam zu ihr rüber und reichte ihr die Hand.

Sie schüttelte sie. »Gut. Wie war dein Wochenende?«

Marcus grinste. »Du weißt schon. Schnaps, Frauen, Wein. Und deins?«

»Erstaunlich ähnlich«, entgegnete sie und suchte dabei Abbys Blick, dem diese jedoch auswich.

»Aber jetzt, wo das erledigt ist, können wir uns voll und ganz auf die letzte Woche konzentrieren. Nur noch fünf Tage bis zum großen Tag.« Er rieb sich die Hände. »Du hilfst Abby bei ihrer Rede, oder?«

Abby mischte sich mit einem Kopfschütteln ein. »Jordan hat schon mehr als genug getan. Ich denke, meine Rede schaffe ich auch allein.«

»Aber sie ist ein Profi!« Marcus deutete auf Jordan. »Du hast doch sicher einen Haufen Witze auf Lager, die sicher für Lacher sorgen, oder?«

»Ja.« Sie biss die Zähne zusammen, lächelte aber weiterhin tapfer.

Marcus stieß Abby mit dem Ellenbogen an. »Hol dir ein paar Tipps von ihr. Wenn du es nicht machst, mach ich es.«

Abbys Augen wurden groß. »Sie ist meine Brautjungfer, nicht deine. Ich werde mir ein paar Ratschläge von ihr holen.« Sie schaute Jordan kurz an, dann jedoch wieder weg.

Jordan achtete darauf, dass ihr Gesichtsausdruck neutral blieb. Was für Ratschläge wollte Abby denn genau von ihr haben?

»Und du kommst zum Probeessen am Freitag?«

Jordan runzelte die Stirn. Das Probedinner hatte sie vollkommen vergessen, obwohl es in ihrer Tabelle eingetragen war. Aber seit der Landung am Vortag hatte sie alles vergessen, was sie für diese Hochzeit noch zu erledigen hatte. In der wichtigsten Woche.

Sie konnte jetzt nicht einfach hinschmeißen. Das würde ein seltsames Licht auf die Situation werfen. Zudem hatte sie Marjorie versprochen, dass sie beim Probedinner anwesend sein würde. Sie hatte es allen versprochen. Konnte sie das durchziehen? Ihr Körper verkrampfte sich unter dem Gewicht der Erwartungen, die sie in Marcus Blick sah.

»Ich weiß es noch nicht. Ich war gerade dabei, Abby zu erklären, dass mir etwas dazwischengekommen ist.« Sie log ihn wirklich nicht gerne an.

Marcus' Lächeln verschwand. »Das tut mir so leid. Können wir dir irgendwie helfen? Natürlich hätten wir dich gerne dabei, aber du musst dich zuerst um dich selbst kümmern.«

Er war der netteste Mann der Welt. Seine Freundlichkeit bereitete Jordan ein unglaublich schlechtes Gewissen.

Sie würde diese letzten Tage hinter sich bringen. Abby wollte es. Marcus wollte es. Und wenn sie in Zukunft noch einen Job haben wollte, sollte sie das auch wollen.

»Vergiss, was ich gesagt habe. Ich werde da sein. Ich richte es ein.« Jordan zuckte mit den Schultern. »Wir müssen ja sicherstellen, dass die Dame hier auch vor den Altar tritt, nicht wahr? Das fällt in meinen Aufgabenbereich.«

Marcus strahlte. »Ausgezeichnet! Auch wenn ich schon hoffe, dass sie aus freien Stücken kommt und nicht, weil du sie zwingst!«

Jordan warf Abby einen Seitenblick zu, deren Gesicht zu einer Maske erstarrt war, die sie nicht zu lesen vermochte. Es würde eine Qual werden, aber es war ja nur für die kommenden fünf Tage. Danach waren Marcus und Abby verheiratet, Jordan konnte ihren Honorarscheck zur Bank bringen und anschließend ihre Wunden lecken. Wenigstens würde sie etwas aus diesem Debakel lernen. Nie wieder einer Braut so nahezukommen. Nie wieder so unvorsichtig zu sein.

»Ich freue mich darauf, alles so zu ermöglichen, wie ihr es für euren großen Tag haben wollt.«

Abby wandte sich ab.

Marcus schaute von Abby zu Jordan und wieder zurück. Zwischen seinen Brauen bildete sich eine Falte. »Ist alles in Ordnung? Irgendwie seid ihr heute komisch. Ist am Wochenende was passiert, von dem ich wissen sollte?«

Jordan gefror das Blut in den Adern, doch sie schwieg beharrlich.

Abby wollte zum Sprechen ansetzen, doch Marcus hob eine Hand, um sie daran zu hindern. »Wisst ihr was? Was immer es war, ich muss es nicht wissen. Oder besser gesagt, ich will es nicht wissen.« Er lächelte Abby an und in seinem Blick lag so viel Liebe, dass Jordan schlecht wurde. »Wenn du einen Stripper hattest oder wenn du einen anderen Mann geküsst hast, gehört das eben dazu. Solange du mich immer noch heiraten willst, ist das alles, was zählt.«

Dieses Mal schaute Jordan Abby nicht an, weil es keine Rolle spielte, welchen Gesichtsausdruck sie hatte oder was sie dachte.

Abby entschied sich für Marcus.

Jordan musste nur ihren Auftrag zu Ende bringen und das Ganze abhaken.

Kapitel 26

Jordan betrat das Schlosshotel, Turnbull House, in dem der Hochzeitsempfang stattfinden würde. Nach dem Weg zum Restaurant musste sie nicht fragen, denn sie war in den letzten Wochen schon ein paarmal dort gewesen, um die letzten Absprachen mit Floristen, Caterern, der Band und den Hochzeitsmoderatoren zu treffen. Immerhin erlaubte ihr die umfassende Planung einen gewissen Abstand zu Abby. Ein Umstand, der Abby wahrscheinlich ebenso entgegenkam.

Die wenigen Besprechungen mit ihr waren kurz und knapp verlaufen und Abby hatte E-Mails und Textnachrichten bevorzugt, um den persönlichen Kontakt zu minimieren.

Aber wenn sie zusammen in einem Raum waren, flogen immer noch die Funken. Wie denn auch nicht? Sie hatten erst vor vier Tagen Sex miteinander gehabt. Jetzt mussten sie so tun, als würden sie lediglich eine Geschäftsbeziehung miteinander pflegen und nicht mehr.

Immerhin gelang es Jordan, die Fassung zu bewahren. Sogar als sie im Vorfeld die Zeremonie durchgegangen waren. Sie war die Jordan, die alle von ihr erwarteten. Ein Vollprofi.

Der heutige Abend war jedoch anders. Jordan fand keine Ruhe und konnte sich nicht entspannen. Das war wohl zu erwarten gewesen. Schließlich fand heute das Probedinner im engeren Kreis statt. Die erste Feier zu Ehren von Marcus und Abby, dem glücklichen Brautpaar. Wie würde Jordan damit umgehen? Sie würde es zwangsweise herausfinden.

Also strich sie noch einmal ihr pinkes Cocktailkleid glatt, richtete ihre Silberbrosche und atmete tief durch.

Als Erstes lief sie Marjorie in die Arme, die wie immer fabelhaft aussah. Ob sie wohl auch mit ihrem Make-up und der Perlenkette schlief? Überraschen würde das Jordan nicht.

Marjorie begrüßte sie mit einem höflichen Lächeln und einem wohlwollenden Nicken. »Sie, meine Liebe, wissen, wie man ein Kleid trägt. Vielleicht könnten Sie Abby dazu noch ein paar Tipps geben? Sie wählt gerne mal die falsche Farbe oder einen ungünstigen Schnitt, finden Sie nicht auch?«

Da war Jordan anderer Meinung. Bisher hatte sie Abby ausschließlich als bestens gekleidet und wunderschön wahrgenommen. »Ich denke, das bekommt sie ganz gut allein hin«, entgegnete sie.

Doch so leicht ließ Marjorie nicht locker. »Es liegt wohl an ihrer schottischen Blässe. Da steht einem nicht viel. Ich habe ihr angeboten, einen Termin für sie in meinem Bräunungsstudio zu machen, aber das hat sie ausgeschlagen. Dabei wollte ich ihr nur helfen, vor allem, weil sie ja an ihrem großen Tag weiß tragen wird, was ihr nun mal nicht schmeichelt.«

Jordan lächelte. Ach ja, das Genörgel der Schwiegermutter. Wie erfrischend, dass Marjorie auch in diesem Punkt jedes Klischee erfüllte. Es gab Jordan etwas, worauf sie sich konzentrieren und während der Hochzeit fokussieren konnte.

Als sie an Marjorie vorbeischaute, entdeckte sie Abby und Marcus, die auf sie zukamen. Sofort versteifte sich ihr ganzer Körper, denn es fiel Jordan bedeutend leichter, sich auf Abby zu fokussieren, als auf Marjorie.

Als ihre Blicke sich trafen, hing erneut etwas Unausgesprochenes in der Luft. Etwas, das ein schmerzhaftes Ziehen in Jordan auslöste.

Es war lange her, dass jemand eine derartige Wirkung auf sie gehabt hatte. Was sich zwischen ihr und Abby abspielte, war etwas Besonderes. Abby brachte sie zum Lachen, was nicht einfach war. Außerdem vertraten sie eine ähnliche Weltanschauung. Wenn sich Abby doch nur auf ihren Instinkt verlassen würde.

Aber das tat sie nicht und sie würde Marcus heiraten. Jordan musste loslassen.

»Da sind sie ja, das wichtigste Paar des Abends!« Marjorie begrüßte die beiden mit Luftküsschen und einer angedeuteten Umarmung, wie man sie bei reichen Leuten häufig sah. »Bereit für eure Probehochzeit?«

Abby nickte und hielt den Blick fest auf ihre Schwiegermutter in spe gerichtet. »Die Zeremonie hat wunderbar geklappt. Jetzt fehlen nur noch das Dinner und die Reden.«

»Nicht so viel Wein trinken, das ist der Schlüssel zum Erfolg«, sagte Marjorie.

Marcus schüttelte den Kopf. »Unsinn. Man kann nie genug Wein haben. Stimmt's, Jordan?« Er lächelte sie an. »Du siehst übrigens toll aus. Das dunkle Pink steht dir ausgezeichnet.« Dann legte er einen Arm um seine Mutter und ging mit ihr weg, was Abby und Jordan allein zurückließ.

»Er hat recht«, sagte Abby, nachdem sie näher zu Jordan getreten war. Ihr Blick fiel auf Jordans Lippen. »Du siehst wirklich toll aus.«

Jordan sah ihr fest in die Augen. »Du auch.«

Abby berührte sie flüchtig am Arm, bevor sie Marcus folgte. Doch dann drehte sie sich noch einmal um und in ihrem Blick schimmerte pures Verlangen.

Jordan schloss die Augen und atmete tief durch. Nur noch zwei Tage, dann war es vorbei.

~ ~ ~

Zwei Stunden später waren sie beim Hauptgang des Probedinners angekommen. Jordans Magen knurrte, doch sie ignorierte ihn. Appetit hatte sie keinen mehr. Ein paar Stühle weiter lachte Delta, die zwischen Taran und Gloria saß. Jordan hatte darauf bestanden, ans andere Ende des Tisches gesetzt zu werden, damit sie flexibler war, für den Fall, dass es ein Problem gab.

Leider bedeutete das auch, dass sie Abby jedes Mal sah, sobald sie nach rechts blickte. Dann konnte sie beobachten, wie sie sich mit den Gästen unterhielt und dabei so glücklich wirkte, wie man es von einer Person erwartete, die am folgenden Wochenende heiraten würde. Jordan musste also annehmen, dass sie es auch war. Nur allzu gerne hätte sie diese Tatsache einfach so hingenommen, aber je weiter der Abend voranschritt, desto größer wurde ihr Wunsch zu gehen.

Marcus' Trauzeuge Philip klopfte gegen sein Glas und zog damit die Aufmerksamkeit aller Anwesenden auf sich.

»Ich wollte nur sagen, dass ich mir keine bessere Frau für Marcus vorstellen könnte als Abby. Sie ist freundlich, herzlich und hat alles richtig gemacht, indem sie ihn hingehalten hat und erst nach der Hochzeit bei ihm einzieht. Die Frage, ob sie auch mit dem Vollzug der Ehe warten, wollte sie mir aber nicht beantworten.«

Jordan nahm noch einen Schluck aus ihrem Weinglas. Sie sollte aufhören zu trinken, schon allein, weil sie noch fahren musste. Carrie Capri wartete draußen auf sie, sehr zum Entsetzen der Hotelangestellten, die das gar nicht gerne sahen. Dabei hatte Jordan immer gedacht, dass Bonzen Antiquitäten mochten. Für Autos galt das offenbar nur bedingt.

Marcus hatte sich inzwischen erhoben und wedelte mit der Hand in Richtung Philip. »Ich wäre auf alles eingegangen, was Abby möchte. Solange sie mich heiraten will. Und das tut sie.« Er griff nach ihrer Hand und schenkte ihr einen zärtlichen Blick.

Jordan wandte sich ab. Hören konnte sie ihn damit aber immer noch.

»Abby, ich kann es nicht erwarten, dir am Sonntag mein Heiratsversprechen zu geben. Dir zu sagen, wie sehr ich dich liebe. Dir zu schwören, dass ich für den Rest unseres Lebens dein sein werde. Mit niemandem möchte ich es lieber verbringen als mit dir, und ich bin der glücklichste Mann auf Erden, weil du das gleiche für mich empfindest.«

Jordan wurde schlecht und sie legte ihr Besteck endgültig weg. Das war selbst für sie ein bisschen zu viel. Sie brauchte frische Luft. Als sie sich mit weichen Knien erhob, wurde ihr plötzlich schwindelig. Wahrscheinlich die Folge von einem halben Glas Wein auf zu wenig Grundlage und einem gebrochenen Herzen.

»Ich möchte mich an dieser Stelle auch bei Abbys Brautjungfern bedanken, die diese Feier so großartig vorbereitet haben. Zur Hochzeit gibt es natürlich einen anständigen Toast auf euch, inklusive Geschenke.«

Jordan ließ sich widerwillig zurück auf ihren Stuhl fallen.

»Aber ein besonderer Dank gilt Abbys bester Freundin Delta und ihrer ältesten Freundin Jordan. Vor allem Jordan, die so viel für uns organisiert und dafür gesorgt hat, dass alles reibungslos abläuft. Sogar jetzt sitzt sie hier selbstlos in ihrem pinken Kleid und kümmert sich darum, dass Probleme gar nicht erst auftauchen. Auf dich!« Marcus erhob das Glas in ihre Richtung.

Die Anwesenden begannen zu klatschen und Jordan zwang sich zu einem Lächeln. Dann traf ihr Blick auf Abbys.

Sie ist so wunderschön.

Jordan hatte wirklich genug für einen Abend.

Als der Applaus schließlich verstummte und Marcus sich einem anderen Thema zuwandte, schnappte sie sich ihre Handtasche und schlüpfte so unauffällig wie möglich durch die Seitentür des Festsaals hinaus. Dann ging sie zurück zur Rezeption und von dort aus nach draußen, die Stufen des Herrenhauses hinunter. Die perfekt gepflegten Rasenflächen vor dem Anwesen waren in das Licht der untergehenden Sonne getaucht. Es war ein schöner Ort für ein schönes Paar. So lief das eben. Jordan hatte schon genug von der Welt gesehen, um das zu verinnerlichen. Sollte sie jemals heiraten, dann sicher nicht an so einem Ort. Das war nichts für Leute wie sie.

Als sie gerade die Stufen hinunter zum Parkplatz gehen wollte, öffnete sich die Eingangstür hinter ihr. Es war Abby, die in ihrem fantastischen, schulterfreien Kleid hinaustrat. Jene Schultern, an denen sich Jordan im Flugzeug festgeklammert hatte.

Jordan blieb wie angewurzelt stehen. »Hast du dich verlaufen?«

Abby schüttelte den Kopf. »Ich habe gesehen, dass du rausgegangen bist, und wollte nachschauen, ob alles in Ordnung ist.«

Jordan wandte sich von ihr ab und nahm die Treppe nach unten, um sich rasch von ihr zu entfernen. »Alles bestens.«

Die Schritte auf den Steinstufen hinter ihr verhießen, dass Abby ihr folgte. »Jordan«, sagte sie und berührte ihren Arm. Abby konnte ganz schön schnell sein, wenn sie es drauf anlegte.

Jordan schüttelte ihre Hand ab und drehte sich um. »Geh zurück zu deinem Probedinner, Abby. Du hast Marcus gehört. Er ist der glücklichste Mann der Welt. Das willst du ihm doch nicht verderben.«

Abby schaute sie eindringlich an. »Es tut mir leid, okay? Alles. Dass ich dich geküsst habe. Dass ich Sex mit dir hatte. Es ist alles meine Schuld und jetzt bist du diejenige, die es ausbaden muss.«

»Nicht so leid wie mir.« Jordans Herzschlag beschleunigte sich mit der Wut, die in ihr aufstieg. »Für dich ist das so leicht.« Sie machte eine ausladende Geste mit einem Arm. »Du fällst in deiner netten Welt echt weich. Hast einen gut aussehenden, reichen Mann, zu dem du zurückkannst. Das habe ich nicht. Und du hast Gefühle in mir geweckt. Hast mich dazu gebracht, dass ich es *will*.« Ihr Brustkorb hob und senkte sich heftig. »Und dann hast du es beiseite gewischt, als wäre es vollkommen unbedeutend.«

»Es war nicht unbedeutend! Es war das Gegenteil von unbedeutend!« Abby hatte die Stimme erhoben und ihr Tonfall war schrill. Die Lautstärke schien sie selbst zu überraschen, und sie schaute sich hastig um, bevor sie deutlich leiser fortfuhr.

»Du weißt, dass es nicht unbedeutend war«, flüsterte sie. »Es war so viel mehr. Aber es war zur falschen Zeit am falschen Ort. Ich kann das hier jetzt nicht abbrechen. Egal, wie sehr ich es vielleicht will.« Ihre Schultern sackten zusammen. »Du hast ja keine Ahnung. Mein Leben ist nicht so einfach, wie du denkst. Ich hab die ganze Woche nicht geschlafen, mein Job verlangt mir noch mehr ab und ich konnte im Prinzip an nichts anderes denken als an dich.«

Jordan schnaubte spöttisch. »Spar dir die Worte, Abby. Du hättest dich anders entscheiden können. Aber du wolltest nicht.« Jordan straffte die Schultern und konnte sich gerade nicht entscheiden, was sie lieber tun würde. Abby schütteln oder sie küssen. Doch keine der beiden Optionen würde etwas an der Situation ändern. Würde Abby sich eine gemeinsame Zukunft mit Jordan ausmalen, hätte sie doch sicherlich schon längst den richtigen Schritt getan?

»Ich will ja, aber das ist nicht so einfach.« Jetzt war es Abby, die gestikulierte. »Du denkst vielleicht, dass ich hier ein sicheres Nest habe. Aber es kann auch ein Gefängnis sein. Eins, das mich davon abhält, meinen Träumen zu folgen.«

»Aber du stammst doch gar nicht aus der Welt der Schönen und Reichen und ihrer Verpflichtungen. Was würde deine Mutter dazu sagen?«

Abby senkte den Kopf und wollte offensichtlich nicht darauf antworten.

Jordan warf die Hände in die Luft und marschierte vor ihr auf und ab. »Ich weiß nicht, wie viel ich davon noch aushalte. Ich dachte, dass ich es schaffe, aber die Lügen bleiben mir immer mehr im Hals stecken.«

»So bin ich doch auch nicht!«, entgegnete Abby. »Das hier, mein Job, nichts davon passt zu mir.«

»Sieht für mich aber ganz so aus.« Jordan seufzte und zögerte kurz. »Aber ich ziehe den Job bis zum Ende durch, wie versprochen. Erwarte nur nicht von mir, dass ich dir an deinem Hochzeitstag zuproste.«

Abby nickte und zog die Schultern ein wenig hoch. »Natürlich. Aber du sollst wissen, dass ich es mir anders wünschen würde. Dass ich mir noch immer wünsche, wir hätten uns unter anderen Umständen getroffen.« Sie strich mit den Fingerspitzen über Jordans Arm.

Selbst diese leichte Berührung entzündete das Feuer in Jordan aufs Neue.

»Ich wollte dich nie verletzen, wirklich nicht. Und es bringt mich um, dass es doch passiert ist.«

Jordan schluckte, als die Gefühle sie zu überwältigen drohten. Sie konnte da nicht wieder reingehen. Sie konnte Marjorie nicht die Hand schütteln und vor Marcus so tun, als sei alles in Ordnung.

Sie musste hier weg.

Rasch wühlte sie in ihrer Handtasche nach ihrem Autoschlüssel. Sie biss sich auf die Lippen und kämpfte mit den Tränen. Die sollte Abby auf keinen Fall sehen. Also schluckte sie sie runter und atmete tief die laue Abendluft ein. Sie musste stark bleiben.

»Ich kann jetzt nicht bleiben«, erklärte Jordan und klimperte mit den Schlüsseln. »Sagst du ihnen bitte, dass ich mich um einen Notfall kümmern muss?«

In Abbys Blick lag Zuneigung, und zwar viel zu viel davon. Das gab Jordan beinahe den Rest.

»Natürlich.« Abbys Nasenflügel bebten.

Jordan nickte und versuchte, die Verwirrung in ihrem Kopf in den Griff zu bekommen. Wieso reagierte sie so auf Abby? In dem einen Moment wollte sie Abby schütteln, im nächsten ihre Arme um sie schlingen und sie nie wieder loslassen.

Sie schob diese Gedanken von sich und marschierte mit unsicheren Schritten über die Kiesfläche zu ihrem Auto, das zum Glück nicht weit entfernt stand.

Nachdem sie eingestiegen war, zog sie die rostige Tür mit Nachdruck hinter sich zu. Die Stille war gespenstisch und beängstigend.

Jordan klammerte sich an das Lenkrad und holte ein paarmal tief Luft. Sie musste damit aufhören. Fort von diesem seltsamen Leben, das sie sich selbst aufgebaut hatte und das sie nun langsam zerstörte. Sie musste sich einen anderen Job suchen. Einen, bei dem sie nicht so viel Gefahr lief, verrückt zu werden.

Sie drehte den Schlüssel im Zündschloss. Der Motor sprang kurz an, erstarb dann jedoch sofort wieder. Auch beim zweiten Versuch bekam sie das gleiche Ergebnis. Noch mal.

Nichts.

Sie schlug auf das Lenkrad ein und ihre Augen füllten sich mit Tränen. Sie war Carrie immer treu gewesen. Warum ließ das Auto sie ausgerechnet jetzt im Stich?

Warum ging gerade ihr ganzes Leben den Bach runter?

Warum bekam sie am Schluss nie die Frau?

Diesmal gelang es ihr nicht länger, die Tränen zurückzuhalten, und sie rannen ihr in Strömen über die Wangen. Sie weinte und weinte und es war ihr egal.

Verzweifelt musste Jordan zusehen, wie ihr, die sie stets alles im Griff gehabt und die perfekte Brautjungfer gespielt hatte, allmählich die Kontrolle entglitt. Es war pure Ironie, dass sie gerade buchstäblich hinter einem Lenkrad saß. Jordan hielt das Steuer ihres Lebens normalerweise fest in der Hand. Doch seit sie Abby kennengelernt hatte, war ihr diese Kontrolle Stück für Stück entglitten. Jetzt wusste sie nicht, was sie tun sollte.

Abby heiratete Marcus. Jordan hatte sich in Abby verliebt.

Ein Geräusch zu ihrer Rechten ließ sie aufmerken. Jemand klopfte an das Seitenfenster. Jordan kniff die Augen zusammen, öffnete sie jedoch schnell wieder. Noch ein Klopfen. Sie drehte den Kopf nach rechts.

Da stand Abby.

Abby, die sie so nicht sehen durfte. Die nicht mitbekommen durfte, dass Jordan am Ende war.

Noch ein Klopfen und ein Schwall warmer Luft, als die Tür geöffnet wurde. Dann ging Abby neben ihr in die Hocke und griff nach ihrer Hand. Das war zu viel. Sie sollten das nicht tun, doch Abby war wie eine Droge für Jordan. Sie war süchtig nach ihr und ein Schuss war nie genug.

»Jordan, lass mich dir helfen.« Abbys Stimme klang warm und einladend.

Doch Jordan schüttelte vehement den Kopf. »Geh zurück zu deiner Feier, Abby.«

»Ich kann dich so nicht allein lassen. Vor allem nicht, wenn dein Auto nicht anspringt.«

Jordan schnappte sich ein Papiertaschentuch aus der Mittelkonsole und putzte sich die Nase. Wie sie gerade aussah, war ihr längst völlig egal. Sie hatte in den Überlebensmodus geschaltet. »Es geht mir gut. Ich werde mir einfach ein Taxi rufen und mein Auto hierlassen.«

Abby stand auf und hielt ihr eine Hand hin.

Einen langen Moment schaute Jordan sie nur an, bevor sie danach griff. Der Kies knirschte unter ihren Füßen, als sie ausstieg, und sie schwankte ein wenig, als sie endlich aufrecht stand.

Abby fackelte nicht lange, sondern schloss Jordan in die Arme und hielt sie fest umschlungen. Jordan fehlte die Kraft, um sich dagegen zu wehren. Stattdessen ließ sie sich in die Umarmung fallen. Jede Zelle in ihrem Körper jubelte. Und sie ließ es einfach geschehen. Etwas anderes konnte sie heute nicht mehr tun.

Ein paar Minuten der Glückseligkeit verstrichen und Jordan konnte sich fast einbilden, dass alles in Ordnung war; dass sie und Abby zusammen waren. Aber das stimmte nicht. Als diese Erkenntnis wieder zu ihr durchdrang, löste sie sich von Abby, doch ihre Gesichter waren sich immer noch sehr nah.

»Tut mir leid, dass ich so viel Drama mache. So was passiert mir normalerweise nicht. Aber ich schlafe eigentlich auch nicht mit den Bräuten.« Jordan zwang sich zu einem Lächeln.

»Da bin ich aber froh.« Abby erwiderte das Lächeln traurig. »Mir bricht es auch das Herz.« Sie machte eine kurze Pause. »Ich liebe … dein Auto. Es ist großartig. Einzigartig. Genau wie du.«

Jordan packte Abby an den Armen. Sie zitterte am ganzen Körper. Das machte es nur noch schlimmer. Ihr Blick fiel auf Abbys Lippen, und als sie sich ihnen näherte, kam Abby ihr entgegen.

Hatte sie den Verstand verloren? Sie musste sofort damit aufhören. Sie würde nicht Abbys Affäre werden.

Ihre Lippen berührten sich. Einen kurzen Moment lang war die Welt wieder in Ordnung. Mit Abbys Mund an ihrem war alles möglich.

Oder auch nicht.

»Was zum Teufel macht ihr da?« Delta war wie aus dem Nichts aufgetaucht.

Jordan machte einen Satz nach hinten, ebenso wie Abby. Sie wusste nicht, wo sie hinschauen sollte. Nicht zu Delta. Und ganz bestimmt nicht zu Abby.

»Es ist nicht, wie es aussieht«, setzte Abby an und hob abwehrend eine Hand.

Delta stützte eine Hand in die Hüfte. »Dann erklär's mir bitte. Weil es für mich nämlich so aussieht, als hättet ihr euch gerade geküsst. Und es wirkte auch nicht, als wäre es das erste Mal.« Sie schaute von einer zur anderen.

Jordan und Abby mieden ihren Blick.

Auf einmal schien Delta ein Licht aufzugehen. »Oh. Mein. Gott. Es *war* nicht das erste Mal, oder? Ich wusste, dass in Cannes irgendwas seltsam war, aber das habe ich nicht erwartet. Wie lange geht das schon –«

»Da seid ihr ja! Ich habe mich schon gewundert, wo meine Braut und ihre wichtigsten Brautjungfern hin verschwunden sind.« Marcus kam strahlend auf sie zu. Er schaute von Jordan zu Abby zu Delta und schließlich wieder zu Abby. »Was ist passiert? Jordan weint und ihr beide seht entsetzt aus.«

Jordan schüttelte den Kopf. »Ich habe nur gerade eine traurige Nachricht bekommen. Es tut mir leid, aber ich muss gehen. Bis Sonntag sollte es wieder in Ordnung sein. Ich muss jetzt nach Hause, aber mein Auto springt nicht an. Meine Mitbewohnerin würde wohl sagen, dass mir das recht geschieht, weil ich so eine alte Karre fahre.« Sie versuchte sich an einem Lächeln, aber es klappte nicht.

Marcus musterte sie, bevor er sein Handy aus der Innentasche seines Jacketts holte. »Ich übernehme das für dich. Ich rufe dir einen Wagen und lasse morgen früh unseren Hausmechaniker kommen, damit er sich Carrie mal ansieht.«

War Marcus schon so nett zur Welt gekommen?

»Das musst du nicht«, sagte Jordan.

»Ich weiß, aber ich möchte helfen. Dir geht's nicht gut und du liebst dein Auto.« Marcus strich mit einer Hand über das Dach des Fahrzeugs. »Ich regel das für dich. Du hast in den letzten Wochen so viel für uns getan und das mit so viel Engagement.«

»Das kannst du laut sagen«, warf Delta bissig ein.

»Ja«, stimmte Marcus ihr lächelnd zu. »Sie hat sich rund um die Uhr um Abby gekümmert.« Er wandte sich wieder Jordan zu. »Lass mich das für dich erledigen. Okay?«

Die Schuldgefühle fraßen Jordan beinahe auf. »Das wäre wunderbar, danke.«

Kapitel 27

Am Vorabend der Hochzeit übernachtete Abby in Turnbull House. Marjorie hatte kurz bei ihr vorbeigeschaut und ihr viel Glück gewünscht, was Abby ziemlich aus dem Konzept gebracht hatte. Es hatte den Eindruck erweckt, als wüsste Marjorie, dass sie alles Glück der Welt brauchte.

Was absolut lächerlich war, Marjorie wusste gar nichts.

Bis gestern hatte *niemand* von irgendwas gewusst.

Doch nun war Delta eingeweiht und Abbys beste Freundin war wütend auf sie, weil sie ihr nichts davon erzählt hatte. Gestern Abend hatte Delta versucht, mit ihr zu reden, doch Abby hatte praktisch an Marcus geklebt und dann bis heute Nachmittag nicht mehr auf ihr Handy geschaut. Nun waren es jedoch weniger als 24 Stunden bis zur Heirat und Abby konnte Delta und Taran nicht länger aus dem Weg gehen. Das machten die Braut und ihre Brautjungfern doch so am Vorabend der Hochzeit. Sie tranken Wein und lästerten ein bisschen. Nur das Abby selbst mehr als genug Lästerstoff produziert hatte.

Delta schenkte ihnen noch ein Glas Sekt ein und machte es sich dann auf dem goldenen Sofa am Fuß des Betts bequem. Da Taran sich mit ihnen in einem Raum befand, hatte Abby Delta einen warnenden Blick zugeworfen, um sie daran zu hindern, das Thema Jordan anzuschneiden. Delta hatte mit einem knappen Nicken zugestimmt.

Stattdessen verteilte sie Creme auf Abbys Gesicht – ein weiterer wundervoller Nebeneffekt des Stresses waren Pickel an Abbys Kinn. Danach brachte Delta die beiden auf den neuesten Stand, wie es mit ihr und Nikita lief. Die kurze Antwort: gut. In der vergangenen Woche hatten sie sogar darüber gesprochen, offiziell ein richtiges Paar zu werden. Das war eine große Sache für Delta. Und es hatte sie definitiv aus dem Tief geholt, in dem sie gesessen hatte, seit Nora mit ihr Schluss gemacht hatte.

»Es passt einfach mit uns, wisst ihr? Ich weiß, dass ich wegen Nora am Boden zerstört war und sie dir vorgezogen habe. Das tut mir auch wirklich leid. Aber die eine Woche mit Nikita hat mir gezeigt, wie sinnlos die sechs Monate mit Nora eigentlich waren. Ist das nicht komisch, dass man so lange mit jemandem zusammen sein kann, so viel Zeit und Energie in eine Beziehung stecken kann, und sich dann erst hinterher fragt, was man da eigentlich gemacht hat?« Delta warf ihr einen bedeutungsvollen Blick zu.

Abby schloss die Augen.

»Nikita ist in mein Leben getreten und mir kommt's vor, als wäre der Himmel über mir plötzlich wieder klar.«

Deltas Worte berührten etwas in Abby. War es ihr mit Marcus genauso ergangen? Hatte sie es einfach geschehen lassen und nur so getan *als ob*? Nach jedem Gespräch mit Jordan, mit jeder Berührung ihrer Hände war Abby mehr aufgeblüht. Mit Marcus war das nie der Fall gewesen. Wärme breitete sich in ihr aus, als sie sich daran erinnerte, wie sie Jordan in der Küche geküsst hatte. Ja, sie hatte ihre Spuren in Abbys Leben hinterlassen. Als sie vom Probedinner geflüchtet war, wäre Abby ihr am liebsten gefolgt, doch sie hatte sich nicht vom Fleck rühren können.

Tarans Handy klingelte. Sie schaute lächelnd aufs Display. »Das ist Ryan.« Sie stand auf. »Bin gleich wieder da.«

»Ja, na klar«, rief Delta ihr hinterher, als sie das Zimmer verließ. Nachdem die Tür hinter ihr ins Schloss gefallen war, wandte Delta sich wieder Abby zu. »Und wir beide haben jetzt, wo wir unter uns sind, wohl noch ein Hühnchen zu rupfen.« Sie zog eine Augenbraue nach oben. »Habe ich gerade was gesagt, das dir bekannt vorkommt? Ich hab echt keine Ahnung, was mit dir los ist, Abby, aber du musst dich damit auseinandersetzen.«

Abby holte tief Luft und nickte. »Ich weiß.«

»Ist was mit Marcus passiert, dass das ausgelöst hat?«

»Nein, er ahnt nichts. Zumindest hoffe ich das. Er denkt, dass alles in Ordnung ist. Normal.«

»Für mich sieht das aber nicht so aus.« Delta zögerte. »Erzählst du mir, was genau passiert ist? Ich meine, ich hab euch gestern beim Küssen erwischt, aber mehr weiß ich nicht.«

Es gab keine Möglichkeit, das Geschehene in hübsche Worte zu verpacken, also musste sie es einfach sagen. »Ich habe Jordan in Cannes geküsst. Dann habe ich mit ihr geschlafen. Und jetzt ignoriere ich sie, weil ich einfach nicht weiß, was ich tun soll.«

Delta trank gerade einen Schluck Sekt und verharrte mitten in der Bewegung. Sie starrte Abby an, als wäre sie verrückt geworden. »Was?« Sie runzelte die Stirn. »Du hast mit Jordan gevögelt? Wann zum Teufel hast du mit Jordan gevögelt?«

Abby senkte den Kopf. »Im Flugzeug.«

»*Im Flugzeug?!*« Deltas Stimme kletterte ein paar Oktaven in die Höhe.

Abby stellte ihr Glas ab und wedelte mit der Hand vor Deltas Gesicht herum. »Sei leiser. Ich will nicht, dass jemand das mitbekommt.«

»Das kann ich mir vorstellen.« Delta schüttelte entsetzt den Kopf. »Und ich habe wirklich gedacht, dass ich die Einzige bin, die an dem Wochenende Sex hatte.« Dann bildete sich eine Falte zwischen ihren Augenbrauen. »Aber das ist nicht gut, oder?«

»Nicht, wenn man bedenkt, dass ich morgen heirate, nein.«

»Aber du und Jordan …« Delta schien es immer noch nicht fassen zu können. »Ist das der Grund, warum sie heute Abend keine Zeit hatte, um hier zu sein?«

»Ich habe ihr geschrieben und ihr gesagt, dass sie einfach erst morgen früh herkommen soll.«

Deltas Gesichtsausdruck verriet Abby, was ihre Freundin von diesem Plan hielt. »Aber wie? Ich meine, ich weiß, dass du mal mit einer Frau geschlafen hast, als wir noch auf der Uni waren. Aber seitdem hast du nur auf Männer gestanden.«

Das war korrekt. Bis sie Jordan kennengelernt hatte. »Es ist einfach passiert. Ich meine, wir haben uns an dem Wochenende viel unterhalten. Ich mag sie. Und dann haben wir uns irgendwie geküsst. Und dann ist das im Flugzeug passiert.«

»Ich kann's nicht fassen, dass du jetzt Mitglied im Mile High Club bist. Wie hast du das bloß geschafft, ohne dass jemand was gemerkt hat?«

»Auf dem Rückflug waren alle ziemlich fertig. Aber jetzt bin ich einfach nur fertig. Ich schlafe quasi nicht mehr. Ich habe gerade ein riesiges Projekt übertragen bekommen. Ich heirate morgen und sollte mich darauf freuen. Aber alles, woran ich gerade denken kann, ist meine bezahlte Brautjungfer, der ich aus dem Weg gehe. Wann ist mein Leben so chaotisch geworden?«

»Um ehrlich zu sein, keine Ahnung.« Delta lehnte sich kopfschüttelnd zurück. »Aber was bedeutet das jetzt? Ich dachte, du liebst Marcus?« Sie deutete mit dem Daumen auf ihre eigene Brust. »Sogar ich liebe Marcus. *Alle* lieben Marcus.«

»Ich weiß, dass jeder verdammte Hinz und Kunz Marcus liebt. Weil Marcus ein scheiß wundervoller Kerl ist. Glaub mir, ich *habe* Marcus geliebt.« Abby zuckte entsetzt zusammen. Nein, das war nicht richtig. »Ich *liebe* Marcus.« Sie zog die Schultern hoch, ließ sie erschöpft dann wieder sinken. »Ich weiß nicht mehr, was ich will.«

»Du heiratest ihn, Abs. Wenn du Zweifel hast, musst du das sagen.« Delta zögerte. »Bist du jetzt lesbisch? Bi?«

»Ich weiß es nicht. Ich mag Jordan. Aber ich liebe Marcus.«

Delta schaute sie durchdringend an. »Magst du Jordan oder liebst du sie?«

Abby vergrub das Gesicht in ihren Händen. Sie würde nicht weinen. Aber das war die eine Frage, über die sie auf keinen Fall hatte nachdenken wollen.

»Ich weiß es nicht. Ich war glücklich, habe mich treiben lassen und einfach mein Ding gemacht. Dann habe ich Jordan kennengelernt und etwas hat sich verändert. Sie hat einen Schalter in mir umgelegt und jetzt kann ich es nicht mehr abstellen.«

Delta beugte sich nachdenklich nach vorne. »Du weißt, dass ich immer befürworte, wenn jemand experimentiert. Wenn Menschen erkennen, wer sie wirklich sind. Aber das hier ist ernst. Du heiratest in weniger als 24 Stunden.«

»Das musst du mir nicht immer wieder sagen.«

»Offensichtlich doch, weil du es einfach geschehen lässt. Das passt überhaupt nicht zu dir. Normalerweise weißt du, was du willst und nimmst es dir. Du wolltest heiraten und Kinder bekommen. Das hast du mir immer erzählt.«

»Daran hat sich auch nichts geändert.«

»Aber willst du sie mit Marcus? Wenn nicht, ist es nicht fair, ihn zu heiraten, obwohl eure Ehe von Anfang an zum Scheitern verurteilt ist.«

»Ich kann die Hochzeit jetzt nicht mehr absagen.«

Delta griff nach Abbys Hand. »Liebst du Marcus immer noch und denkst du, dass es mit ihm funktionieren wird?«

Abby erstarrte. »Ja.« Ein flaues Gefühl breitete sich in ihrem Magen aus. »Nein.« Sie warf verzweifelt die Hände in die Luft. »Ich weiß es nicht.«

Delta entspannte sich und machte es sich wieder auf dem Sofa bequem. »Abs, was würdest du zu mir sagen, wenn unsere Rollen vertauscht wären?«

Diese Frage ließ Abby innehalten. »Ich würde dir genau das sagen, was du eben zu mir gesagt hast. Dass es weder Marcus noch mir gegenüber fair ist, wenn ich mir nicht absolut sicher bin.«

Ein Klopfen an der Tür unterbrach sie. »Abs?« Es war Marcus.

Abby sprang hektisch vom Bett. »Denkst du, er hat uns gehört?« Panik rauschte durch ihren Körper und sie hatte das Gefühl, den Halt zu verlieren.

»Bestimmt nicht. Dicke Wände.«

Abby hoffte, dass sie recht behielt. Sie ging zur Tür, öffnete sie aber immer noch nicht. »Ich kann dir nicht aufmachen«, sagte sie. »Das bringt Unglück.«

»Ich weiß«, antwortete er. »Aber Jordan ist gekommen, um ihr Auto abzuholen. Ich habe ihr vorhin geschrieben, dass es repariert ist und sie wollte es heute Abend abholen. Die Schlüssel sind aber noch bei dir. Sie wartet unten an der Rezeption. Kannst du sie ihr bringen?«

Jordan war hier? Abbys Knie wurden weich. Ihre Beine fühlten sich an, als würden sie jeden Moment unter ihr nachgeben. »Natürlich.«

»Wunderbar.« Eine Pause. »Bis morgen, zukünftige Ehefrau!«

Abby wartete einen Moment, bevor sie sich zu Delta umdrehte. Sie war sich sicher, dass man ihr ansah, wie sie sich fühlte. Zum Glück sprach Delta es vor ihr aus.

»Du kannst da nicht runter.«

»Ich weiß.«

»Lass mich gehen.«

»Okay.« Sie ging zu ihrer Übernachtungstasche und versuchte, sich zu beruhigen. Delta würde das mit Jordan regeln. Sie würde sie morgen nur kurz sehen. Dann heiratete sie und hakte das hier als die typischen kalten Füße ab, die man vor einer Hochzeit bekam.

Aber vielleicht konnte sie das mit Jordan auch hier und jetzt beenden. Sie schnappte sich die Schlüssel und wandte sich zu Delta um. »Hab's mir anders überlegt. Ich bring sie ihr. Und kläre das jetzt gleich.«

Delta stand hastig auf und nahm ihr die Schlüssel aus der Hand. »Das hat beim letzten Mal ja schon so gut funktioniert.« Sie warf ihr einen vielsagenden Blick zu. »Lass mich das machen. Vertrau mir, das ist besser so.«

Abby schluckte nur.

Delta verließ den Raum und Abby starrte die Tür an, als läge hinter ihr ihre Zukunft. Was auch irgendwie stimmte. Sie trat von einem Bein auf das andere. Vielleicht sollte sie einfach zu Jordan gehen. Sehen, wie sie reagierte? Wäre es nicht heute besser als morgen?

Bevor sie es sich ausreden konnte, riss sie die Tür auf und rannte den mit dickem Teppich ausgelegten Flur hinunter, bis sie den oberen Absatz der breiten Holztreppe erreichte und sie hinuntersprintete.

Am Fuß der Treppe standen Delta und Jordan beisammen. Beide schauten sie verwirrt an und erst jetzt erinnerte Abby sich daran, dass sie Anti-Pickel-Creme im Gesicht hatte. Das war jetzt auch egal.

»Hi«, sagte Abby atemlos. Sie suchte in Jordans Gesicht nach irgendeinem Zeichen, fand aber nichts.

»Hi«, gab Jordan zurück. »Ich hole nur mein Auto ab. Damit ich morgen schnell her- und wieder wegkomme.«

»Ja, das ist praktischer.« Die Anspannung zwischen ihnen war zum Schneiden dick.

»Ist es denn so klug, wenn du morgen kommst?«, fragte Delta. »Nach allem, was passiert ist?«

Jordan blickte zu Boden. Dann holte sie tief Luft, bevor sie antwortete. »Das bestimmt Abby. Sie hat für eine Dienstleistung bezahlt.«

»Und wie ich das verstanden habe, hast du mehr als genug geleistet«, entgegnete Delta.

Abby schluckte hart, sagte aber nichts.

»Abby hat das letzte Wort, wenn sie nicht will, dass ich komme, tue ich das nicht. Ich bin hier, um die Braut zu unterstützen, nicht um sie zu behindern. Aber solange ich nichts Gegenteiliges höre, komme ich morgen und erfülle meinen Auftrag wie geplant. Selbst wenn es mich umbringt.«

Jordans Brust hob und senkte sich schwer, als sie Abby einen vernichtenden Blick zuwarf.

Dann drehte sie auf dem Absatz um und ging.

Kapitel 28

Jordan schaltete den Motor ab, blieb aber in ihrem Auto sitzen, das sie vor ihrem Wohngebäude geparkt hatte. Sie umfasste das Lenkrad fester.

Fuck. Fuck. Fuck.

Was zum Teufel sollte sie jetzt machen? Sie steckte viel zu tief drin. Abby wusste es. Jordan wusste es. Die ganze Woche über hatte sie versucht, sich am Riemen zu reißen, aber es war unmöglich. Die Büchse der Pandora war geöffnet.

Jordan fuhr erschrocken zusammen, als ihre Beifahrertür plötzlich geöffnet wurde. Einen Moment später setzte sich Karen neben sie und schloss die Tür.

»Du solltest das Auto echt abschließen. Dich könnte jederzeit ein Irrer mit einem Messer bedrohen.«

»Oder noch schlimmer, du.« Jordan lächelte sie an, obwohl ihr nicht danach zumute war.

Karen schaltete die Innenbeleuchtung ein und wandte sich dann zu Jordan um. »Hast du mit ihr gesprochen?«

Ein Nicken.

»Und? Alles geklärt?«

Jordan warf ihr einen bösen Blick zu. »Klar. Wir haben zum Abschied noch mal gevögelt und jetzt ist die Sache durch.«

»Dann können wir ja in den Pub gehen?«

»Schön wär's.«

Karen ließ eine Hand auf das Armaturenbrett fallen. »Was ist dann passiert?«

»Ich wollte meine Schlüssel holen, habe Marcus getroffen, dann kam Delta runter, dann Abby, und es war furchtbar.« Jordan seufzte. »Es ist … Jedes Mal, wenn wir uns sehen, knistert die Luft. Da ist etwas, was ich nicht genau beschreiben kann. Aber wenn Abby in meiner Nähe ist, kann ich kaum atmen.«

»Das nennt man Erregung, Jordan. Man nennt es ›jemanden küssen, verbotenen Sex mit ihr haben, und jetzt an nichts anderes denken können, bis es wieder passiert‹.«

»Es ist scheiße anstrengend. Wie soll man denn da vernünftig arbeiten? Ich kann mich auf nichts konzentrieren und muss immerzu an sie denken. 24 Stunden am Tag nur Abby.«

Karen legte ihr eine Hand aufs Knie. »Ich denke, das ist gemeinhin bekannt als ›sich verlieben‹.«

Jordan machte eine hilflose Geste. »Ich habe keine Zeit, mich in jemanden zu verlieben. Insbesondere wenn dieser jemand die Braut ist, die ich vor den Altar bringen soll. Sie gibt morgen ihr Ja-Wort, und ich sitze hier in meinem Auto und überlege, wie ich sie davon abbringen könnte. Mal ehrlich, wem mache ich denn was vor? Ich bin doch die Heiratsexpertin, oder? Bei wie vielen von den fast 30 Hochzeiten, die ich betreut habe, haben es Braut und Bräutigam nicht durchgezogen?«

Karen schürzte nachdenklich die Lippen. »Bei keiner?«

»Exakt. Bei keiner einzigen. Diese Bräute blasen es nie ab, selbst wenn sie den Bräutigam nicht lieben. Selbst wenn sie mit jemand anderem geschlafen haben. Selbst wenn sie mir erzählen, dass sie sich in mich verliebt haben.«

Sie schwiegen eine Weile. Draußen ging ein lachendes Pärchen auf dem Fußweg vorbei.

Jordan würde so viel dafür geben, so unbeschwert zu sein. Im Moment stand ihr Leben auf Messers Schneide und egal, wie sie sich entschied, sie würde so oder so verletzt werden.

»Musst du morgen wirklich zu der Hochzeit gehen? Wenn sie sich nicht für dich entscheidet, finde ich es unnötig grausam, dass du ihr auch noch beim Heiraten zuschauen musst.«

»Das ist mein Job. Für den sie mich angeheuert hat.«

»Aber die Umstände haben sich geändert. Bestimmt gibt es eine Sonderklausel für den Fall, dass man sich in die Braut verliebt und sie sich in dich?«

Ein Zittern erfasste Jordan. »Niemand hat was von Liebe gesagt.«

»Für was hältst du das dann? Verknalltheit? Für mich sieht das aber nicht so aus. Du bist zu nichts zu gebrauchen, seit du am Montag zurückgekommen bist. Und sie offenbar genauso.«

»Das spielt aber keine Rolle. Vor morgen wird sich daran sowieso nichts ändern.«

»Es sei denn, du tust etwas, damit es oder jemand sich ändert.«

»Was meinst du damit?«

»Du verliebst dich nicht einfach so in jede x-Beliebige. Abby ist dir unter die Haut gegangen und du kannst deine Gefühle nicht ignorieren. Wenn es ihr auch so geht, solltest du sie fragen, bevor sie vor den Altar tritt. Frag sie einfach ganz direkt.«

»Bist du verrückt? Ich weiß, dass meine Gefühle echt sind. Und ich glaube, dass ihre es auch sind. Aber was, wenn ich falschliege? Oder noch schlimmer, wenn ich recht habe, sie aber nicht bereit ist, das Ganze an ihrem Hochzeitstag abzublasen?«

»Dann weißt du es zumindest und verbringst nicht das nächste Jahr mit Grübeleien über das, *was wäre wenn*«, sagte Karen.

»Nein, aber ich verbringe das nächste Jahr mit der Suche nach einem neuen Job, weil mich niemand mehr als Brautjungfer engagieren wird.«

Karen machte eine wegwerfende Handbewegung. »Du hast doch selbst gesagt, dass du das nicht ewig machen kannst. Außerdem würdest du sehr wohl noch Aufträge bekommen, nur vielleicht nicht in diesen speziellen Kreisen.«

»Ich denke, dass es sich rumsprechen wird, wenn eine Brautjungfer mit der Braut vögelt.«

»Das ist doch jetzt nicht wichtig. Stattdessen solltest du dich lieber auf deine Gefühle für Abby konzentrieren.« Karen legte Jordan eine Hand auf die Brust. »Was passiert da drin, wenn ich ihren Namen ausspreche?«

»Mein Herz beginnt zu rasen.«

»Wie fühlt es sich an, wenn ich dir sage, dass sie Marcus heiraten wird?«

»Es ist fürchterlich.« Jordan lehnte sich in ihrem Sitz zurück und schob Karens Hand weg. Plötzlich hatte sie die Antwort glasklar vor Augen. »Wenn sie das durchzieht, werde ich den Job wohl ohnehin nie wieder machen. Es wird mich alles an sie erinnern.«

»Wow.« Karen tippte erneut auf das Armaturenbrett. »Also wechselst du die Profession, wenn sie heiratet. Wenn sie nicht heiratet, auch. Damit ist das Argument mit deinem Job vom Tisch und was hast du dann noch zu verlieren? Du bist ihre Brautjungfer. Du triffst dich morgen früh vor dem Traugottesdienst mit ihr. Sag ihr einfach, was du für sie empfindest. Und wenn sie es dann immer noch durchziehen will, war sie es sowieso nicht wert. Weil du jemanden verdienst, der dich will und nur dich.«

Hier ging es um tiefe Gefühle. Karen hatte recht. Die konnte Jordan nicht einfach ignorieren.

Plötzlich leuchtete ihr Handydisplay auf und zeigte ihr eine neue Textnachricht an. Sie war von Abby. Ein Beben erfasste ihren Körper. Dachte Abby gerade das

Gleiche wie sie und ergriff die Initiative? Jordans Puls schoss in die Höhe, als sie nach ihrem Smartphone griff und auf das entsprechende Feld tippte.

Hi Jordan. Ich habe über das nachgedacht, was Delta gesagt hat und vielleicht hat sie recht. Du solltest morgen nicht kommen. Ich denke, das wird zu schwer für uns beide. Danke für alles. A x

Jordan starrte auf die Nachricht. Alle Sterne des Universums explodierten. Die Sonne verlor ihre Leuchtkraft. Ihr Herz zersprang in tausend Stücke.

Abby hatte ihre Entscheidung getroffen.

Jordan lehnte die Stirn gegen das Lenkrad und ihrer Kehle entrang ein leises Schluchzen, als die Welt um sie herum zusammenbrach. Sie hatte gewusst, dass es so enden würde. Doch in dem Moment, da es tatsächlich passierte, war die Wahrheit so viel schwerer zu ertragen.

Kapitel 29

Abby stieg mit der Hilfe ihrer Mutter in den weißen Jaguar-Oldtimer. Gloria sah fantastisch in ihrem schwarz-weißen Outfit aus, das mit einem schicken kleinen Hut auf ihrem frisch geschnittenen roten Haar abgerundet wurde. Die Tür schwang zu und dann waren sie allein.

Die Haube des Autos war mit festlichen, cremefarbenen Bändern geschmückt. Abbys Brautjungfern saßen bereits in einem zweiten Wagen. Der Chauffeur des Jaguars trug eine Uniform mit entsprechender Kappe. Das wiederum erinnerte Abby an Michelle.

An das Flugzeug.

An Jordan.

Stopp.

Sie fuhren die Hauptstraße des Dorfs entlang. Vorbei an einem Park, dessen Bäume in voller Blüte standen.

Die Sonne strahlte vom blauen Himmel herab, doch egal wo Abby hinschaute, alles schien von einem tristen Schleier überzogen zu sein. Sie trug eine perfekte Frisur, perfektes Make-up, das perfekte Kleid. Doch unter diesem Kleid fühlte es sich an, als wäre das nicht mehr ihr Körper, sondern der einer anderen Frau. »Bist du dir sicher, dass es Dad nichts ausmacht, nicht mit uns zu fahren?«

»Das war kein Problem für ihn. Außerdem muss ja jemand bei seiner Mutter bleiben, also war das gut so.« Gloria musterte Abby »Lächel doch, Schatz. Du heiratest gleich, weißt du noch? Sollte das nicht ein freudiger Anlass sein?«

Abby schenkte ihr ein gezwungenes Lächeln. »Das sagen alle, aber freut sich irgendwer auf diesen Teil? Ich meine, die ganze Vorbereitung, die Nervosität, gleich vor so vielen Menschen sein Eheversprechen zu geben? Macht das irgendwem Spaß?«

Gloria griff nach einer ihrer Hände und drückte sie. »Es macht einen nervös, ja. Aber es ist auch aufregend. Das ist der Tag, an dem du aller Welt deine Liebe zu Marcus verkündest und ihn zu deinem Lebenspartner machen willst. Das ist nervenaufreibend, aber es ist auch der Beginn deines neuen Lebens.« Gloria drückte erneut ihre Hand.

Abby wagte es nicht, ihrer Mutter in die Augen zu sehen, aus Angst, dass diese durchschauen würde, dass Abby sich nicht sicher war, ob sie dieses neue Leben wollte.

Also schwieg sie und beobachtete das Motorrad, das neben dem Auto hielt. Die Frau, die es fuhr, war von Kopf bis Fuß in Leder gekleidet. Als sie nach links schaute und Abby in ihrem weißen Kleid und Schleier sah, grüßte sie mit einem Daumen nach oben.

Abby erwiderte die Geste. Das war das Seltsamste, was sie heute getan hatte.

Gloria streichelte zärtlich über ihre Hand.

Abby blinzelte und wandte sich dann ihrer Mutter zu, um ihr nun doch in die Augen zu sehen. Doch als sie die Sorge in ihnen erkannte, drehte sie sich schnell wieder weg.

»Ich weiß, dass alle immer vom schönsten Tag des Lebens reden und sie haben recht, das sollte er sein«, sagte Gloria. »Aber manchmal ist er auch das genaue Gegenteil.«

Abby holte tief Luft. Konnte ihre Mum Gedanken lesen?

»Und wenn es nicht der schönste oder wenigstens der zweitschönste Tag ist, kannst du dich immer noch anders entscheiden. Es ist noch nicht zu spät, Abby.«

Abbys Magen verkrampfte sich. Übelkeit stieg in ihr auf. Was wollte ihre Mutter damit sagen?

»Im Gegenteil, es ist die perfekte Gelegenheit, deine Meinung zu ändern. Besser jetzt als nach der Hochzeit. Denk daran, dass du mit jemandem sprichst, der das schon durch hat. Meine erste Ehe war in der Theorie so gut, in der Realität war sie es jedoch nicht.«

Abby horchte auf. Es war bei Weitem nicht das erste Mal, dass sie diese Geschichte hörte. Aber aus irgendeinem Grund gewann sie gerade jetzt viel mehr an Bedeutung.

»Ich weiß noch, wie es bei meiner ersten Hochzeit war, auch wenn ich das gerne verdränge. Im Auto hatte ich so unglaubliche Angst. Es regnete wie aus Eimern. Als wüsste das Wetter Bescheid. Ich hatte permanent das Gefühl, dass ich das nicht tun sollte, aber ich habe nicht darauf gehört.« Sie machte eine Geste in Richtung Abby. »Sieh dich nur an. Du bist wunderschön, dein Kleid ist perfekt, genau wie du. Aber ich bin mir nicht sicher, ob das hier der glücklichste Tag deines Lebens wird. Ich will nur nicht, dass es der schlimmste wird. Gerade befürchte ich genau das.«

Abby konnte nicht glauben, was sie da hörte.

»Ich habe gesehen, mit welchem Blick du Jordan am Wochenende in Cannes betrachtet hast. Und wie sie dich angeschaut hat. Ich weiß nicht, ob da was zwischen euch passiert ist, aber das ist auch eure Sache. Aber ich weiß auch, dass sie heute Morgen nicht da war und zufälligerweise nicht zu deiner Hochzeit kommt. Hängt das miteinander zusammen?«

Abby atmete tief durch und schaute ihre Mutter an. Sie konnte sie nicht anlügen. Also nickte sie, schlug sich dann jedoch eine Hand vor den Mund. Sie würde nicht weinen. Das würde ihr Make-up ruinieren.

»Ich habe nichts dazu gesagt und wollte sehen, wie es sich entwickelt, aber ich kann nicht einfach untätig danebenstehen, während du den schlimmsten Fehler deines Lebens begehst. Und glaub mir, das hat nichts mit Marcus zu tun. Ich liebe Marcus. Alle lieben Marcus. Aber das ist kein Grund, ihn zu heiraten. Du musst deinem Herzen folgen, Abby. Folge immer deinem Herzen. Ich weiß nicht, ob du Jordan liebst. Oder ob aus dieser Sache zwischen euch mehr werden kann. Das weißt nur du.

Aber hier geht es um dich und Marcus. Heirate ihn nicht, wenn du ihn nicht liebst. Wie du dich auch entscheidest, ich werde immer hinter dir stehen.« Gloria schwieg einen Moment. »Ahnt er etwas?«

Abby fiel das Atmen schwer. »Ich denke nicht.«

Wieder ließ Gloria einige Momente verstreichen. »Ist was zwischen euch passiert?«

Abbys Atem beschleunigte sich und sie nickte. »Ja.« Ihre Stimme war nur noch ein Flüstern, in dem Scham und Sehnsucht mitschwangen.

»Könnte daraus mehr werden?«

»Ich weiß es nicht. Ja. Vielleicht. Wenn sie überhaupt noch was mit mir zu tun haben will, nachdem ich sie so furchtbar behandelt habe.« Wenn sie die Zeit zurückdrehen könnte, würde Abby es tun. Aber besaß sie genug Mut, um jetzt alles über den Haufen zu werfen?

»Du musst es nur sagen, Abby.« Gloria griff erneut nach ihrer Hand. »Der heutige Tag kann so laufen, wie du es willst. Der Beginn eines neuen Lebens. Egal, ob du Marcus heiratest oder nicht. Dein Dad und ich lieben dich und wir werden immer an deiner Seite sein, egal, welche Entscheidung du triffst.«

Kapitel 30

»Ich kann immer noch nicht fassen, dass wir das wirklich machen. Das ist wie in einem schnulzigen Liebesfilm. Oder bei *Heiratet einfach weiter.* Ist das überhaupt ein Film der *Carry on*-Reihe?«, sagte Karen aufgeregt.

Jordan umklammerte ihre eigenen Knie, als Karens Auto mit quietschenden Bremsen an einer Ampel zum Stehen kam. Ein Blick auf die Uhr sagte ihr, dass es gleich 13:40 Uhr war. Die Hochzeit sollte um 14:00 Uhr stattfinden. Ihnen rann die Zeit davon.

»Wenn nicht, hätte sie einen draus machen sollen. Mit Barbara Windsor in der Hauptrolle.«

Am Morgen war Jordan mit Magenschmerzen und schwerem Herzen aufgewacht. Sie hatte eine Scheibe Toast auf ihrem Teller herumgeschoben, in ihren Kaffee gestarrt und dann hatte Karen sie dazu gezwungen, sich damit auseinanderzusetzen, was sie wirklich wollte. Wollte sie Abby? Wenn ja, hatte sie eigentlich keine Wahl. Sicher, es entsprach nicht Jordans Charakter, ins kalte Wasser zu springen und ihre Gefühle hinauszuposaunen. Doch ihre Beziehungen in der Vergangenheit waren alles andere als von Erfolg gekrönt gewesen, also war es vielleicht an der Zeit, ihre Taktik zu ändern.

Karen hatte sich als Fahrerin angeboten und Jordan hatte dankend angenommen. Sie würde um ihre Träume kämpfen. Wie Abby jedoch darauf reagieren würde, stand in den Sternen. Würde sie ihr zuhören? Oder ihr eine Ohrfeige verpassen? Beides würde wohl beweisen, dass Jordan ihr nicht egal war.

Die Ampel sprang auf Grün und in Jordans Brust breitete sich ein nervöses Flattern aus. Sie schluckte es runter und starrte angestrengt auf ihr Handy. Laut Navi waren sie nur noch zwei Minuten von der St. Christopher Kirche entfernt. Der Schutzpatron der Reisenden. Würde sich Abby für eine abweichende Reiseroute entscheiden?

»Bist du bereit? Wir sind gleich da.«

Jordan nickte, doch ihr Knie wippte unruhig auf und ab. Für einen Augenblick hatte sie darüber nachgedacht in ihrem Brautjungfernkleid zu erscheinen, um den Job im Zweifelsfall zu Ende bringen zu können. Doch Karen hatte sie daran erinnert, dass sie keine Masochistin war und ihr diese Aktion auch nicht helfen würde. Also hatte sie sich für Jeans, Lederhalbschuhe, eine weiße Bluse und einen dunkelblauen Blazer entschieden. Sie musste zumindest herausgeputzt sein, wenn Abby ihre Hochzeit für sie abblasen sollte.

Jordan klappte die Sonnenblende nach unten und musterte sich im Spiegel. Ihr Make-up sah noch gut aus, ihre Frisur saß. Jetzt musste sie nur noch das Happy End kriegen, nach dem sie sich so sehr sehnte. Oder zumindest die Aussicht darauf. Tat sie das Richtige? Sie wusste es nicht. Aber sie konnte nicht länger ignorieren, dass sich ihr Herzschlag stets beschleunigte, sobald sie an Abby dachte.

Aber hier ging es nicht nur um sie. Auch Abby musste ihre eigene Entscheidung treffen, und gleich würde Jordan herausfinden, ob sie eine Hauptrolle in dieser Sache spielen wollte.

»Weißt du, wie das Brautauto aussieht?« Karen warf einen Blick in den Rückspiegel. »Es ist kein weißer Jaguar, oder?«

»Doch, ein Oldtimer. Ich habe ihn gebucht.«

Karen deutete mit dem Daumen über ihre Schulter nach hinten. »Wie der hinter uns?«

Jordan drehte sich auf dem Sitz um und ihr Atem stockte. Instinktiv ließ sie sich tiefer sinken. »Shit, ich glaube, das sind sie.«

Karen schaute nach links, setzte dann den Blinker und fuhr dann auf den Vorplatz der Kirche, wo sich noch einige Gäste draußen tummelten.

Sie stellte den Motor ab und umfasste eine von Jordans Händen. »Showtime. Bist du bereit?«

Jordan nickte selbstsicherer, als sie sich gerade fühlte. »Ziehen wir's durch.« Als sie aufsah, kamen ihr gerade Delta und Taran von der Eingangstür der Kirche entgegen. Doch sie musste sie ignorieren und sich auf das konzentrieren, was vor ihr lag.

Jordan sprang aus dem Auto, als der Jaguar hinter ihnen hielt. In ihrem Kopf kam er wie in Zeitlupe zum Stehen. Eine warme Junibrise strich um ihr Gesicht. Kirchenglocken ertönten. Auf der anderen Straßenseite spielte ein kleiner Junge auf einer Grünfläche Fußball mit seiner Mutter. Für sie war es ein ganz normaler Tag. Für Jordan nicht. Das war der wichtigste Tag ihres Lebens.

Der Chauffeur des Brautautos umrundete das Fahrzeug und öffnete die hintere Beifahrertür. Gloria stieg als Erste aus und ihr Gesichtsausdruck wirkte sehr nachdenklich. Ihr folgte Abby mit etwas Hilfe des Chauffeurs, und ihr elegantes Brautkleid verlieh ihrem Auftritt einen ganz eigenes Flair.

Jordan schluckte.

Abby war überirdisch schön. Und gerade im Begriff, eine andere Person zu heiraten. Vielleicht würde sie das wirklich tun, aber das bedeutete nicht, dass Jordan es nicht wenigstens versuchen sollte. Just in dem Moment, da sie auf Abby zumarschierte, trat die Hochzeitsfotografin, Heidi, an sie heran und bat Abby darum, vor dem Auto zu posieren. Heidi hatte Jordan schon bei früheren Hochzeiten getroffen.

»Abby«, sprach Jordan sie an.

Abby drehte sich um und schnappte hörbar nach Luft, als sie sie entdeckte. »Jordan«, stammelte sie überrascht. Jordans Name auf ihren Lippen war ein Klang, den sie stundenlang hören wollte.

»Kann ich kurz mit dir reden, bevor du deine Fotos machen lässt?«

Abbys Blick drückte Verwirrung aus, doch sie nickte. »Okay.« Sie wandte sich kurz an Heidi. »Können Sie uns bitte zwei Minuten geben?«

Diese warf einen Blick auf ihre Armbanduhr. »Wir müssen wirklich mit den Fotos fertig werden.«

»Das war keine Frage«, antwortete Abby und ihr Tonfall ließ keinen Widerspruch zu.

Heidi gab nach und trat ein paar Schritte von ihr weg.

»Abby.« Delta hatte sie inzwischen erreicht. »Du musst das nicht tun.«

Abby warf ihrer Trauzeugin einen stahlharten Blick zu. »Doch, muss ich. Das ist nicht deine Entscheidung, Delta.«

Delta streckte eine Hand aus. »Gib mir wenigstens deine Blumen.«

Abby reichte ihr den Strauß und nun konnte es losgehen.

Jordan atmete tief durch und straffte die Schultern, wie sie es zu Hause geübt hatte. Doch jetzt stand sie mit einem deutlich größeren Publikum auf einem öffentlichen Gehweg, was den Druck durchaus erhöhte. Sie versuchte, ihr Zittern zu unterdrücken, und hoffte inständig, dass es ihr gelingen würde, ihre Gefühle in Worte zu fassen.

Sie musste es schaffen. Ihr blieb keine andere Wahl.

»Tut mir leid, dass ich das erst jetzt mache.« Schon ihre ersten Worte unterschieden sich von denen, die sie einstudiert hatte. Hastig versuchte sie, sich an ihr mentales Skript zu erinnern. Es war da, sie musste sich nur konzentrieren und es wiederfinden. »Aber ich kann nicht zulassen, dass du Marcus heiratest, ohne dir vorher etwas Wichtiges gesagt zu haben.« Jordan sah Abby direkt in die Augen, sog den Anblick ihrer umwerfenden Wangenknochen und ihrer ebenso atemberaubenden Frisur förmlich in sich auf. Sie war so unglaublich schön, dass Jordan beinahe das Herz stehen blieb. Und sollten ihre Worte nicht den gewünschten Effekt erzielen, konnte es das auch genauso gut machen.

»Die Arbeit mit dir in den letzten Wochen war wundervoll, aber gleichzeitig auch pure Folter. Wundervoll, weil ich dich besser kennenlernen durfte. Weil ich erleben durfte, was für ein großartiger Mensch du bist. Folter, weil du im Begriff bist, eine andere Person zu heiraten.«

Zu Jordans Erleichterung hörte Abby ihr zu und ließ sie bisher auch noch nicht stehen.

»Deswegen habe ich das zwischen uns in die Schublade ›falsche Zeit und falscher Ort‹ abgelegt. Ich wollte die beste professionelle Brautjungfer für dich sein. Den Schmerz weglächeln. Dich bis zum Altar begleiten, wie ich es versprochen hatte, und dich dann vergessen. Das hat auch ganz gut geklappt bis zum letzten Wochenende. Bis wir uns geküsst haben. Bis meine Gefühle plötzlich aus der Schublade ausbrechen wollten.« Jordan schloss die Augen, als sich eine zaghafte Wärme in ihr ausbreitete. Als sie sie wieder öffnete, sah sie, dass Abby ihren Mund betrachtete.

»Danach war alles anders. Ich habe dir ja erzählt, dass ich so normalerweise nicht vorgehe.« Sie gestikulierte zwischen ihnen hin und her. »Ich führe keine Beziehungen, egal welche, und ganz bestimmt nicht mit meinen Kundinnen. Aber bei dir war es vom ersten Moment an anders. Je mehr ich über dich erfahren habe, desto mehr wollte ich dich. Du bist etwas Besonderes, Abby. Du hast mein Herz erobert. Also kann ich dich das heute nicht tun lassen, ohne dich gefragt zu haben, ob du das Gleiche empfindest.«

Jordan trat einen Schritt nach vorn und griff nach Abbys Hand. Das fühlte sich mehr als gewagt an. Verlangen breitete sich in ihr aus wie warmer Honig.

Abbys Hand zitterte. Jordan konnte sich plötzlich an kein Wort ihrer einstudierten Rede mehr erinnern. Sie würde einfach ihrer Intuition vertrauen müssen.

»Ich weiß, dass das kein guter Zeitpunkt ist. Aber ich musste es vor der Hochzeit versuchen, weil es danach nur noch schlimmer wäre.« Jetzt griff Jordan auch nach Abbys anderer Hand und sah ihr tief in die Augen.

»Ich habe diese Reise als deine professionelle Brautjungfer begonnen. Aber dann habe ich mich in dich verliebt.« Jordan holte tief Luft. »Ich liebe dich, Abby.« Die Gefühle drohten sie zu überwältigen, doch sie durfte jetzt nicht aufhören. »Ich hätte das nie erwartet und es tut mir wirklich leid, wenn dir das den heutigen Tag versaut. Wenn du auch nur einen Bruchteil davon empfindest, können wir darauf aufbauen. Vielleicht könnten wir in der realen Welt etwas daraus machen. In einer Welt, in der du nicht einen anderen heiratest.«

Jordan hielt Abbys Blick fest, während sie eine gefühlte Ewigkeit auf eine Reaktion wartete. Dann schüttelte Abby plötzlich den Kopf.

Jordans Magen sackte in ihre Kniekehlen. So sollte das nicht laufen. Abby sollte ihr doch in die Arme sinken.

»Ich hätte das auch nie erwartet«, flüsterte Abby. »Aber ich habe den Chauffeur dreimal um den Block fahren lassen, weil ich wusste, dass ich es durchziehen muss, wenn er anhält. Entweder das oder Marcus das Herz brechen. Keins von beidem wollte ich. Ich wollte nicht aus dem Auto steigen. Gerade habe ich entschieden, dass ich die Hochzeit abblasen werde. Dann bist du aufgetaucht und ich konnte mein Glück kaum fassen. Ich habe auch versucht, meine Gefühle zu ignorieren, aber das kann ich nicht mehr.«

Jordan musste all ihre Kraft aufwenden, um nicht zusammenzubrechen. Ein kleiner Funken Hoffnung entzündete sich in ihr, aber sie konnte ihm noch nicht vertrauen.

Abby ließ ihre Hände los. »Es tut mir leid, dass ich dir geschrieben habe, dass du nicht kommen sollst. Wenn ich dich gesehen hätte, wäre die Wahrheit ans Licht gekommen. Aber du hast recht. Ich sollte niemanden heiraten, den mein Herz nicht will.« Sie warf einen Blick hinüber zu Gloria, die sich mit einem Taschentuch die Augen abtupfte. »Meine Mutter hat mir vorhin das Gleiche gesagt. Dass ich mit jemandem zusammen sein sollte, den ich wirklich liebe und nicht mit jemanden, von dem ich glaube, dass ich ihn lieben sollte.«

Jordan hielt den Atem an.

»Ich bin so froh, dass du alles auf eine Karte gesetzt hast und hergekommen bist. Du warst mutig. Und dank dir kann ich auch mutig sein.« Abby atmete tief durch und fuhr fort: »Ich liebe dich auch. Verzeih mir, dass ich dir das nicht früher gesagt habe. Und verzeih mir, dass es erst soweit kommen musste, bevor ich den Mut gefunden habe, den Mund aufzumachen.« Sie schaute an sich runter und dann Jordan wieder in die Augen. »Aber hier stehe ich nun in meinem Brautkleid, und gestehe einer Frau, die ich nicht heiraten werde, meine Liebe.« Sie schüttelte den Kopf. »Zumindest noch nicht.«

Jordan war überwältigt und für einen kurzen Moment war alles perfekt.

»Abby!« Marcus Stimme durchbrach die Stille.

Sie traten beide einen Schritt zurück und drehten sich zu Marcus um, der zum Vorplatz gerannt kam, auf dem ihre kleine Versammlung stattfand: Gloria, Karen, der Chauffeur, Heidi, Delta, Taran, Abby und Jordan. Sein Trauzeuge Philip war ihm dicht auf den Fersen.

Marcus trug einen hellblauen Anzug mit rosafarbener Krawatte. Sein Blick huschte zwischen Abby und Jordan hin und her. »Was ist denn los? Warum trägt Jordan ihr Kleid nicht?« Das Bild schien für ihn keinen Sinn zu ergeben.

»Was machst du hier? Es bringt Unglück, sich vor der Trauung zu sehen!« Selbst Abby schien ihre eigene Aussage zu verwirren.

»Ich habe es drauf ankommen lassen, weil mir jemand gesagt hat, dass es irgendein Problem gibt.« Er schwieg kurz. »Klärt mich mal bitte jemand auf?«

Abby warf Jordan einen Blick zu und schüttelte den Kopf. »Ich mache das«, sagte sie mit zittriger Stimme. »Das ist meine Schuld.« Sie nahm Marcus Hand und führte ihn ein Stück von den anderen weg, blieb jedoch in Jordans Hörweite.

»Marcus, ich möchte, dass du weißt, dass ich nichts von alldem beabsichtigt habe. Vielleicht tröstet dich der Gedanke, auch wenn es schwer sein wird.« Sie nahm sich einen Moment Zeit. »Ich liebe dich wirklich. Ein Teil von mir wird das immer. Du bist ein großartiger Mann und ich hege keinen Zweifel, dass du für jemanden ein wunderbarer Ehemann sein wirst.«

Marcus' Schultern sackten nach unten und er starrte Abby mit Entsetzen an. »Für jemanden?«

Jordan ahnte, dass dies sein schlimmster Albtraum sein musste – ihrer wäre es ganz bestimmt.

Abby nickte zaghaft. »Ja, aber nicht für mich. Es tut mir so leid.« Sie umfasste seinen Arm, wohl im Versuch, nicht die Beherrschung zu verlieren. »Ich weiß, dass das der denkbar schlechteste Zeitpunkt ist, und ich hoffe, dass du mir eines Tages vergeben kannst. Aber ich glaube wirklich, dass es für uns beide so das Beste ist.« Sie nahm erneut seine Hand in ihre. »Ich kann dich nicht heiraten, denn ich habe Gefühle für eine andere Person.« Abby senkte den Kopf. »Gefühle für Jordan.«

Marcus sah aus, als hätte sie ihm einen Faustschlag verpasst. Er schüttelte Abbys Hand ab und fuhr sich mit den Fingern durch sein schwarzes Haar. »Jordan? Aber sie ist deine Brautjungfer?«

Er blickte unsicher zu Jordan.

»Das war sie. Aber jetzt ist sie mehr als das. Ich kann meine Gefühle für sie nicht ignorieren und dich in dem Wissen heiraten. Du und ich sind schon so lange Freunde. Ich wollte dir wirklich nie wehtun.«

Marcus schüttelte ungläubig den Kopf. »Du und Jordan? Aber du bist doch nicht lesbisch?«

Abby ignorierte die Frage. Jetzt war nicht der richtige Zeitpunkt für Erklärungen. »Ich war glücklich mit dir. Das musst du mir glauben. Aber ich hatte schon während der letzten Monate Zweifel. Ich hätte mit dir darüber reden sollen, das weiß ich.«

Marcus wandte sich zu Jordan um. »Ich wusste, dass das mit dir zu gut läuft, um wahr zu sein.«

Jordan schluckte. Das war ein riesiges Dilemma. Sie ging ein paar Schritte auf die beiden zu. »Es tut mir so leid, Marcus. Ich habe nichts von all dem hier gewollt.«

Er starrte sie immer noch unverwandt an. »Ich wusste, dass etwas nicht stimmt, aber das? Du solltest alles regeln. Abbys Sorgen zerstreuen. Wärst du ein Mann, würde ich dir jetzt eine reinhauen.« Er ballte eine Hand ein paarmal zur Faust.

Jordan rührte sich nicht vom Fleck. »Das wäre dein gutes Recht.«

»Bitte nicht«, mischte Abby sich ein und ihre Stimme klang deutlich höher als normal.

»Niemand schlägt hier irgendwen.« Delta trat zwischen sie. »Marcus, steig ins Brautauto und lass dich vom Fahrer nach Hause bringen. Oder in einen Pub. Was immer du jetzt brauchst. Nimm deinen Trauzeugen mit. Ich erkläre allen, dass die Hochzeit abgesagt ist.« Jordan hätte Delta in diesem Moment küssen können, weil sie sich als wahre Freundin für Abby erwies.

»Danke Delta«, murmelte Abby.

»Das war's dann? So einfach war's das mit uns?« Marcus wurde zunehmend lauter.

Jordan zuckte vor ihm zurück.

Gloria sprang ihnen zur Seite und fasste Marcus am Arm. »Es tut mir leid, Marcus. Das ist dir gegenüber nicht fair. Aber steig bitte ins Auto und lass dich wegbringen, wie Delta gesagt hat. Das wird es dir leichter machen.«

»Bitte, Marcus«, wiederholte Delta.

Marcus' Gesicht färbte sich rot. Dann schüttelte er Glorias Arm ab, ging zum Brautauto, stieg ein und zog die Tür geräuschvoll hinter sich zu.

Jordan konnte sich kaum vorstellen, wie es ihm gerade ging.

Delta wandte sich an Karen. »Ist das andere Auto deins?«

Karen nickte. »Okay, du nimmst Gloria, Abby und Jordan mit. Wir sollten die Party hier jetzt beenden.«

»Mach ich«, stimmte Karen zu und ging bereits zu ihrem Auto.

Gloria legte Abby einen Arm um die Schultern, doch in diesem Moment erschien Marjorie auf der Bildfläche.

»Was ist hier los? Warum steht ihr alle hier draußen herum?« Sie blickte sich ratlos um und runzelte die Stirn. »Wo ist mein Sohn?«

Nun war es Gloria, die Marjorie beiseitenahm, so wie Abby es wenige Minuten zuvor mit Marcus getan hatte. Dieses Mal hörte Jordan nichts von dem Wortwechsel, doch sie konnte die Körpersprache lesen.

Marjorie warf Abby einen vernichtenden Blick zu und sie schien vor Wut zu kochen. Sie wollte auf Abby zugehen, doch Gloria hielt sie auf und sagte noch etwas zu ihr. Dann deutete sie auf das Brautauto, auf dessen Rückbank Marcus saß.

»Ich wusste, dass du nicht die Richtige für ihn bist«, giftete Marjorie Abby an, bevor sie zu dem Wagen stürmte und einstieg.

Gloria klatschte in die Hände und zog so die Aufmerksamkeit der Anwesenden auf sich. »Okay, alle mal herhören. Die Show ist vorbei. Zeit für den Abgang.« Ihr Blick fiel auf Delta. »Übernimmst du die restlichen Gäste drinnen?«

»Natürlich.«

Gloria schob Abby zu Karens Auto und bugsierte sie auf den Rücksitz, bevor sie selbst vorne auf der Beifahrerseite einstieg.

Jordan warf Delta und Taran noch einen letzten Blick zu, bevor sie kurz zur Kirche schaute. »Es tut mir so leid«, sagte sie zu niemand Bestimmtem.

Dann folgte sie den anderen, ließ sich ebenfalls auf den Rücksitz fallen und schlug die Tür hinter sich zu.

Einige Sekunden lang herrschte Stille im Auto. Der Schock saß allen noch tief in den Knochen.

Jordan drückte den Hinterkopf fest gegen die Kopfstütze und griff nach Abbys Hand. Sie war ganz schlaff, doch Jordan küsste dennoch ihre Finger. Sie konnten das überstehen und mit der Zeit würde es einfacher werden. Insbesondere für Abby.

Karen startete den Motor, drehte sich dann aber zum Rücksitz um. »Fahren wir nach Hause?«

Jordan schaute kurz zu Abby und nickte. »Ich denke, ein bisschen Abstand von Surrey wäre eine gute Idee. Und kannst du das Radio anmachen? Ich weiß ja nicht, wie es euch geht, aber ich kann jetzt was brauchen, das meinen Puls übertönt.«

Karen tat, wie ihr geheißen, und die Stimme eines Radiomoderators erfüllte das Auto. Es fühlte sich seltsam an, dass auf diese Weise dank der körperlosen Stimme noch jemand diesen bedeutsamen Moment mit ihnen zu teilen schien.

»Und jetzt ein Musikwunsch von Gary und Heather, die gerade auf dem Rückweg von ihrem Sonntagsausflug zu IKEA sind. Für euch spielen wir *Drops of Jupiter*.«

Jordan erstarrte und als sie zu Abby hinübersah, konnte sie die Tränen, die ihr in die Augen stiegen, nicht länger zurückhalten. Ihre gemeinsame Zukunft stand noch in den Sternen. Der Braut aufzulauern und mit ihr durchzubrennen war nichts Alltägliches für sie. Aber mit ihrem Lieblingslied im Radio und Abbys Hand in ihrer kam es Jordan so vor, als wollte die Welt ihr ein Zeichen geben. Sie hatte das Richtige getan. Alles würde gut werden. Daran musste sie einfach glauben.

In diesem Moment, in dem sie Abby in die Augen schaute, glaubte sie das.

Sie zog Abby zu sich. Die Zukunft begann jetzt. Kein Blick zurück, denn Jordan hatte endlich ihre Frau bekommen.

Kapitel 31

Abby fühlte sich in ihrem Kleid wie in Watte gepackt. Sie ließ sich von Jordan in die Küche bringen, wo ihr die Uhr sagte, dass es 15:22 Uhr war. Eigentlich wäre sie jetzt bereits verheiratet. Mrs. Marcus Montgomery.

Stattdessen machte ihr Jordan zum ersten Mal eine Tasse Tee in ihrer Wohnung. Jordans Wohnung. Waren sie jetzt ein Paar? Abbys Kopf konnte die ganzen Eindrücke, die auf sie einprasselten, gerade nicht verarbeiten.

Das vorherrschende Gefühl in ihr, neben Ungläubigkeit und der Sorge um Marcus' Wohlergehen, war vor allem Erleichterung. Sie hatte ihn nicht geheiratet. Abby hatte an diesem Tag eine andere Richtung eingeschlagen. Das war zwar nicht der ursprüngliche Plan gewesen, stellte jedoch die bislang beste Wendung in ihrem Leben dar.

Zum ersten Mal seit Langem löste sich der Knoten in ihrem Magen langsam. Bis jetzt hatte sie ihn gar nicht bemerkt, doch sie fühlte sich zunehmend leichter. Freier. Als sei sie endlich sie selbst. Zugleich war sie jedoch vollkommen überfordert. Das hier war komplettes Neuland für sie, wörtlich wie auch im übertragenen Sinn.

Sie schaute sich um und betrachtete die Einrichtung der Wohnung. Konnte aus ihr und Jordan ein Paar werden? Hätte sie diesen goldfarbenen Teppich auch gekauft? Die gestreiften Sofakissen? War das Jordans Geschmack oder Karens?

Sie riss sich aus den Grübeleien, als Jordan sie in Richtung Sitzecke schob, wo sie sich auf das cremefarbene Sofa setzte und den Saum ihres Kleids ein wenig hochraffte. Sie war noch immer damit beschäftigt, alles zu verarbeiten. Der Ausdruck auf Marcus' Gesicht, als sie es ihm gesagt hatte, hatte sich in ihrem Gedächtnis eingebrannt. Vielleicht würde er ihr diesen Verrat irgendwann verzeihen können. Für sie war es die richtige Entscheidung gewesen, weshalb sie hoffte, dass sie sich selbst rasch würde vergeben können.

Sie lehnte sich zurück und versuchte, gleichmäßig und ruhig zu atmen. Keine leichte Aufgabe.

»Als Erstes würde ich gerne das Kleid ausziehen. Es ist wunderschön, aber ich heirate schließlich nicht.«

Jordan schaute sie aus ihren blauen Augen fest an. »Nein, das tust du zum Glück nicht.« Sie beugte sich nach vorne und drückte ihre Lippen auf Abbys.

Wie sehr hatte Abby davon geträumt, dass Jordan sie so küsste. Sie spürte es mit jeder Faser, jedem Herzschlag, jedem Molekül ihres Seins. Diese Sehnsucht zu ignorieren war ein Ding der Unmöglichkeit, das wusste sie jetzt. Sie fühlte sich, als könnte ihre Zukunft auf Jordans Küssen aufbauen. Ein gemeinsames Leben für sie beide.

Der Gedanke ließ sie lächeln, als sie sich langsam zurückzog.

»Was ist denn so lustig? Das war eigentlich nicht die Reaktion, die ich mir von dem Kuss erhofft hatte«, sagte Jordan verwirrt.

»Gar nichts ist lustig. Ich habe nur gerade daran gedacht, wie sehr ich mich danach gesehnt habe, dich zu küssen. Jetzt kann ich das immer machen. Und das hat mich zum Lächeln gebracht.«

»Wann immer du willst.« Jordan küsste Abby erneut, dieses Mal zärtlicher. »Ich würde dir gerne aus dem Kleid helfen, aber aus anderen Gründen.« Sie grinste Abby an. »Willst du ausprobieren, ob dir was von mir passt? Dann hast du zumindest was anzuziehen, bis du wieder in deine Wohnung kommst?«

»Das ist ein Vorteil, wenn man mit einer Frau zusammen ist: doppelte Kleidungsauswahl. Hatte ich noch gar nicht bedacht.«

»Einer von vielen.« Jordan erhob sich und reichte Abby eine Hand, um ihr aufzuhelfen.

Abby griff danach, doch in diesem Moment betrat Gloria das Zimmer.

»Okay, ihr beiden. Ich denke, ihr müsst ein paar Sachen besprechen und braucht ein bisschen Zeit für euch. Also habe ich mir die Freiheit genommen, euch ein Hotelzimmer mit Meerblick zu buchen. Zieht euch um, nehmt euch ein Taxi oder geht zu Fuß, wenn euch nach Frischluft ist. Aber nehmt euch heute die Zeit für euch. Der Rest kann bis morgen warten. Ich habe das Zimmer schon bezahlt, betrachtet es als Geschenk an euch.«

Abby ging auf sie zu und umarmte sie, bevor sie ihre Mutter auf Armeslänge von sich weghielt. »Aber was ist mit dir?«

»Karen hat mir angeboten, mich zur Hochzeitslocation zurückzufahren. Ich habe schon mit Delta und Martin gesprochen, sie brauchen dort Hilfe. Macht euch darüber keine Sorgen. Delta, Taran, Martin und ich werden das für dich regeln und Marcus' Familie kann auch mit anpacken.

Heute war der Beginn deines neuen Lebens geplant und es gibt keinen Grund, warum du das nicht trotzdem feiern kannst. Es ist nur ein anderer Start als geplant.

Geh ins Hotel, nimm dir heute Nacht Zeit und wenn du morgen früh aufwachst, siehst du sicher viel klarer. Jetzt ist es ein großes Plus, dass du nicht vor der Hochzeit bei Marcus eingezogen bist, also musst du dich darum schon mal nicht kümmern.« Sie zog eine Augenbraue nach oben. »Auch wenn das für mich schon immer viel ausgesagt hat. Wenn man sich verliebt, will man normalerweise so viel Zeit wie möglich mit der Person verbringen.«

Abby warf Jordan einen Blick zu und griff dann nach ihrer Hand. Sie hatte das dank Jordan endlich verstanden. Nun, da sie einander hatten, wollte Abby sie nie wieder gehen lassen.

Kapitel 32

»Wow.« Jordan ging hinüber zum Fenster und schaute auf das Meer hinaus. »Deine Mum hat echt keine Kosten gescheut. Das ist nicht einfach nur ein Zimmer, sondern eine Suite.« Ihr Blick glitt über das Sofa und die Flasche Champagner, die in einem polierten, silbernen Sektkühler auf dem Couchtisch stand. Hinter einem breiten Durchgang erwartete sie ein Kingsize-Bett, das mit blütenweißen Laken bezogen war. »Es wirkt, als würde sie uns zu unserem Hochzeitstag gratulieren.«

Abby trat zu Jordan und legte ihr eine Hand auf die Schulter. Hitze breitete sich in ihr aus. »Ist es auch irgendwie.« Abby musste noch immer verarbeiten, was heute passiert war. Sollte sie mehr Reue empfinden? Sich schuldiger fühlen? Das tat sie zwar, doch aufgrund ihrer Selbstlüge hatte sie bisher am meisten gelitten.

Und dieses Leid war dank Jordan verschwunden. Noch an diesem Morgen hatte sie ihre Angst beinahe erdrückt, doch jetzt war sie erfüllt von Glück. Als könnte ab jetzt nichts mehr schiefgehen.

Jordan wandte sich um und suchte Abbys Blick.

»Ich bin genau da, wo ich sein will, also beschwere ich mich sicher nicht.«

»Bist du dir sicher? Ich weiß, dass es viel auf einmal ist.« Jordan legte die Arme um Abbys Taille und lachte leise. »Das ist wohl die Untertreibung des Jahres, oder?«

Abby kicherte amüsiert. »Mal sehen. Mein Brautkleid liegt gerade auf deinem Bett. Ich stehe hier in Jeans und T-Shirt vor dir. Und eigentlich sollte ich in diesem Moment zum ersten Mal mit meinem Ehemann tanzen.«

Jordan zog sie näher zu sich. »Du siehst wunderschön in meiner Jeans aus, wenn das hilft?«

»Tue ich das?« Abby schaute an sich runter. »Sie ist ein bisschen zu kurz.«

»So tragen das die Kids heutzutage. Ist angesagt.«

Abby lehnte sich ein wenig nach vorne und sie konnte Jordan beinahe schmecken. »Gefalle ich dir besser mit oder ohne Kleidung?« Sie spürte ihre Erregung deutlich.

»Folge deinem Herzen«, hatte ihre Mutter gesagt, also überwand sie den kleinen Abstand zwischen ihnen und eroberte Jordans Mund.

In ihrem Herzen zündete ein Feuerwerk. Ihr Tag hatte mit so viel Schmerz begonnen, doch nun empfand sie nur noch pures Glück. Es war, als hätte das Leben sie mit einem Kuss aus ihrem Dornröschenschlaf geweckt.

Jordans Zunge suchte nach Abbys und sie antwortete nur zu gerne darauf. Sie wollte Jordan ganz. Jetzt, sofort. Aber sie hatten Zeit und mussten sich nicht beeilen. Das musste sie sich immer wieder vor Augen führen. Sie mussten sich nicht länger verstecken.

Nun konnten sie zusammen sein, was bedeutete, dass sie sich auch einander vollständig öffnen konnten. Keine verstohlenen Küsse im Dunkeln mehr. Kein Sex in beengten Kabinen. Heute ging es nur darum, dass sie einander liebten. Dass Abby jeden Zentimeter von Jordan berühren durfte. Küssen durfte.

Abby zog sich ein wenig zurück. Ihr Verstand setzte schon jetzt aus. Sie sah in Jordans blaue Augen und entdeckte darin zum ersten Mal einige grüne Flecken. Bisher hatte sie sich nie genug entspannen können, um das zu bemerken.

Abby küsste Jordan auf die Lider. »Ich kann nicht glauben, dass wir wirklich hier sind«, sagte sie. »Ich kann nicht glauben, dass du das wirklich getan hast.« Sie schüttelte den Kopf. »Ich hätte heute beinahe geheiratet. Jemanden, bei dessen Küssen mir nie schwindelig geworden ist.«

Jordan gab ihr noch einen Kuss auf den Mund, bevor sie sich nach dem Champagner umsah. »Möchtest du den Champagner aufmachen?«

Abby spürte nur noch das verzehrende Verlangen in ihrem Inneren. »Ich würde mich lieber mit dir zum Schlafzimmer aufmachen.«

Das brachte Jordan zum Grinsen. »Das wollte ich hören.« Sie schob eine Hand unter Abbys T-Shirt und strich ihr über den bloßen Rücken.

Abbys Haut kribbelte. Erneut suchte sie mit den Lippen Jordans Mund und dieses Mal würde sie ihrem Körper das Reden überlassen. Der heutige Tag war anstrengend gewesen, aber jetzt war Zeit, sich davon zu erholen.

Abbys Küsse wurden drängender. Es waren erst fünf Tage seit ihrem Intermezzo im Flugzeug vergangen, aber es fühlte sich an wie eine Ewigkeit.

Sie stolperten zusammen durch den Wohnzimmerbereich und Abby streifte sich ihr Oberteil über den Kopf, während Jordan zeitgleich ihres auszog. Abbys BH hatte Jordans Finger nichts entgegenzusetzen. Er fiel zu Boden und gab den Blick auf ihre Brüste frei. Als Jordan diese nun zum ersten Mal sah, verharrte sie mitten in der Bewegung.

Beinahe ehrfürchtig ließ die Hand über die Rundungen gleiten, bevor sie mit der Zunge Abbys Nippel neckte und erst den einen umkreiste, dann den anderen.

Alle Muskeln in Abbys Körper spannten sich an. Sie schnappte nach Luft, als Jordan eine ihrer Brustwarzen in den Mund nahm und daran saugte.

Abby schob eine ihrer Hände in Jordans goldblonde Haare und stützte sich auf sie, um nicht den Halt zu verlieren. Jordan widmete sich gerade nur ihren Brüsten und Abby konnte sich nicht mal vorstellen, wie sich der Rest anfühlen würde.

Schließlich richtete Jordan sich wieder auf und bedachte Abby mit einem verführerischen Grinsen. »Sollen wir ins Schlafzimmer gehen und uns ganz ausziehen?«

»Gott, ja.«

Vor dem Bett angekommen, zog sie sich die Jeans aus und half Abby dann aus ihrer, der sie sogleich den Slip folgen ließ. Dann nahm sie sich einen Moment, um Abby in ihrer Nacktheit zu bewundern.

»Ich hab ja schon vermutet, dass du ohne Kleidung noch unwiderstehlicher sein würdest.« Jordan lehnte sich ein wenig nach vorne. »Ich hatte recht.«

Abby schüttelte den Kopf und gestikulierte in Jordans Richtung. »Ich bin nackt und du stehst da in schwarzer Spitze wie ein Victoria-Secret-Model.«

Jordan schaute unsicher an sich runter. »Gefällt es dir nicht?«

»O doch, sehr sogar.« Abby zog sie dichter zu sich, bevor sie einen Finger unter den Bund von Jordans Slip schob.

Jordan keuchte auf. »Ich habe drauf spekuliert, dass wir das heute machen. Karen arbeitet im Einkauf der Wäscheabteilung von *M&S*. Vitamin B zahlt sich aus.«

Abby ließ ihre Hand tiefer gleiten. »Sag ihr, dass sie dir beim nächsten Mal Höschen besorgen soll, die unten offen sind, ja?«

Jordans Lider senkten sich. »Was machst du nur mit mir?« Sie öffnete die Augen wieder. »Aber das muss warten. Du hast die Führung im Flugzeug übernommen. Jetzt bin ich mal dran, was meinst du?«

»Was immer du willst. Solange du deine Unterwäsche anbehältst, während du mit mir schläfst.«

»Dein Wunsch ist mir Befehl.« Jordan schob Abby aufs Bett, bevor sie sich langsam einen Weg an ihrem Körper hinab bahnte und dabei jeden Zentimeter Haut mit heißen, drängenden Küssen bedeckte.

Abby schloss die Augen und gab sich dem Moment hin. Die Aufmerksamkeit, die Jordan ihr schenkte, dieser Ausdruck in ihren Augen, als ihre Blicke sich miteinander verschränkten, zeugten von purer Lust. Jordan gab ihr das Gefühl, die begehrenswerteste Frau auf der Welt zu sein. So hatte sie sich schon lange nicht mehr gefühlt.

Als Jordan mit der Zunge eine Spur über die Innenseiten ihrer Oberschenkel zog, stöhnte Abby auf. Als sie erneut ihre Brustwarzen neckte, verklärte sich Abbys Blick und als sie sich einen Pfad über ihren Hals küsste, schnurrte sie beinahe. Und dann, als Jordans Hand über ihrer Vulva schwebte, erwachte Abbys ganzer Körper zum Leben. All die Liebhaber, die sie zuvor je gehabt hatte, gerieten in Vergessenheit. All die Gefühle, die sie nie hatte zuordnen können und auch ihre Gleichgültigkeit, lösten sich auf.

Abby war ein unbeschriebenes Blatt.

Jordan ließ einen Finger in ihr heißes Inneres gleiten und Abby wurde mitgerissen. Sie ließ es willig geschehen und als Jordan einen zweiten Finger hinzunahm, reagierte Abby begeistert darauf. Schließlich widmete Jordan sich Abbys Klitoris und fand den perfekten Rhythmus. Abby fragte sich, ob dieses Gefühl jemals enden würde und wenn ja, wie würde dann ihr Leben aussehen?

Abby hatte nicht geglaubt, dass sie eine Veränderung brauchte und sie hatte nicht gewusst, was das Leben für sie bereithielt, bis Jordan vor sechs Wochen dieses Café betreten hatte. Hätte sie zugestimmt, dass Jordan ihre professionelle Brautjungfer wurde, wenn sie das vorher gewusst hätte? Mit absoluter Sicherheit.

Jordan hatte ihr Leben bereichert, ihr eine völlig neue Perspektive eröffnet, die Abby dazu zwang, die wichtigen Aspekte ihres Lebens neu zu überdenken. Ihre Beziehungen. Sich selbst. Jordan hatte ihr einen anderen Blick auf die Welt verschafft.

Abby nahm die Dinge nun anders wahr. Sie schrie auf, als Jordan über sie stieg, um mit sanften Stößen ihres Oberschenkels ihrer Hand mehr Nachdruck zu verleihen. Jordans erfahrene Finger entzündeten ein Feuer in ihr, ihre Stimme trieb sie an und Abbys Herz hämmerte wie wild in ihrer Brust. Sie stöhnte, als der Höhepunkt sie überrollte und sie erbeben ließ und die Lust hinter ihren Augenlidern explodierte.

Sie zitterte am ganzen Körper und als Jordan ihr einen weiteren Orgasmus verschaffte, wusste Abby, dass ihr Leben sich für immer verändert hatte. Das hatte sie Jordan zu verdanken. Abby ging vollkommen in diesem Gefühl auf und sie kosteten es gemeinsam aus, Lippen an Lippen, Körper an Körper, während jede ihrer Bewegungen die Intimität des Augenblicks noch verstärkte.

Als sie die Augen wieder öffnete, strahlte sie Jordan an. Vielleicht hatte sie in den letzten Jahren nicht immer die besten Entscheidungen getroffen. Doch sich für Jordan entschieden zu haben, war schon jetzt das Beste, was ihr je passiert war.

~ ~ ~

Jordan zog ihre Finger aus Abby zurück, gab ihr einen Kuss auf den Mund und rollte sich dann von ihr herunter. Abby atmete schwer und hatte die Augen geschlossen.

Das erste Mal mit einer Person zu schlafen war immer aufregend und so ungewiss, denn man wusste nie, was man zu erwarten hatte. Doch in diesem Fall hatte es keinerlei Zweifel gegeben. Zählte man den Quickie im Flugzeug mit, hatten sie nun zum zweiten Mal miteinander geschlafen; es war mehr als nur ein One-Night-Stand. Neuland für Jordan.

Sie küsste Abby sanft auf die Schulter und strich ihr über das Haar. Sie sehnte sich so sehr nach ihrer Berührung. Die Chemie zwischen ihnen ergab eine aufregende Mischung und Jordan konnte es kaum erwarten herauszufinden, was als Nächstes passieren würde.

Abby öffnete die Augen.

»Hey«, flüsterte Jordan.

»Selber hey.« Abby grinste. »Ich glaube, du hast mich kaputtgemacht. Tod durch Orgasmus. Das gibt's, oder?«

»Das wäre eine tolle Schlagzeile in der Zeitung. *Braut lässt Hochzeit platzen und stirbt an lesbischem Orgasmus.*«

Abby lachte und schlug sich eine Hand vors Gesicht. »Für diese Story würde dir die Klatschpresse mindestens 250 £ zahlen.«

»Das wär's locker wert.«

Abby rollte sich über sie und brachte sie damit zum Schweigen. »Aber genug davon, unsere Geschichte an die Presse zu verkaufen.«

»Da bin ich ganz bei dir.«

»Beim ersten Mal konnte ich dich nur kurz anfassen. Jetzt kann ich das hoffentlich ausbauen.« Abby verwickelte sie in einen innigen Kuss und schob ihren Oberschenkel zwischen Jordans Beine, um ihn gegen ihre heiße, feuchte Mitte zu pressen.

Jordan war so bereit. Schon seit Wochen. Doch bis jetzt hatte sie noch nicht einmal davon zu träumen gewagt.

Jetzt gab es jedoch keine Schranken mehr und sie spreizte die Beine, um Abby zu zeigen, wie sehr sie das hier wollte.

Abby lächelte verführerisch. »Denk dran, dass das noch neu für mich ist. Lass mich wissen, wenn ich etwas anders machen soll, egal wann, okay? So wie ich dir das auf dem Golfplatz erklärt habe. Wenn ich meine Fingerstellung ändern soll, sag's mir einfach.«

Jordan grinste, doch sie konnte sich nicht vorstellen, dass Abby etwas tun würde, das ihr nicht gefiel. »Mache ich. Aber bis jetzt bist du großartig.«

»Du machst es einem leicht.«

Sobald Abby begann, Jordans Körper mit selbstsicheren Fingern und zarten Lippen zu erforschen, waren Jordans Sinne allein darauf fokussiert. Küsse. Streicheln. Zärtlichkeit.

Dann war Abbys Mund plötzlich zwischen Jordans Beinen angekommen und ihr heißer Atem strich über ihren Schritt. Sanft schob sie den Stoff von Jordans Höschen zur Seite und vor Erregung schloss Jordan die Augen. Abbys Zunge glitt über ihre intimste Stelle und Jordan drückte vor Lust den Kopf tief in das Kissen.

Abby brauchte nicht viel Anleitung, sie machte das wirklich gut.

Jordan klammerte sich an den Bettlaken fest, als Abbys Zunge mal hierhin, mal dorthin huschte und Jordan damit in den Wahnsinn trieb.

Ihr Orgasmus baute sich langsam auf und würde sie mit Sicherheit wie eine gewaltige Flutwelle überrollen. Jordan wand sich auf dem Bett und krallte sich in Abbys Haaren fest, um sie noch weiter anzutreiben.

»Nicht aufhören«, flehte Jordan kaum hörbar.

Die verschiedensten Eindrücke aus den letzten Wochen prasselten auf sie ein. Ihr erstes Treffen, der Kuss, der Sex hoch über den Wolken. Aber die Verzweiflung, die Jordan noch beim Probedinner empfunden hatte, wurde ausgelöscht, als Abby ihre Finger in sie schob und noch einmal mit ihrer Zunge über ihre Klitoris leckte.

Jordan stürzte kopfüber in ihren Höhepunkt und ihr ganzer Körper erbebte. Sie kam so heftig, dass ihre Sicht verschwamm und sie befürchtete, zu erblinden. Es war ihr egal. Das hier war es wert, denn es hatte sie zusammengeführt and an diesen Punkt gebracht.

Abby bewegte ihre Finger noch einmal tief in ihr und Jordan setzte sich auf, um ihre Lippen mit Abbys zu einem leidenschaftlichen Kuss zu vereinen. Tiefe Gefühle und ebenso intensive Lust verbanden sich miteinander. Und schließlich stöhnte Jordan in Abbys Mund und kam noch einmal so heftig, dass sie sich fragte, warum sie den Halt nicht verloren.

Als das Zittern schließlich nachließ, öffnete sie die Augen. Abby war noch da. Sie war immer noch in ihr und sie waren noch immer vereint.

Irgendwann lösten sie sich voneinander und Jordan ließ sich lachend auf das Bett fallen. Abby tat es ihr gleich.

Jordan fühlte sich auf die beste Art durchgevögelt und der Nachhall ihrer Vereinigung pulsierte immer noch in ihr. Das breite Grinsen wollte einfach nicht aus ihrem Gesicht weichen.

»Du guckst wie eine Katze, die eine Schüssel Sahne bekommen hat.« Abby küsste sie noch einmal auf die Lippen.

Jordan legte eine Hand auf ihre Wange. »Bist du dann die Katze, die die Sahne aufgeleckt hat?«

»Schuldig im Sinne der Anklage.« Sie atmete tief durch, doch dann färbten ihre Wangen sich plötzlich rot und sie wandte den Blick ab.

»Was ist los? Hab ich was falsch gemacht?«, fragte Jordan besorgt.

Abby schüttelte erschrocken den Kopf. »Nein«, sagte sie. »Wenn überhaupt, ist das genaue Gegenteil der Fall.« Sie zögerte kurz. »Mir ist nur gerade bewusst geworden, wie perfekt dieser Moment ist und wie perfekt du bist.«

Jordan lachte laut auf. Sie war alles andere als perfekt. »Daran erinnere ich dich noch mal, wenn du meine dunkle Seite kennenlernst.«

Abby grinste. »Halt die Fassade aufrecht, solange du kannst.« Ihr Blick suchte Jordans. »Aber in diesem Moment bist du es. In deiner Gegenwart stürmen so viele Gefühle auf mich ein, dass es mir Angst macht.«

Jordan hob eine von Abbys Händen an den Mund und küsste zärtlich ihre Finger. »Ich weiß, dass das alles neu für dich ist, aber wir machen das zusammen. Die nächsten sechs Wochen werden weniger nervenaufreibend als die letzten.«

»Versprochen?«

»Ich schwöre es.« Jordan deutete ein Kreuz über ihrem Herz an. »Macht es dir keine Angst, mit einer Frau zu schlafen?«

»Das ist meine kleinste Sorge. Man kann sich nicht aussuchen, in wen man sich verliebt.«

Jordans Herzschlag beschleunigte sich. Abby liebte sie. An den Klang dieser Worte würde sie sich erst noch gewöhnen müssen. »Ich liebe es, dass du mich liebst.«

Abby lächelte und kniff sachte Jordans Hintern. »Das klingt wie aus einem schlechten Pop-Song.«

»Ist mir egal.« Jordan gab ihr noch einen Kuss. »Nur um sicherzugehen: Das hier ist kein One-Night-Stand, ja? Wir machen das noch mal?«

»O ja! Viel schneller, als du vielleicht denkst.«

Kapitel 33

Als Jordan am nächsten Morgen erwachte, spürte sie die nächtlichen Ereignisse an Stellen, die sie inzwischen vergessen geglaubt hatte. Sie hatte sogar Muskelkater in den Waden. Die Erinnerung an die vergangene Nacht brachte sie zum Lächeln. Abby hatte sie einem gründlichen Work-out unterzogen und so war es kein Wunder, dass Jordan sich gerädert fühlte. Tatsächlich genoss sie genau das, als sie dem leichten Ziehen nachspürte. Sie hatten so lange gebraucht, um diesen Punkt zu erreichen.

Danach hatten sie jedoch nicht mehr lange gebraucht, um zu *kommen.*

Jordan sah nach links, wo Abby noch friedlich schlief. Sie war so schön, dass Jordan einen Moment innehielt.

Gestern war sie ein Risiko eingegangen. Das größte Risiko ihres Lebens. Auf der kompletten Hinfahrt mit Karen hatte sie gezweifelt. Tat sie das Richtige? Ging gerade ihr ganzes Leben den Bach runter? Aber jedes Mal, wenn sie sich das gefragt hatte, war sie zu der immer gleichen Antwort gekommen. Sie musste es versuchen. Sie musste herausfinden, ob Abby dasselbe empfand. Wenn sie scheiterte, dann war das eben so.

Aber das war nicht passiert. Sie lag in einem luxuriösen Hotelbett mit der Frau, die sie liebte. Es machte ihr noch nicht einmal mehr Angst, so zu denken. Die Beziehungsphobikerin hatte sich verliebt. Das würde Karen ihr noch ewig vorhalten.

Als würde sie spüren, dass sie beobachtet wurde, murmelte Abby etwas Unverständliches, bevor sie erst ein Auge und dann das andere öffnete. Sie entdeckte Jordan und lächelte, bevor sie näher an sie heranrutschte.

Jordan schlang die Arme um sie und ihre Körper schmiegten sich aneinander. Sie passten perfekt zusammen.

»Guten Morgen, Schönheit.« Noch nie in ihrem Leben hatte Jordan diese Worte so ernst gemeint. »Ich habe davon geträumt, das auf der Jacht zu machen.«

Eine Falte bildete sich zwischen Abbys Brauen. »Was zu machen?«

»Das hier. Mit dir aufzuwachen. Als deine Mum gesagt hat, du sollst mir Frühstück mit Square Sausage machen – was im Übrigen immer noch aussteht.

Aber als sie davon gesprochen hat, hatte ich dieses Bild im Kopf, mit dir nach einer Nacht voller Sex aufzuwachen. Jetzt sind meine Träume wahr geworden.«

»Das freut mich.« Abby drehte sich auf den Rücken und verzog das Gesicht ein wenig. »Mir tut alles weh, aber auf eine angenehme Art.« Sie wandte den Kopf in Jordans Richtung. »Alles dein Verdienst.«

Jordan küsste sie zärtlich. »Was habe ich denn gemacht?«

Abby grinste. »Was hast du nicht gemacht?« Doch dann seufzte sie. »In diesem Moment sollte ich in einem Flugzeug auf die Malediven sitzen. Ich bin so froh, dass ich nicht dort bin.«

»Ich auch«, antwortete Jordan. »Außerdem wäre ich nicht dabei, um dir das Händchen zu halten, also kannst du überhaupt nicht fliegen.«

Abby drehte sich auf die Seite und musterte Jordan eingehend. »Das hat mir sehr geholfen, weißt du? Ich wusste schon zu diesem Zeitpunkt, was ich für dich empfinde. Dass du auf dem Flug nach Cannes meine Hand gehalten hast, war eine große Hilfe. Marcus hat meine Wünsche nicht respektiert, als ich ihm gesagt habe, dass ich nicht auf die Malediven will. Er wollte tun, was alle Leute in den Flitterwochen machen.«

Jordan musste wieder an Marcus' Gesichtsausdruck vor der Kirche denken. Sie war sich ziemlich sicher, dass es ihm an diesem Morgen nicht so gut ging. »Denkst du, er wird trotzdem fliegen?«

»Vielleicht. Ich weiß nicht. Ich werde ihm nachher schreiben und mich bald mit ihm treffen. Ihm die Situation erklären, wenn er es erlaubt. Ich habe immer noch ein schlechtes Gewissen.«

Jordan griff nach Abbys Hand. »Ich auch. Aber es war trotzdem die richtige Entscheidung.« Sie drückte Abbys Finger leicht. »Ich werde immer da sein, um deine Hand zu halten, okay?« Es war ihr ernst damit. Todernst.

»Okay«, sagte Abby leise.

»Und ich verspreche dir, dass wir nie auf die Malediven fliegen werden. Wenn wir je heiraten, wärst du dann mit Flitterwochen in Blackpool einverstanden?«

»Klingt nach dem perfekten Reiseziel«, sagte Abby. »Außerdem kenne ich jemanden, der uns da was empfehlen kann.«

»Können wir mit einer riesigen Achterbahn fahren und an der Strandpromenade Fish and Chips direkt aus Zeitungspapier essen?«

Abby kicherte amüsiert. »Ich bin so froh, dass ich mit dir durchgebrannt bin.« Doch dann kreischte sie urplötzlich laut und verbarg ihr Gesicht in den Händen.

Jordan setzte sich erschrocken auf. »Was war das denn?«

Abby linste durch ihre Finger. »Nur die Reaktion auf mein neues Leben.« Sie stemmte sich auf einen Ellenbogen.

Sogleich wurde Jordans Blick von ihren Brüsten angezogen. Sie beugte sich vor und platzierte einen Kuss auf die Rundungen, bevor sie sich wieder zurückzog und den Anblick genoss.

»Ich glaube nicht, dass ich je genug davon bekommen werde, neben dir aufzuwachen.«

»Bis jetzt hast du es erst einmal gemacht. Wir sprechen uns in fünf Jahren noch mal«, antwortete Jordan.

Abby schüttelte den Kopf. »Dann werde ich es noch genauso sehen. Von jetzt an werde ich Entscheidungen darüber, wie ich mein Leben führen will, sehr genau abwägen.« Sie machte eine kurze Pause. »Ich hätte beinahe einen Mann geheiratet, der Fish and Chips nicht aus Zeitungspapier isst. Er hat sich immer einen Teller geholt.«

»Das ist jetzt nicht das Verbrechen des Jahrhunderts.«

»Nein, aber ein Zeichen. Ein Alarmsignal.« Sie drückte Jordan einen Kuss auf den Mund. »Dank dir sehe ich jetzt einige Dinge klarer.«

»Gern geschehen. Ich bin einfach nur froh, dass du mir nicht übel nimmst, dass ich deine Hochzeit habe platzen lassen.«

Abby musterte sie neugierig. »Was hättest du denn gemacht, wenn ich Nein gesagt hätte?«

»Mich wie ein Kleinkind mit einem Wutanfall auf den Gehweg geworfen?«

Abby lachte. »Sehr sexy. Das hätte mich sicherlich umgestimmt.« Mit einer schnellen Bewegung schwang sie sich auf Jordan. »Aber im Ernst, du hast mir gestern das Leben gerettet. Und ja, ich muss mit Marcus und allen anderen sprechen, die Zeit und Mühe in die Hochzeit investiert haben. Das schulde ich ihnen. In Geld und Entschuldigungen. Aber es war die richtige Entscheidung.«

Jordan wurde von Abbys Gewicht auf sich abgelenkt und der Anblick ihres nackten Körpers entflammte heiße Erregung in ihr. Aber sie tat ihr Bestes, um dem Gespräch zu folgen.

»Ich kann dich begleiten.« Jordan strich über Abbys Hintern und eins ihrer Beine schob sich zwischen ihre. Das Verlangen wurde stärker.

»Ich weiß nicht, ob das so gut wäre, wenn wir beide da auftauchen. Ich habe das Chaos angezettelt, also muss ich es auch beseitigen.«

»Ich helfe dir, wo ich kann.«

Eine Frage beschäftigte Abby dann doch noch. »Denkst du, dass du weiter als professionelle Brautjungfer arbeiten wirst?«

Jordan konnte nicht einschätzen, wie Abby zu diesem Thema stand. Sie schüttelte jedoch den Kopf. »Ich habe noch ein paar Aufträge in diesem Jahr. Ich werde mit den Klienten reden und ihnen ehrlich sagen, wie sich die Lage verändert hat. Wenn sie noch mit mir arbeiten wollen, erfülle ich meine Verträge für dieses Jahr. Aber danach ist es wohl an der Zeit, mich nach einem neuen Job umzusehen. Das wollte ich sowieso, ich habe es nur immer wieder vor mir hergeschoben.« Sie drückte Abbys Hintern. »Aber du bist es wert.«

Abby ließ eine Hand über die Außenseite von Jordans Oberschenkel nach oben gleiten, was diese erneut erzittern ließ.

»Denkst du, dass es unsere Beziehung aushält, wenn wir beide gleichzeitig den Job wechseln?«

Jordan blinzelte. »Das musst du nicht, weißt du? Bist du nicht gerade erst befördert worden?«

»Ja, aber seit wir uns kennen, hat sich mein Blick auf viele Dinge verändert. Ich habe mich daran erinnert, worüber wir gesprochen haben, als wir noch Kinder waren.«

»Wir kannten uns als Kinder noch nicht.«

»Fühlt sich aber so an. Es ist, als würden wir uns schon ewig kennen. Du hast mich an meine Träume erinnert. Ich will immer noch etwas tun, das die Welt verändert.«

»Du hast meine Welt verändert, wenn dich das tröstet.«

»Ein guter Anfang«, sagte Abby amüsiert.

»Hast du schon eine Idee?«

»Noch nicht. Aber wenn ich erst mal mein altes Leben geregelt habe, kann ich ganz anders auf mein neues schauen. Das braucht vielleicht einen neuen Job. Einen Beruf, für den ich mich begeistern kann. Etwas, für das ich gerne morgens aufstehe. Wobei, so gerne stehe ich vielleicht gar nicht auf, wenn du mit mir im Bett liegst, aber das sind Hürden, die wir überwinden können. Gemeinsam.«

»Da gebe ich dir recht.« Jordan stutzte. »Können wir noch mal zurückspulen? Werde ich denn oft in deinem Bett aufwachen?«

»Das hoffe ich. Ich habe mein Leben doch nicht für nichts auf den Kopf gestellt.«

»Sagt die Frau, die nicht mal bei ihrem Verlobten einziehen wollte.«

»Vielleicht hatte Mum in diesem Punkt wirklich recht. Das war ein Zeichen. Bei dir dagegen …« Abby rutschte ein wenig auf Jordan herum. »Ich will, dass du in meinem Bett einziehst, damit ich dich daran festketten und du nicht mehr fliehen kannst.« Ihr nächster Kuss war deutlich fordernder.

»Das ist doch mal ein Plan, der mir gefällt. Insbesondere, wo ich doch jetzt arbeitslos bin.«

Abby schüttelte den Kopf und lächelte Jordan zärtlich an. »Tut mir leid, dass ich deine Firma sabotiert habe.«

»Tut mir leid, dass ich dein Leben sabotiert habe.«

»Mir nicht«, antwortete Abby.

»Mir auch nicht.« Jordan hob den Kopf und Abby küsste sie auf die Lippen. So verharrten sie für einen langen Moment, bevor sie sich wieder voneinander lösen. Heiße Lust ließ Jordans Puls in die Höhe schnellen.

»Ich liebe dich, habe ich dir das schon gesagt?«

»Hast du. Und ich habe diese drei Worte noch nie so gerne gehört. Nichts höre ich lieber.«

»Nicht mal Fish and Chips?«

Abby küsste sie erneut. »Ist nah dran, aber nein.«

»Nicht mal Flitterwochen in Blackpool?«

»Grad so.«

»Nicht mal schlaf mit mir?«

Abby beugte sich zu ihr hinunter. »Diese Worte werden auch immer einen Platz in meinem Herzen haben«, meinte sie, bevor sie ihre Zunge in Jordans Mund gleiten ließ.

Epilog

Ein Jahr später …

»Jordan! Jordan!« Abby verdrehte die Augen und kam aus der Küche ins Wohnzimmer. »Wenn Wimbledon läuft, bist du echt taub.«

Jordans Blick klebte förmlich am Fernsehbildschirm. »Wimbledon ist meine einzige Sportleidenschaft. Außerdem gewinnt die Lesbe. Ich hab also eine Ausrede.« Sie warf Abby einen kurzen Seitenblick zu. »Was hast du gesagt?«

»Ob du Square Sausage zum Brunch haben willst oder ist das zu viel?«

Jordan stand nun doch auf und küsste Abby. »Natürlich will ich Square Sausage. Ich will immer Square Sausage. Wenn nicht, lässt du dich von mir scheiden. So lautet doch die Vereinbarung?«

»Ich kann mich nicht von dir scheiden lassen, denn wir sind noch nicht mal verheiratet.« Ein Lächeln umspielte Abbys Lippen.

Jordan wedelte mit einer Hand durch die Luft. »Details. Details, über die wir beim Brunch mit unseren Eltern sprechen werden, oder?« Ein flaues Gefühl breitete sich in Jordans Magen aus. »Ich kann immer noch nicht glauben, dass wir sie einander vorstellen. Und das mitten in der Tennis-Saison. Wie schlecht kann man so was denn planen?«

»Dafür bist du verantwortlich.« Abby warf ihr einen vielsagenden Blick zu. »Mögen deine Eltern Square Sausage?«

»Sie werden alles essen, was du ihnen vorsetzt. Und sich gegenseitig. Also reden wir am besten vorher über alles Wichtige mit ihnen.«

Abby schüttelte den Kopf. »Das klingt böse, wenn du das so sagst. Sie sind wundervolle Menschen.«

»Jeder für sich, ja. Zusammen nicht so.« Jordan verzog den Mund. »Aber sie müssen irgendwann aufeinandertreffen, also können wir das auch heute hinter uns bringen.« Sie zog Abby näher zu sich. »Es ist es aber wert, wenn ich dich dafür am Schluss heiraten darf.«

Abby schenkte ihr dieses spezielle Lächeln, das allein für Jordan bestimmt war. »Wer hätte gedacht, dass Mrs. One-Night-Stand das jemals sagen würde?«

Jordan deutete mit einem Finger auf ihre Brust. »Also ich nicht.« Sie legte den Kopf etwas schief. »Willst du mich auch wirklich heiraten?«

Abby verpasste ihr einen Klaps auf den Hintern. »Hör auf, dumme Fragen zu stellen.«

»Bist du dir sicher, dass das deine Traumhochzeit ist?«

»Ich hatte nie eine konkrete Vorstellung von meiner Traumhochzeit. Ich habe eine damals so geplant, wie ich mir eine traditionelle Hochzeit vorgestellt habe. Aber die habe ich nicht durchgezogen.« Sie hielt kurz inne. »Apropos, das wollte ich dir schon länger sagen. Ich habe Arielle letzte Woche zufällig in London getroffen, als ich für meinen neuen Job da war.«

»Marcus' Cousine?«

Abby nickte.

»Und, wie war es?« Seltsam war das erste Wort, das ihr dazu in den Sinn kam.

Abby zuckte mit den Schultern. »Erstaunlich in Ordnung. Fast normal. Wir haben einen Kaffee getrunken und sie hat bekräftigt, dass mein Junggesellinnenabschied einer der besten war, den sie je mitgemacht hat. Das habe ich nicht erwartet.«

Jordan atmete tief durch. »Hat sie Marcus erwähnt?«

»Hat sie. Er hat eine neue Freundin. Tatsächlich eine neue Verlobte.« Sie rieb sich über die Oberschenkel. »Also hat Marcus es überwunden, das freut mich für ihn.«

Jordan umarmte sie fest. Abbys Schuldgefühle hatten sie sichtlich belastet, denn sie ertrug es kaum, dass sie ihn so sehr verletzt hatte. Es war gut zu wissen, dass Marcus nun auch sein Happy End bekommen würde.

»Ich freue mich auch wirklich für ihn«, antwortete Jordan. »Das Hochzeitsfieber liegt in der Luft. Aber zu unserer Hochzeit: der Gemeindesaal von St. Albans. Pizza, Bier, eine Live-Band. Das ist nicht zu schäbig für dich, oder?«

»Du erinnerst dich, dass ich aus Glasgow stamme, oder? Wir leben jetzt zwar in Hove, aber abgehoben bin ich nicht. Außerdem: Hast du Mums Gesicht gesehen, als wir es ihr gesagt haben? Ich glaube, dass es sie an ihre eigene Hochzeit erinnert. Viel legerer und normaler. Das ist also auch ein Pluspunkt. Zusammen mit der Tatsache, dass du ihre Tochter liebst.«

»Das kann ich nicht leugnen.« Jordan musterte Abbys Gesicht. Immer noch wunderschön. Immer noch ihre Frau. Manchmal wachte Jordan morgens auf und konnte ihr Glück kaum fassen. Und jetzt würden sie es offiziell machen. Sie würden heiraten und dann ein Kind bekommen. Der Gedanke an eine kleine Abby war bezaubernd.

»Und diese Woche? Freust du dich auf deinen neuen Job?«

Nach der geplatzten Hochzeit hatte Abby ihren alten Job noch fast ein Jahr lang behalten, bevor sie gekündigt hatte. Neil wäre beinahe in Tränen ausgebrochen. Sie hatte ihre Londoner Wohnung vermietet und zusammen hatten sie sich eine Wohnung in Hove gesucht, während sie auf eine günstige Gelegenheit warteten, sich eine Immobilie zu kaufen.

Vielleicht würde es noch eine Weile dauern, bis sie das nötige Kapital dazu hatten. Abby verdiente in ihrem neuen Job für eine gemeinnützige Organisation weniger und Jordan war immer noch selbstständig. Sie konzentrierte sich inzwischen mehr auf die Planung von Hochzeiten, sprang jedoch auch immer mal wieder als persönliche Assistentin für Bräute ein. Der Teil als bezahlte Brautjungfer war jedoch aus ihrem Angebot verschwunden. Zu viel Zeit, die sie von Abby getrennt war, war keine sinnvoll genutzte Zeit für Jordan.

»Kann es kaum erwarten«, antwortete Abby. »Ich erfülle mir endlich meine Kindheitsträume und alles nur wegen dir, meiner falschen Kindergartenfreundin.«

»Gern geschehen. Von all den vorgetäuschten Freundschaften mochte ich unsere am liebsten.«

»Was ist mit der aktuellen, realen Version?«

Jordan gab ihr einen Kuss. »Die ist direkt meinen Träumen entsprungen.«

Ebenfalls im Ylva Verlag erschienen

www.ylva-verlag.de

Eine Nacht zum Verlieben

Clare Ashton

ISBN: 978-3-96324-324-0
Umfang: 182 Seiten (61.000 Wörter)

Liebe oder Reichtum? Dem Kopf oder dem Herzen folgen? Pia und Cate kommen definitiv aus zwei unterschiedlichen Welten. Eine hoffnungslose Romantikerin und eine elegante Materialistin. Mithilfe einer verführerischen Sommernacht will Pia ihre neue Freundin verzaubern und ihr zeigen, dass ein perfektes Date nicht teuer sein muss. Ob ihr das gelingt?

Kaffee mit einem Schuss Liebe

Harper Bliss

ISBN: 978-3-96324-210-6
Umfang: 231 Seiten (63.000 Wörter)

Micky Ferro hatte das perfekte Leben, aber glücklich war sie nicht.

Am ersten Jahrestag ihrer Scheidung nimmt Micky einen Job als Barista an. Eine ihrer Kundinnen ist die laute Amerikanerin Robin, die schnell anfängt mit Micky zu flirten. Aus einem One-Night-Stand werden bald mehrere gemeinsame Nächte. Ist Sex wirklich alles, was Micky und Robin miteinander verbindet?

Wette mit Folgen

Lois Cloarec Hart

ISBN: 978-3-95533-922-7
Umfang: 196 Seiten (53.000 Wörter)

Aus einer Bierlaune heraus nimmt Jac die ungewöhnliche Wette ihrer besten Freundin an: Sie soll deren Kollegin Lauren verführen und damit beweisen, dass sie wirklich jede Frau ins Bett kriegt. Siegessicher startet sie ihre Mission, obwohl Lauren heterosexuell und verlobt ist.

Wird sie die Konsequenzen ihres falschen Spiels tragen müssen, wenn Lauren ihr auf die Schliche kommt? Oder wird Lauren das Blatt wenden?

Vorsicht, Sternschnuppe

Jae

ISBN: 978-3-95533-261-7
Umfang: 382 Seiten (94.000 Wörter)

Sternschnuppen sollen eigentlich Glück bringen, aber als Austen am ersten Tag im neuen Job den Weihnachtsbaum der Firma schmücken soll, fällt ein Stern vom Baum und trifft Dee, die stellvertretende Chefin, am Kopf. Dee fühlt sich sofort zu Austen hingezogen, ist aber entschlossen, ihre Gefühle zu ignorieren, insbesondere, weil Austen keine Ahnung hat, dass Dee ihre Vorgesetzte ist.

Über Clare Lydon

Ihren ersten Roman schrieb Clare Lydon bereits in der Grundschule und bekam dafür 9.5 von 10 Punkten. Bis heute weiß sie nicht, aus welchem Grund ihr dieser halbe Punkt abgezogen wurde. Zu wenige Lesben vielleicht? Das kann man ihr heutzutage natürlich nicht mehr vorwerfen.

Clares Sternzeichen ist Jungfrau. Sie ist ein großer Fußballfan, gilt als Königin des Karaoke und liebt Curly Wurlys über alles. Außerdem hatte sie noch nie eine Katze und ergreift vor sämtlichen Heimwerkertätigkeiten schreiend die Flucht. Derzeit lebt sie mit ihrer Frau in London.

Bibliografische Information der Deutschen Bibliothek
Die Deutsche Bibliothek verzeichnet diese Publikation in der Deutschen Nationalbibliografie; detaillierte bibliografische Daten sind im Internet über www.dnb.de abrufbar.

1. Auflage
Taschenbuchausgabe November 2020 bei Ylva Verlag, e.Kfr.

ISBN: 978-3-96324-449-0

Dieser Titel ist auch als E-Book erschienen.

Übersetzung: Stefanie Kersten
Lektorat: Katrin Hockert
Korrektorat: Andrea Fries
Coverdesign: Streetlight Graphics

Kontakt:
Ylva Verlag, e.Kfr.
Inhaberin: Astrid Ohletz
Am Kirschgarten 2
65830 Kriftel
Tel: 06192/9615540
Fax: 06192/8076010
www.ylva-verlag.de
info@ylva-verlag.de
Amtsgericht Frankfurt am Main HRA 46713

Printed in Poland
by Amazon Fulfillment
Poland Sp. z o.o., Wrocław

78106215R00134